내가
심판한다

내가 심판한다

I, THE JURY

마이크 해머 시리즈 1

미키 스필레인 박선주 옮김

황금가지

I, THE JURY
by Mickey Spillane

Copyright © E. P. Dutton & Co., Inc., 1947.
Copyright © renewed Mickey Spillane, 1975
All rights reserved.

Korean translation edition is published by arrangement with
Jane Spillane c/o Dominick Abel Literary Agency Inc. through KCC.

Korean Translation Copyright © Minumin 2024

이 책의 한국어판 저작권은 KCC를 통해
Jane Spillane c/o Dominick Abel Literary Agency Inc.와 독점 계약한 ㈜민음인에 있습니다.
저작권법에 의해 한국 내에서 보호를 받는 저작물이므로 무단 전제와 무단 복제를 금합니다.

내가 심판한다

차례

1장 - 9

2장 - 20

3장 - 31

4장 - 48

5장 - 59

6장 - 78

7장 - 103

8장 - 116

9장 - 142

10장 - 167

11장 - 188

12장 - 211

13장 - 246

작품 해설 - 맥스 앨런 콜린스

★ 이 책에 쓰인 본문 종이 e-Light는 국내 기술로 개발된 최신 종이로, 기존에 쓰이던 모조지나 서적지보다 더욱 가볍고 안전하며 눈의 피로를 덜게끔 한 단계 품질을 높인 고급지입니다.

아내에게 이 책을 바친다.

1장

 모자에 묻은 빗물을 털어 내고서 방으로 들어갔다. 아무도 말이 없었다. 사람들이 공손히 뒤로 물러섰다. 그들의 눈이 나를 주시하고 있음을 느낄 수 있었다. 팻 체임버스는 침실 문 옆에 서서 미르나를 진정시키려 애쓰고 있었다. 미르나는 눈물도 말라 버린 채 흐느끼면서 몸을 떨고 있었다. 미르나 쪽으로 걸어가서 두 팔로 그녀를 안아 주며 말했다.
 "진정하고 이리 와서 누워 봐요."
 벽에 붙어 있는 긴 소파로 그녀를 데리고 가서 앉혔다. 그녀의 몸은 아주 좋지 않았다. 제복을 입은 경찰관 한 명이 그녀에게 베개를 받쳐 주자 몸을 뻗고 누웠다.
 팻이 자기 쪽으로 오라는 몸짓을 하고는 침실 쪽을 가리키며 말했다.
 "저 안이야, 마이크."

저 안. 그 말이 나를 세게 후려쳤다. 저 안에 나의 가장 소중한 친구가 죽은 채 바닥에 누워 있었다. 시체. 이제 시체라고 불러야 한다. 어제만 해도 그 시체는 정글 속 악취 나는 진흙탕의 전쟁터에서 2년 동안 나와 같은 진흙 침대를 같이 썼던 친구인 잭 윌리암스였다. 친구를 위해서라면 오른팔도 내줄 수 있다고 말하던 그 녀석은, 어떤 일본 놈이 나를 두 조각으로 절단 내리는 찰나에 이를 막다가 정말로 오른팔을 내주고 말았다. 총검에 이두근을 찔려 팔을 절단한 것이다.

팻은 아무 말도 하지 않았다. 내가 시체 덮개를 걷어 내고 그 차가운 얼굴을 느끼는 것을 잠자코 지켜보았다. 난생 처음 울고 싶은 감정을 느꼈다.

"어디를 맞은 거지, 팻?"

"배를 맞았어. 안 보는 게 나을 거야. 살인범은 45구경 권총의 총구를 깎아 내고 배 아래쪽을 쐈어."

어쨌든 시체를 덮은 시트를 더 걷어 냈고 순간 욕설이 목까지 올라왔다. 잭은 반바지를 입고 있었고, 한 손은 극심한 고통을 느낀 탓인지 배를 움켜잡고 있었다. 총알은 깨끗하게 들어갔지만 몸을 뚫고 나오면서 주먹 하나가 들어갈 정도로 큰 구멍을 파 놓았다.

아주 조심스럽게 시트를 다시 덮은 뒤 일어섰다. 복잡한 상황은 아니었다. 침대 옆 테이블에서 잭의 의수가 있는 곳까지 핏자국이 나 있었다. 잭의 시체 아래에는 작은 융단이 구겨진 채 비틀어져 있었다. 한 팔로 몸을 끌고 가려 했지만 결국 총을 손에 잡지 못한 채 죽은 모양이었다.

잭의 경찰용 총은 권총집에 넣어진 채 의자 등받이 위에 매여 있었다. 잭은 바로 그 총을 원했던 것이다. 배에 총을 맞은 상태였지만 그는 절대 포기하지 않았다.

38구경 권총의 무게에 눌려 균형을 잃은 그 흔들의자를 가리키면서 물었다.

"팻, 저 의자를 움직였나?"

"아니. 왜?"

"저 의자는 저기 있을 게 아니야. 모르겠어?"

팻은 영문을 모르겠다는 표정이었다.

"무슨 소릴 하는 거야?"

"저 의자는 저기 침대 옆에 있었어. 여기 자주 왔기 때문에 그 정도는 기억할 수 있지. 잭은 살인범에게 총을 맞은 후 의자 쪽으로 몸을 끌고 갔어. 그러나 그 살인범은 잭을 쏘고 나서도 바로 떠나지 않았지. 그는 여기 서서 잭이 고통으로 신음하며 바닥을 기는 모습을 바라본 거야. 잭은 저 총을 잡으려고 했지만 결코 닿을 수가 없었어. 그 살인범이 의자를 움직이지 않았더라면 총을 잡을 수도 있었겠지. 살인을 즐기는 그 자식은 문 옆에 서서 잭이 마지막으로 안간힘을 쓰는 동안 웃어 대고 있었던 게 틀림없어. 잭이 포기할 때까지 계속 의자를 몇 센티미터씩 뒤로 옮긴 거야. 온갖 고통을 다 겪어 본 한 남자를 고문한 거지. 웃으면서……. 팻, 이건 보통 살인이 아니야. 내가 본 것 중 가장 잔인하고 계획적인 범죄야. 이런 짓을 한 놈을 내가 잡고 말겠어."

"이 사건에 개입할 셈인가, 마이크?"

"물론이지. 설마 안 그럴 거라고 생각했나?"

"서두르지 말고 침착해야 해."

"아니야. 빨리 움직여야 해, 팻. 이제부터는 속도전이야. 그 살인범은 내 손으로 잡고 싶어. 평소처럼 우린 함께 일하겠지만 마지막엔 내 손으로 방아쇠를 당기겠어."

"안 돼, 마이크. 그렇게 할 수는 없어. 자네도 알잖아."

"좋아, 팻. 네겐 네 일이 있지만 내겐 내 일이 있어. 잭은 내 평생 가장 소중한 친구였네. 우린 함께 살았고 함께 싸웠어. 맹세컨대, 그 살인범이 시시한 재판 따위로 처리되게 놔두지는 않겠어. 제길, 법대로 하면 어떻게 되는지 자네도 알잖나. 최고로 잘나가는 변호사를 선임해서 일을 모조리 망쳐 놓고 결국엔 영웅이 되지! 죽은 자는 말이 없고……. 죽은 사람은 무슨 일이 있었는지 말할 수가 없잖아. 덤덤탄(목표물에 맞으면 탄체가 터지면서 납 알갱이 따위가 인체에 퍼지게 만든 탄알—옮긴이)에 맞아 내장이 찢어지는 고통이 어떤 건지 잭이 배심원에게 어떻게 말할 수 있겠냐고? 죽어 가는 게 어떤 기분인지, 자기를 죽이는 놈이 자기 얼굴을 보면서 웃고 있는 게 어떤 기분인지, 배심원석에 앉아 있는 사람들은 아무도 모른단 말이야. 잭은 팔이 하나뿐이었다고. 젠장, 그게 무슨 뜻인지 알아? 그래서 심장이 자주색인 거라고. 심장에서 피가 터져 나온 상태에서 한 팔로 몸을 질질 끌면서 총을 잡으러 바닥을 기어가는 게 어떤 건지 배심원들이 알 것 같아? 절대 모르겠지! 배심원들이야 냉정하고 객관적인 입장을 취한답시고 앉아 있다가 어떤 잘난 체하는 변호사 놈이 나와서 자기 의뢰인은 당시 제정신이 아니었다거나 총을 쏜 것은 정당방위였다거나 하는 헛소리를 지껄이면 그 말에 속아 눈물이나 뚝뚝 떨어뜨리겠지. 잘하는 짓이야. 법이란 게 그렇게 훌륭한 거라고. 그렇지만 이번에는 내가 법이 되겠어. 냉정함이니 객관성이니 하는 건 집어치우라고 해. 나는 다만 무슨 일이 벌어졌는지만 똑똑히 기억할 테니까."

나는 팔을 뻗어 잭의 코트 깃을 움켜쥐었다.

"더 말해 둘 게 있어. 내가 하는 말 하나도 빠뜨리지 말고 들어 봐. 내가 지금 한 말을 네가 아는 사람들한테 다 말해. 대충 얘기하지 말고 아주 자세하게 말해야 해. 내 말은 진심이니까. 나한테 적이 많다는 건 너도 알지? 그놈들이 날 미워하는 건 날 잘못 건드렸다간 내가 그놈들 머리를 총알로 날려 버릴 줄 알기 때문이지. 난 원래 그런 놈이니까 이번에도 내 식으로 처리하겠어."

속에서 분노가 치밀어 올라 폭발하고 말 것 같았지만 몸을 돌려 잭의 시체를 내려다보았다. 그 순간 기도문이라도 외우고 싶은 심정이었지만 너무 화가 나 있었다.

"잭, 네가 죽다니……. 이젠 내 말을 들을 수도 없겠지. 아니, 어쩌면 들을 수 있을지도 모르지. 그랬으면 좋겠어. 내가 하는 말 잘 들어줬으면 해. 넌 나의 오랜 친구니까, 내가 한 번 한 말은 목숨이 붙어 있는 한 지키는 사람이란 건 알겠지. 널 죽인 녀석을 잡고 말겠어. 재판도 받지 못하게 할 거야. 교수형 따위로는 분이 풀리지 않아. 그놈이 널 죽인 것처럼, 그놈도 배꼽 바로 아래 창자에 45구경 총알을 맞고 피를 흘리면서 죽게 만들겠어. 어떤 놈이든 잡고야 말 거야. 꼭 기억해 줘. 어떤 놈이든 반드시 잡을 거야. 약속할게."

고개를 들었을 때 팻은 이상한 표정으로 나를 바라보고 있었다. 팻이 머리를 저었다. 무슨 생각을 하고 있는지 알 수 있었다.

"마이크, 진정해. 제발 그렇게 감정적으로 굴지 말란 말이야. 네가 어떤 사람인지야 내가 잘 알지. 이 사건과 관련된 사람은 모조리 쏴 대다가 결국 어쩔 도리가 없는 곤란한 지경에 빠지게 될 거라고."

"이제 그런 짓은 안 해. 걱정 마. 이제부터는 오로지 살인범 한 놈만 쫓을 거야. 넌 형사니까 규정이니 규칙이니 하는 데 얽매여 있겠지. 상관들 말도 들어야 할 거고. 그렇지만 난 혼자 일하는 사람이잖아. 내가 어떤 놈의 면상을 한 대 갈긴들 뭐라고 할 사람도 없어. 직장에서 내쫓을 사람도 없고. 내가 총에 맞아 죽는대도 신경 쓸 사람 하나 없을 수도 있겠지만, 나한테는 사설탐정 면허증이 있으니 총을 가지고 다닐 수도 있다고. 그래서 놈들은 날 무서워하지. 난 아주 무서운 놈이야. 이런 짓을 저지른 놈을 찾으면 반드시 후회하게 만들어 주겠어. 곧 내 손에 총을 들고 살인범을 대면하게 될 거야. 그놈 얼굴을 똑똑히 봐 주겠어. 창자에 총알 한 방을 박아 주고 놈이 바닥을 구르며 죽어 갈 때 얼굴을 발로 차서 이빨을 뽑아 주겠어. 넌 그렇게 못하겠지. 넌 강력계 반장이니까 규정을 따라야 할 테지. 살인범이 네 손에 잡히면 재판장으로 갈 거야. 넌 그걸로 만족하겠지만 난 아냐. 그건 제대로 된 처벌이 아니거든. 그 살인마는 자기가 잭한테 한 짓을 그대로 당해야 해."

더는 할 말이 없었다. 팻이 입을 굳게 다물고 있는 걸 보니 날 말릴 생각은 없는 것 같았다. 날 막으려면 나보다 먼저 그 살인범을 잡아 내는 수밖에 없었다. 우리 둘은 함께 방에서 나왔다. 검시관이 도착해서 시체를 옮겨 갈 준비를 하고 있었다.

미르나가 그걸 보게 하고 싶진 않았다. 미르나가 앉아 있는 소파 옆으로 가서 그녀가 기대어 울 수 있도록 어깨를 빌려주었다. 그렇게 해서 약혼자의 시체가 버드나무 상자에 담겨 실려 나가는 광경을 보지 못하게 막을 수 있었다. 미르나는 착한 여자였다. 4년 전, 잭이 경찰에 있었을 때 브루클린 다리에서 뛰어내리려는 미르나를 잭이 붙잡았다. 그때 미르나는 완전히 망가져 있었다. 마약이 정신을 온통 갉아먹은 상태였다. 하지만 잭이 미르나를 자기 집으로 데려가서 정상적인 상태를 되찾을 때까지 치료를 받게 했다. 두 사람 모두에게 아름답게 피어난 소중한 사랑이었다. 전쟁만 아니었다면 벌써 오래전에 결혼했을 사람들이었다.

잭이 전쟁에서 한 팔을 잃고 돌아왔지만 그렇다고 달라진 건 없었다. 이제는 경찰이 아니었지만 잭의 마음만큼은 여전히 경찰에 있었고 미르나는 예전과 다름없이 그를 사랑했다. 잭은 미르나가 직장을 그만두기를 바랐지만 미르나는 잭이 제대로 자리를 잡을 때까지 일을 계속하게 해 달라고 잭을 설득했다. 한 팔이 없는 남자가 일자리를 구하기란 쉽지 않은 노릇이었다. 하지만 잭에게는 친구가 많았다.

얼마 지나지 않아 잭은 어느 보험 회사 조사 팀에서 일하게 되었다. 뭐든 경찰 업무와 관련된 일이어야 했다. 사실 경찰 일 말고 잭이 할 수 있는 일은 아무것도 없었다. 잭과 미르나는 행복했고 결혼식을 앞두고 있었다. 그런데 이런 일이 터졌다.

팻이 내 어깨를 툭 치며 말했다.

"밖에 미르나를 집에 데려다 줄 차가 기다리고 있어."

나는 자리에서 일어나 미르나의 손을 잡아 일으켰다.

"이제 그만 가 봐요. 당신이 여기 있어 봐야 할 수 있는 일이 없어요."
 미르나는 아무 말도 하지 않았다. 조용히 일어나 경찰이 이끄는 대로 문밖으로 나갔다. 내가 팻을 향해 물었다.
 "어디서부터 시작하지?"
 "글쎄, 일단 내가 아는 건 다 알려 줄게. 거기에 네가 뭘 더 알아낼 수 있을지 보자고. 넌 잭과 단짝이었으니 뭔가 실마리가 될 만한 것을 알아낼지도 모르지."
 속에서 궁금증이 일었다. 잭은 올곧은 성격이라 적을 만들 사람이 아니었다. 경찰에 있을 때에도 적이라곤 없었다. 전쟁에서 돌아온 후에 맡은 보험 사건 조사 업무는 그저 일상적인 일뿐이었다. 그렇지만 바로 거기에 어떤 함정이 숨어 있었을지도 모를 일이다.
 "잭이 어젯밤에 파티를 열었대. 대단한 건 아니었지만."
 나는 팻의 말을 자르고 끼어들었다.
 "나도 알아. 어제 잭이 전화해서 오라고 했는데 너무 피곤해서 그냥 일찍 잤거든. 파티에 초대된 사람들은 잭이 군대에 가기 전부터 알고 지내던 오랜 친구들이었어."
 "그렇더라고. 미르나한테서 초대된 사람들 명단을 벌써 받아 두었지. 경찰이 지금 그 사람들을 조사하는 중이야."
 "시체를 발견한 건 누구지?"
 "미르나가 발견했어. 오늘 집 지을 터를 알아보러 잭이랑 교외로 나갈 참이었대. 여덟 시 남짓 미르나가 여기 왔는데 잭이 대답을 안 해서 걱정이 됐대. 요즘 잭이 팔 때문에 애를 많이 먹었나봐. 많이 아픈가 싶어 걱정하면서 관리인을 불렀고 평소 미르나를

알던 관리인이 선뜻 문을 열어 준 거지. 안으로 들어간 미르나가
비명을 지르자 관리인이 다시 달려 들어왔고 경찰에 연락을 했지.
미르나는 연락을 받고 달려온 경찰에게 파티 이야기를 해 주더니
그대로 그 자리에 주저앉아 버리더라고. 그러고 나서 내가 너에게
전화를 했지."

"총을 쏜 건 몇 시였지?"

"검시관 말로는 내가 현장에 도착하기 다섯 시간쯤 전이래. 그
러니까 세 시 십오 분쯤인 거지. 시체 부검 결과가 나오면 좀 더
정확한 시각을 알 수 있을 거야."

"총성을 들은 사람은 없나?"

"없어. 소음기가 달린 총이었나 봐."

"소음기를 달았다고 해도 45구경이면 소리가 꽤 클 텐데."

"나도 아는데, 아래층 홀에서 파티가 한창이었거든. 경찰에 신
고가 들어올 만큼 시끄럽게 놀지는 않았어도 이 방에서 나는 총소
리가 안 들릴 정도는 됐겠지."

"여기 온 사람들은 누구였지?"

내 질문에 팻이 주머니에서 노트를 꺼내 한 장을 찢어서 건네주
었다.

"미르나가 나한테 준 명단이야. 제일 먼저 도착한 건 미르나였
지. 어젯밤 여덟 시 반쯤에 왔어. 파티 안주인 노릇을 하면서 문간
에서 사람들에게 인사를 했대. 마지막 손님이 온 건 열한 시쯤이
었고. 가볍게 술을 마시면서 춤추고 놀다가 새벽 한 시쯤 다같이
나갔대."

팻이 준 이름들을 보았다. 몇 명은 잘 아는 사람들이었고 두어

명은 잭한테서 들은 적이 있을 뿐 만나 본 적은 없는 사람들이었다.
"파티가 끝나고 나서는 다들 어디로 갔지?"
"차가 두 대였어. 미르나는 헬 카인즈의 차를 탔지. 웨스트체스터까지 곧장 가서 도중에 미르나를 집에 내려 줬대. 다른 사람들 얘기는 아직 못 들었어."
팻과 나는 잠시 조용히 있었다. 이내 팻이 물었다.
"살인 동기가 뭐라고 생각해?"
나는 고개를 저었다.
"아직 전혀 모르겠어. 하지만 알아내야지. 그냥 죽였을 리는 없으니까. 뭔지는 몰라도 시시한 동기는 아닌 게 분명해. 제정신이고서야 이런 짓을 할 수가 없거든. 뭐 좀 알아낸 거라도 있나?"
"말해 준 게 다야. 너한테서 뭘 좀 알아냈으면 했지."
나는 팻을 보며 씩 웃었지만 장난칠 기분은 아니었다.
"아직은 말해 줄 게 없어. 아직은……. 하지만 뭔가를 찾아내겠지. 너한테도 알려 주긴 하겠지만 그때 나는 벌써 다음 단계 수사를 진행하고 있을 거야."
"경찰이라고 다 돌대가리는 아니란 건 너도 알지? 우리도 나름대로 수사를 해 나갈 거라고."
"나처럼은 못하지. 그래서 네가 나한테 바로 전화한 거잖아. 상황 파악 정도는 나만큼 빨리 할 수 있을지 몰라도 지저분한 일을 해낼 만한 요령이나 수단은 없지. 그래서 내가 필요한 거고. 수사가 진행되는 동안 계속 나를 앞세우고 너희 경찰들은 내 뒤에 숨어 있다가 체포할 때가 되면 나는 옆으로 밀쳐 내고 너희들이 수갑을 채우지. 그건 너희들이 나를 옆으로 밀쳐 낼 수 있을 때 얘기고. 이번에는 그렇게 안 될 거야."

"좋아. 네 방식대로 해 봐. 네가 들어오는 건 좋아. 하지만 그 살인범도 잡아들여야 해. 잊지 말라고. 너보다 내가 먼저 그놈을 잡을 참이니까. 우리한테는 마음껏 활용할 수 있는 기자재도 있고 다리품을 팔며 돌아다닐 부하 직원들도 많이 있다고. 머리도 너한테 뒤지지 않아."

"걱정 마. 내가 경찰을 과소평가하는 건 아니니까. 하지만 경찰은 놈이 입을 열게끔 팔을 부러뜨릴 수도 없고 바보가 아니란 걸 보여 주기 위해 45구경 총구를 입 안에다 들이밀 수도 없지. 다리품이라면 내가 알아서 팔면 돼. 내가 시키는 대로 안 하면 어떻게 되는지 잘 알기 때문에 내가 알고 싶은 거라면 다 말해 줄 놈들도 많이 있고. 내가 부리는 놈들이야 사무실 직원은 아니지만 아주 쓸모가 있다고."

대화는 거기서 끝났다. 함께 홀에서 나와 현장에 있는 것은 하나도 건드리지 못하도록 순찰 대원이 지키고 서 있는 문 쪽으로 갔다. 엘리베이터를 타고 4층을 내려와 로비로 들어섰고 나는 팻이 기자들에게 간략한 보고를 하는 동안 그를 기다리며 서 있었다.

내 차는 길가에 주차된 경찰차 뒤에 있었다. 팻과 악수를 나눈 뒤 고물이 다 된 차에 올라타곤 수사하는 동안 쓰려고 방 두 개짜리 스위트룸을 잡아 둔 핵커드 빌딩으로 향했다.

2장

내가 도착했을 때 사무실 문은 잠겨 있었다. 몇 번 발로 문을 걸어차자 벨다가 자물쇠를 열었다. 나를 보더니 "아, 탐정님이시군요."라고 말했다.

"무슨 소리지? '아, 탐정님이시군요.' 라니? 내가 누군지 몰라서 하는 말이야? 당신 상사잖아."

"쳇! 요즘 하도 사무실에 안 오시길래 고지서 요금 납부 독촉하러 온 사람인 줄 알았죠 뭐."

나는 문을 닫고 벨다를 따라 내 은신처로 들어갔다. 이 벨다라는 여자의 다리는 백만 불짜리였는데, 본인도 그 멋진 다리를 드러내 놓고 자랑하기를 즐기는 듯했다. 비서로 두기에는 너무 정신을 쏙 빼놓는 여자였다. 숯처럼 검은 머리카락을 호텔 벨보이처럼 짧게 자른 채 몸에 딱 붙는 옷을 입고 있는 그녀를 볼 때마다 펜실베이니아 고속도로의 굽은 곡선이 생각나곤 했다. 그렇다고 벨다가 쉬운 여자라고 생각해서는 안 된다. 별 볼일 없는 남자 몇 놈들을 그야말로 가차 없이 퇴짜 놓는 것을 본 적이 있다. 동작이 빠르기로 치자면 눈 깜짝할 사이에 하이힐을 냅다 벗어젖혀서 머리통에 박아 넣을 수도 있는 여자였다.

그뿐이 아니었다. 벨다는 사설탐정 자격증도 있어서 가끔 나와 사건을 수사하러 나갈 때면 32구경 자동 소총을 챙겨 나오곤 했는데, 이 총을 사용하기를 결코 두려워하지 않았다. 3년 동안이나 이 여자를 데리고 있었지만 한 번도 수작 걸 생각 따위는 해 보지 않았다. 그럴 마음이 없어서가 아니라 너무나 간절히 원하는 속마음을 드러내고 싶지 않아서였다.

벨다는 방석을 집어 들고 의자 위에 앉았다. 나는 창문 쪽을 향해 있는 오래된 회전의자에 앉아 좌우로 몸을 돌렸다. 벨다가 두툼한 서류 뭉치를 책상 위에 던져 놓으며 말했다.

"어젯밤 파티에 참석했던 사람들에 대한 정보는 이게 다예요."

그녀를 노려보며 내가 물었다.

"잭의 일을 어떻게 알았지? 팻은 집으로 전화했는데."

벨다가 그 예쁜 얼굴을 찌푸리며 귀엽게 미소 지었다.

"제가 기자를 몇 명 알고 있다는 사실을 잊으셨나 봐요. 《크로니클》지(誌)의 톰 듀건이라는 기자가 탐정님과 잭이라는 분이 친한 친구 사이라는 걸 기억해 냈죠. 뭐 알아낼 만한 게 있나 하고 여기 사무실로 전화를 넣었다가 결국 자기가 가진 정보만 저한테다 주고 전화를 끊었지 뭐예요. 하룻밤 같이 자 줄 필요도 없이 말예요."

마지막 말은 잠시 생각해 보고 덧붙인 것이었다.

"파티에 모인 사람들은 거의 다 탐정님 파일에 들어 있는 사람들이었어요. 별로 놀라울 것도 없고요. 그 파티에 왔던 사람들 몇 명과 개인적으로 친분이 있는 톰에게 정보를 약간 얻었어요. 대부분 성격 분석이나 소속 단체에 관한 정보예요. 확실한 건 모두 잭과 예전부터 좋은 사이로 지내 온 사람들이라는 거죠. 탐정님이 몇 번 얘기했던 사람들도 있어요."

봉투를 열고 사진 몇 장을 보면서 물었다.

"이건 누구지?"

벨다가 어깨 너머로 사진을 들여다보더니 손으로 가리키며 대답했다.

"맨 위쪽 사진은 핼 카인즈. 뉴욕 대학 의대생이죠. 스물세 살에 키가 크고 선원처럼 생겼어요. 딴 건 몰라도 머리 스타일은 딱 그래요."

벨다가 다음 페이지를 넘겼다.

"여기 두 명은 벨레미 쌍둥이. 나이는 스물아홉 살이고 아직 독신이에요. 남편감을 찾고 있죠. 아버지가 유산으로 남긴 땅과 재산으로 살고 있어요. 남쪽 어딘가에 있는 방직 공장 이권도 절반 정도 갖고 있고요."

"그래, 맞아. 이 여자들은 나도 알아. 얼굴은 예쁘지만 머리가 나쁘지. 잭의 집에서 한 번 봤고 디너파티에서도 한 번 만난 적이 있어."

벨다는 다음 장을 가리켰다. 코뼈가 부러진 중년 남자의 신문 사진이었다. 조지 칼레키. 이 남자는 내가 잘 아는 사람이었다. 한창 혈기 왕성한 20대에 밀수업을 했다. 백만 달러 정도를 챙겨 나와서 소득세를 다 내고는 사교계에 입문했다. 숱한 사람들을 속여 먹었지만 나는 속아 넘어가지 않았다. 그저 하던 사업을 계속할 요량으로 여러 가지 게임에 손을 대고 있었다. 하지만 이 남자를 잡아 낼 수는 없었다. 유능한 변호사단을 고용해서 뒤처리를 깔끔하게 해냈기 때문이다.

"이 남자는 어때?"

벨다에게 물었다.

"저보다 잘 아실 텐데요. 헬 카인즈가 이 남자와 같이 지내고 있어요. 웨스트체스터에서 미르나의 집과 2킬로미터 정도 떨어진 곳에 살고 있죠."

나는 고개를 끄덕였다. 잭이 이 남자 이야기를 했던 생각이 났다. 잭은 헬을 통해서 조지를 만났다. 헬은 아는 사람을 통해서 조지를 만난 후 계속 친구로 지냈다. 조지는 헬을 대학에 보내 주고 있었는데 그 이유는 나도 알 수 없었다.

그 다음은 미르나의 사진이었는데 잭이 내게 말해 줬던 그녀의 과거 정보가 고스란히 다 담겨 있었다. 잭이 마약 중독자였던 미르나를 갑자기 금단 상태로 두었을 당시 병원에서 작성한 처방 기록도 담겨 있었다. 마약 중독자에게서 마약을 완전히 끊어 버리면 환자는 죽거나 치료되거나 둘 중 하나였다. 미르나는 성공한 경우였다. 그러나 미르나는 자신이 어디에서 마약을 얻었는지에 대한 정보를 알아내지 않겠다는 약속을 잭에게 받아 냈다. 잭은 미르나에게 푹 빠져 있었기 때문에 미르나가 부탁하는 일은 무엇이든 들어주었고, 그 문제에 대해서는 완전히 관심을 끊었다.

미르나의 병력을 훑어보았다. 이름은 미르나 데블린. 헤로인 중

독 증세로 자살 기도. 형사 잭 윌리암스가 종합 병원 응급실로 이송. 1940년 3월 15일 입원, 9월 21일 완치. 환자가 어떤 경로로 마약을 입수했는지에 대해서는 알려진 정보 없음. 9월 30일 형사 잭 윌리암스를 보호자로 하여 퇴원. 그 다음에는 내가 보지 않고 넘겨 버린 자세한 의료 기록이 담겨 있었다.

"여기 탐정님께서 좋아하실 만한 게 있어요."

벨다가 나를 보고 씩 웃으며 근사한 금발 미인의 전신 사진을 꺼냈다. 보자마자 심장이 뛰었다. 해변에서 찍은 사진이었는데 하얀 수영복을 입은 팔등신 미녀가 피곤한 표정으로 서 있었다. 길고 매끈한 다리였다. 영화 관계자가 말하는 완벽한 몸매보다는 약간 살집이 더 있었지만 보기만 해도 군침이 흐르는 타입의 몸매였다. 수영복 아래로 복부 근육이 보였다. 여자치고는 넓은 어깨에, 꽉 조이는 수영복 밖으로는 가슴이 비어져 나올 듯 돌출되어 있었다. 사진에서는 머리카락이 하얀색으로 보였지만 타고난 금발 머리임을 알 수 있었다. 그야말로 멋진 머리였다. 하지만 정말 내 눈을 사로잡은 것은 그녀의 얼굴이었다. 벨다도 미인이라고 생각했지만 이 여자는 그보다 더 아름다웠다. 휘파람이라도 불고 싶은 심정이었다.

"누구지?"

"이런, 가르쳐 드리면 안 되겠는데요? 얼굴에 늑대 심보가 가득 나타나 있는걸요……. 좀 걱정은 되지만 탐정님이 아시고 싶은 건 거기 다 있어요. 이름은 샬럿 매닝. 파크 애비뉴에 사무실을 갖고 있는 정신과 의사인데 아주 유능해요. 돈깨나 있다는 환자들이 많이 온다더군요."

주소를 보면서 이 직업도 제법 할 만한 짓거리라는 생각을 했다. 벨다에게 이 말까지 하지는 않았다. 내가 잘못 생각하는 건지는 몰라도 벨다가 내게 마음을 두고 있다는 인상을 늘 받았다. 물론 벨다가 입 밖으로 그런 말을 내뱉은 적이 없지만, 내가 셔츠 옷깃에 립스틱을 묻힌 채 늦은 시각에 사무실에 나타날 때마다 한 주일 동안은 그녀에게서 두 마디 이상 들은 적이 없었기 때문이다.

 서류 뭉치를 책 한 켠에 쌓아 둔 채 의자를 빙빙 돌렸다. 벨다는 받아 적을 준비를 하고 몸을 앞으로 수그렸다.

 "탐정님, 뭐 덧붙이실 말씀 없나요?"

 "별로. 지금은 없어. 우선 생각할 게 너무 많아. 도대체 앞뒤가 맞는 구석이 없거든."

 "동기는 뭐라고 생각하세요? 잭이 적을 만들 만한 일을 한 적이 있나요?"

 "없어. 내가 알기론 없어. 워낙 깨끗한 사람이거든. 그럴 만하다 싶을 때는 사람을 봐줄 줄도 알았고. 게다가 큰 사건에 연루된 적도 없었거든."

 "중요한 재산은 있었나요?"

 "없어. 현장에는 아무것도 손댄 흔적이 없었어. 화장대 위 지갑 안에 몇 백 달러의 현금도 그대로 들어 있었지. 이번 살인은 사디스트의 소행이야. 잭이 총을 잡으려고 하니까 살인범은 총이 걸쳐 있던 의자를 천천히 뒤로 빼면서 잭이 배에 총을 맞은 채 내장이 밖으로 튀어나오지 않도록 손으로 배를 붙잡은 채 바닥을 기게 만들었어."

 "제발, 그만 좀 해요."

더는 아무 말도 하지 않았다. 그냥 앉아서 벽만 노려보았다. 언젠가 잭을 쏘아 죽인 그놈을 향해 내 손으로 방아쇠를 당길 것이다. 젊었을 적에 나는 수도 없이 사람을 죽였다. 감정 따윈 없었다. 감정은 처음 사람을 죽인 순간에만 느껴 봤을 뿐이다. 전쟁이 끝난 후에는 사람들을 희생시키는 망종들을 내 손으로 처치하고 싶어 거의 안달이 날 지경이었다. 사람들이란 이따금 정말 믿기 어려울 정도로 멍청한 짓을 할 때가 있다. 살인범을 놓고 법으로 재판을 한다는 것이 그렇다. 재판 도중 법관들의 말에서 살인범이 빠져나갈 허점이 드러난다. 그래도 결국 놈들은 정의의 심판을 받는다. 가끔은 나 같은 사람한테 당하는 경우도 있다. 놈들은 사회를 짓밟고 나는 놈들을 짓밟는다. 나는 미친개를 쏘듯 놈들을 쏴 죽이고 사회는 나를 법정으로 끌어다 놓고 왜 그런 처단을 내리게 됐는지 설명하라고 다그친다. 그들은 내 과거를 조사하고 지문을 검사하고 수백만 가지의 질문을 쏟아 붓는다. 서류를 보면 내가 누굴 죽이지 못해 안달이 난 탐정이라도 되는 것 같다. 하지만 내 친구 팻 체임버스가 알아서 처리를 해 주기 때문에 그런 서류가 크게 걸림돌이 되지는 않는다. 팻 밑의 경찰들이 험한 꼴을 보지 않게 하려고 내 나름대로 최선을 다하는 것뿐이고 경찰들도 그 사실을 안다. 그러다 보니 내가 사건을 마무리 지을 때는 대개 잘한 짓으로 결론이 난다.

벨다가 사건에 대한 기사가 실린 석간신문을 들고 사무실로 돌아왔다. 신문 일 면에 살인 사건 현장의 사진이 크게 실려 있었고, 그 아래에는 상세한 내용의 네 줄짜리 기사가 붙어 있었다. 내 어깨 너머로 신문을 읽던 벨다가 놀란 나머지 숨을 들이쉬는 소리가 들렸다.

"자폭이라도 하기로 결심하고 들어갔어요? 봐요!"

벨다가 신문 기사 마지막 문단을 가리켰다. 내가 사건에 관계되었다는 내용이 실려 있었지만 벨다가 가리킨 것은, 살인범이 잭을 죽인 수법 그대로 내가 살인범을 죽이겠다고 죽은 잭에게 한 말이었다. 나는 신문을 구겨 벽에다 냅다 던졌다.

"망할 놈! 이걸 기사에 싣다니, 그놈 목을 분질러 버릴 거야! 내가 잭에게 이 약속을 한 건 진심이었어. 내게는 신성한 약속인데 그놈은 장난처럼 취급하고 있잖아. 팻의 짓일 거야. 그래도 놈이 친구라고 생각했는데. 전화기 좀 줘 봐."

벨다가 내 팔을 잡았다.

"진정하세요. 그 사람이 그랬다 치자고요. 그래도 어쨌거나 팻은 경찰이잖아요. 어쩌면 살인범이 제 발로 당신한테 접근할 가능성을 점치고 그랬을 수도 있죠. 탐정님이 그 미친놈을 뒤쫓고 있다는 사실을 알면 그놈은 가만히 있지 못하고 탐정님한테 게임을 걸어올 수도 있잖아요. 그때 놈을 잡을 수도 있죠."

"고맙군요, 아가씨. 하지만 당신 생각은 너무 순진해. 앞부분은 그런 대로 맞았지만 뒷부분은 신통치 않은걸? 팻은 내가 범인을 알아내길 원하지 않아. 왜냐하면 그날로 사건은 끝이니까. 나한테 범인을 갖다 붙일 요량이라면 분명 나한테 미행을 붙여 두었다가 범인과 총격전이 벌어지는 순간 끼어들 거라고. 내기를 걸어도 좋아."

"그건 모르겠네요. 탐정님이 워낙 똑똑해서 미행을 당할 사람이 아니라는 건 팻도 잘 알잖아요. 그런 짓을 할 것 같진 않은데

요."

"안 한다고? 물론 그놈이 바보는 절대 아니지. 하지만 내기를 걸어도 좋다니까. 내 말이 맞으면 당신이 나한테 샌드위치를 사고, 내 말이 틀리면 내가 당신하고 혼인 신고라도 해 주지. 1층에 짭새 한 놈을 세워 이 건물의 출구란 출구는 모조리 지키게 하다가 내가 건물 밖으로 나가면 바로 따라붙을걸? 물론 내가 놈을 잡아 내기야 하겠지만 그렇다고 거기서 끝나지는 않을 거야. 다른 미행 전문가 두어 명이 거기서 또 다시 따라붙을 테니까."

벨다의 두 눈이 반짝 빛났다.

"그거 진심이에요? 내기를 걸어도 좋다는 그 말 말이에요."

나는 고개를 끄덕였다.

"물론 진담이지. 같이 아래층으로 내려가서 확인해 볼까?"

벨다가 미소를 지으며 코트를 집어 들었다. 나도 낡아 빠진 모직 코트를 입고 함께 사무실을 나섰다. 사무실을 나서기 전에 샬럿 매닝의 사무실 주소를 다시 한 번 봐 두는 것도 잊지 않았다.

우리가 들어서자 엘리베이터 보이인 피트가 이를 드러내며 씩 웃었다.

"안녕하세요, 해머 씨."

피트가 말했다.

"요즘 뭐 재밌는 일이라도 있나?"

피트의 옆구리를 살짝 치며 내가 물었다.

"별로요. 이젠 근무 시간에 앉아 있는 시간이 별로 없다는 것 말고는."

나는 웃음을 참을 수가 없었다. 벨다는 벌써 내기에서 졌다. 피트와 내가 나눈 이 짧은 대화는 몇 년 전에 만들어 놓은 일종의 암호 같은 것이었다. 피트의 대답은 내가 건물을 나설 때 따라붙을 놈이 있다는 뜻이었다. 이 일 때문에 매주 돈을 먹여야 하긴 하지만 그만한 가치가 있었다. 피트는 나보다도 빨리 짭새를 알아본다. 그도 당연한 것이, 경찰과 강가에서 기나긴 추격전을 벌인 후 마음을 고쳐먹기 전까지만 해도 피트는 소매치기였다.

기분 전환 겸 앞문으로 나가기로 했다. 미행이 있는지 둘러보았지만 아무도 보이지 않았다. 잠깐 심장이 털썩 내려앉는 듯했다. 피트의 신호를 눈치 챈 건 아닌지 걱정이 되었다. 벨다에게도 짭새를 알아보는 재주가 있었는데 텅 빈 건물 로비를 지나면서 벨다가 지은 미소는 누구의 눈에도 확연히 보이는 것이었다. 내 팔을 꼭 붙잡은 벨다는 당장 결혼식장으로 직행해 신부 입장이라도 할 태세였다.

하지만 회전문을 통과하는 순간 벨다의 얼굴에서 웃음기가 사라지는 동시에 내 얼굴에 미소가 번져 올랐다. 미행이 우리 앞을 지나쳐 걷고 있었다. 기분이 상한 벨다가 착한 여자들 같으면 웬만해서는 쓰지 않을, 못돼 먹은 길거리 깡패들이 시멘트 벽에 곧잘 낙서로 써 놓는 단어를 내뱉었다.

이놈은 아주 영리했다. 어디서 나타났는지도 알 수 없었다. 손에 든 신문지를 다리에 대고 흔들면서 우리보다 훨씬 빨리 걸었다. 아마 야자수 나무에 가려져 있는 창문을 통해 우리가 어느 문으로 나갈지 봐 둔 다음 모퉁이를 돌아 우리가 건물을 나서는 순간 옆으로 지나쳤을 것이다. 우리가 다른 방향으로 나갔다면 분명 그쪽에도 다른 놈이 따라붙으려고 기다리고 있었을 것이다.

하지만 이놈은 총을 바지 뒷주머니에서 빼서 어깨 밑에 숨겨 두는 것을 잊었다. 총이 어디에 있는지 알아볼 줄 아는 사람들에게는 총이 들어 있는 자리가 혹만 하게 튀어나와 있어도 호박 덩어리처럼 눈에 잘 보이는 법이다.

차고에 도착하니 놈이 보이지 않았다. 숨을 만한 문은 많았다. 놈을 찾느라 시간을 낭비하지는 않았다. 내가 차를 빼자 벨다가 내 옆자리로 올라타며 말했다.

"이제 어디로 가죠?"

"어디긴? 당연히 샌드위치 얻어먹으러 식당으로 가야지."

3장

식사를 마치고 벨다를 미장원에 내려 준 다음 웨스트체스터를 향해 북쪽으로 차를 몰았다. 조지 칼레키에게는 다음 날에나 찾아가 볼 생각이었지만 샬럿의 사무실에 전화를 해 보고 계획을 바꿨다. 샬럿은 이미 집으로 돌아간 후였고 접수실 여직원은 집 주소를 알려 주지 않도록 교육되어 있었다. 나중에 다시 전화하겠다고 하고서 될 수 있는 대로 빨리 만나 봤으면 좋겠다는 메시지만 남겼다. 도무지 머리에서 그 여자 생각을 떨쳐 버릴 수가 없었다. 그 잘빠진 다리란.

20분 후 족히 25만 달러는 나감직한 집 앞에 서서 벨을 눌렀다. 아주 깍듯하고 예의 바른 집사가 자물쇠를 따고 나를 맞았다.

"칼레키 씨 계신가요?"

"누구시라고 전해 드릴까요?"

"마이크 해머라는 사설탐정입니다."

반짝이는 탐정 면허증을 내밀었지만 집사의 반응은 시큰둥했다.

"죄송합니다만 칼레키 씨는 지금 몸이 좋지 않으신데요."

집사가 말했다. 능숙한 매너로 쌀쌀맞게 방문을 거절하는 것이 눈에 보였지만 개의치 않았다.

"그럼 지금 당장 몸을 추스르고 이리 내려오시지 않으면 내가 직접 올라가겠다고 전하세요. 농담 아닙니다."

집사는 찬찬히 나를 살펴보더니 내가 정말로 그렇게 할 사람이라는 판단을 내린 듯했다. 고개를 끄덕이더니 내 모자를 받았다.

"이쪽으로 오시죠, 해머 씨."

집사가 나를 커다란 서재로 안내했다. 나는 팔걸이의자에 앉아 조지 칼레키를 기다렸다.

얼마 안 돼서 그가 나타났다. 문이 세차게 열리더니 회색 머리카락에 사진보다 약간 더 뚱뚱해 보이는 남자 한 명이 들어와 단도직입적으로 말문을 열었다.

"집사가 몸이 좋지 않다고 전했을 텐데 왜 여기까지 들어오신 겁니까?"

담배에 불을 붙이고 그를 향해 연기를 내뿜으며 대답했다.

"그런 소리는 그만두시죠. 내가 왜 왔는지는 당신도 잘 아시지 않습니까."

"물론 알죠. 나도 신문은 읽었수다. 하지만 유감스럽게도 당신을 도와드릴 수가 없군요. 살인 사건이 일어나던 시각에 나는 집에 있었고 증명할 만한 알리바이도 있어요."

"헬 카인즈도 함께 왔나요?"

"그래요."

"하인이 문을 열어 주었나요?"

"아뇨. 내가 직접 열고 들어왔소."

"헬 말고 당신이 들어오는 걸 본 사람이 있나요?"

"없을 겁니다. 하지만 그 사람 말이면 충분하지 않습니까?"

나는 그의 얼굴에다 대고 비웃어 주었다.

"그야 두 사람이 모두 살인 용의자라면 얘기가 달라지지요."

이 말에 칼레키의 얼굴이 창백해지더니 곧 죽일 듯한 기세로 고함을 쳤다.

"어떻게 감히 그런 말을! 경찰에서도 나를 그 살인 사건과 연관 지을 생각이 전혀 없었단 말이오! 잭 윌리엄스는 내가 파티장을 떠난 뒤 몇 시간이나 지나서 죽었단 말입니다."

앞으로 한 발 다가가서 칼레키의 셔츠 앞자락을 틀어쥐고 말했다.

"내 말 잘 들어, 이 추해 빠진 사기꾼아."

그의 얼굴에 침을 뱉어 주고서 말을 계속했다.

"너도 다 알아들을 만한 얘기일 텐데? 난 경찰 따위는 관심 없어. 내가 용의자라면 용의자인 거야. 중요한 건 나라고. 왜냐하면 내가 그딴 짓을 한 놈을 잡는 날이면 그놈은 죽은 목숨이거든. 내가 혐의를 증명하지 못하더라도 어쨌든 놈은 죽을 거야. 나한테는 증거 따위가 필요 없어. 그저 몇 가지 단서만 있으면 놈을 잡을 거야. 범인을 처치할 때까지 너 같은 거들먹거리는 바보 녀석들 여러 명쯤은 쏴 죽일 수도 있지. 내가 잡으려는 놈이 그중 하나일 수도 있고, 범인도 아닌데 죽은 놈들은 그냥 운이 없었던 셈 치면 그만이야. 여기저기 더러운 짓을 하고 다닌 게 죄라면 죄겠지."

지난 20년간 아무도 그에게 그런 식으로 말한 적이 없었다. 그는 말을 하려고 더듬거렸지만 아무 말도 못하고 있었다. 그 순간 놈이 입을 나불거렸다면 아가리를 날려 버렸을 것이다.

얼굴을 보고 있기가 거북스러워서 놈을 탁자 쪽으로 밀쳐 내고는 누가 내 머리를 치려는 것을 피해 옆으로 몸을 날렸다. 도자기 꽃병이 내 어깨로 날아와 부딪쳐 산산조각으로 부서졌다.

몸을 숨기는 동시에 급히 주먹을 휘둘렀다. 머리로 주먹이 날아왔고 나는 왼손으로 그 주먹을 막았다. 나는 기다리지 않았다. 아랫도리를 주먹으로 냅다 갈기고서 머리로 턱을 세차게 들이받았다. 헬 카인즈는 바닥에 쓰러져 꼼짝도 못한 채 누워 있었다.

"똑똑하시군. 뒤에서 나를 쳐 보겠다는 생각을 다 하다니. 조지, 당신 친구 교육 좀 제대로 시키시지 그랬어. 당신이 도끼 뒤에서 있을 때 덮쳤어야지. 겨우 저런 조무래기가 당신 대신 싸우게 만들어서야 쓰겠어? 게다가 사방이 다 거울인데 뒤에서 덮칠 생각을 하다니……."

칼레키는 아무 말도 하지 않았다. 의자에 앉은 채 증오에 찬 듯 눈을 가늘게 떴다. 그때 거기에 막대기가 있었더라면 그 막대기로 나를 치려고 했을 것이다. 그러다가 그도 죽었을 것이다. 겨드랑이 밑에서 45구경 권총을 재빨리 뽑는 연습이라면 질리도록 많이 해 본 나였다.

카인즈가 몸을 움직이기 시작했다. 발가락으로 옆구리를 떠받쳐 카인즈가 일어나 앉도록 도와주었다. 두려움으로 얼굴이 하얗게 질려 있었지만 나를 노려볼 용기는 남아 있었다. 카인즈가 말했다.

"이 나쁜 놈, 그렇게 더러운 수법을 써 가면서 싸우다니."

몸을 굽혀 놈의 어깻죽지를 잡고 거꾸로 내팽개쳤다. 카인즈의 눈이 휘둥그레졌다. 아마 만만한 사람을 상대하고 있는 줄 아는 모양이었다.

"이봐 여드름딱지, 잘 들어. 그냥 장난삼아 네 놈 턱뼈를 부러뜨려 온 방 안에 뿌려 놓을 수도 있겠지만 내가 지금 할 일이 좀 많거든. 아직 애송이인 주제에 어른한테 덤비지 말라고. 자네 몸집도 제법이긴 하지만 난 자네보다 세 치수는 더 큰 데다 성격도 훨씬 거칠거든. 한 번만 더 이런 장난을 쳤다간 다신 살아서 햇빛 못 보게 만들어 줄 테니 알아서 해. 자, 이제 저기 가서 앉아 봐."

카인즈는 소파에 가서 앉았다. 조지는 기운을 차린 듯 파이프에 담뱃불을 붙였다.

"해머 씨, 잠깐만요. 이건 좀 지나치신데요. 내가 이래 봬도 시청 쪽에 아는 사람도 있는데……."

"나도 압니다. 폭행 및 구타 혐의로 날 체포하고 내 탐정 면허를 취소시킬 수도 있겠죠. 그렇게 하기 전에 나한테 잡히는 날에는 당신 얼굴이 어떻게 될지 꼭 한번 생각해 보시지요. 벌써 누가 당신 코를 손봐 준 것 같긴 한데, 내가 손보는 날엔 그 정도로 끝나지 않을 겁니다. 이제 입 닥치고 제 말에 대답이나 하시죠. 첫째, 파티장을 나온 시각이 몇 시였죠?"

조지가 퉁명스럽게 대답했다.

"한 시 조금 넘어서."

그건 미르나가 한 말과 일치했다.

"나와서 어디로 갔지?"

"같이 아래층으로 내려와 헬의 차를 타고 바로 집으로 왔소."
"같이라니? 누구랑 같이?"
"헬, 미르나, 나, 이렇게 세 명이요. 미르나를 아파트에 내려 주고 차고에 차를 넣은 다음 집으로 들어왔소이다. 헬에게 물어보쇼. 헬이 확인해 줄 테니."

헬이 나를 보았다. 걱정하고 있는 표정이 역력했다. 어떤 일에 이렇게 깊이 말려 들어가 보긴 이번이 처음인 것이 분명했다. 살인 사건이란 누구에게도 기분 좋은 일은 아니다.

나는 질문을 계속했다.
"그러고 나선 뭘 했지?"
헬이 대답했다.
"하이볼 한 잔 마시고 잤소. 도대체 우리 둘이 무슨 일을 했을 거라고 생각하는 거요?"
"그야 모르지. 뭐 둘이 같이 잤을지도."

분노로 얼굴이 새빨개진 헬이 눈앞에서 벌떡 일어섰다. 나는 주먹으로 얼굴을 한 대 쳐서 다시 소파에 앉히고는 말을 이었다.

"뭐, 같이 자지 않았을 수도 있겠지. 그렇다면 둘 중 하나는 차를 타고 잭의 집으로 돌아가서 잭을 죽이고 아무도 모르게 다시 이리로 돌아왔을 수도 있고. 둘이 같이 잤다면 둘이 같이 범행을 저질렀을 수도 있지. 내 말이 무슨 뜻인지 알겠어? 너희들 둘 중 누구 하나라도 자기가 깨끗하다고 생각한다면 다시 생각해 보는 게 좋을 거야. 약점을 잡아 낼 수 있는 사람이 나 하나만은 아니라고. 벌써 팻 체임버스가 모든 것을 알아내서 서류로 갖고 있을 거야. 곧 너희들 목을 조여 오겠지. 그러니 준비해 두는 게 좋을 거라고. 둘 중 하나라도 살인죄로 죽는다면 팻한테 잡혀서 죽는 편이 훨씬 나을 거야. 그러면 적어도 살아서 재판은 받을 수 있을 테니까."

"누가 날 부르나?"

문 쪽에서 목소리가 들려왔다. 뒤를 돌아보았다. 팻 체임버스가 늘 그렇듯 만면에 웃음을 머금은 채 서 있었다.

손을 흔들어 팻을 불러들였다.

"그래. 지금 여기선 네가 대화의 핵심 주제야."

조지 칼레키가 소파 쿠션에서 몸을 일으켜 팻 쪽으로 걸어갔다. 예전의 허세를 되찾은 모양이었다.

조지가 목청을 높여 말했다.

"경찰 선생, 지금 당장 이 남자를 체포해 주시오. 내 집에 침입해서 나와 내 손님을 모욕했단 말입니다. 저 사람 턱에 난 상처 좀 봐요. 무슨 일이 있었는지 말해 봐, 헬."

헬은 내가 자기를 보고 있는 것을 알았다. 팻이 내게서 몇 미터 떨어진 자리에 서서 주머니에 손을 넣은 채 무슨 일이 일어나든 말릴 생각이 추호도 없다는 듯한 포즈로 서 있는 것도 보았다. 문득 잭이 경찰이었고 팻도 경찰이었는데 잭이 살해당했다는 생각이 그의 머리를 스쳤다. 경찰을 죽이고서 처벌을 피할 길은 없다. 헬이 말했다.

"아무 일도 없었습니다."

"이 더러운 거짓말쟁이!"

칼레키가 헬에게 소리쳤다.

"사실을 말해! 저놈이 우리를 어떻게 협박했는지 말하란 말야!

뭘 두려워하는 거지? 이 지저분한 삼류 탐정이 무서워?"
"그건 아니지. 헬이 두려워하는 건 이거야."
나는 조용히 말하고서 90킬로그램이나 되는 몸무게를 실어 조지를 밟아 누르고 주먹으로 복부를 가격했다. 조지는 바닥으로 쓰러져 구토를 해댔고, 얼굴은 자주색으로 변해 갔다. 헬은 그냥 보기만 했다. 잠깐 헬의 부어오른 얼굴에서 만족스러운 듯한 눈초리가 스쳐 가는 것이 보였다.
팻의 팔을 잡고 물었다.
"이제 됐나?"
"어. 여기선 더 할 일이 없어."
현관 지붕 아래 팻의 차가 세워져 있었다. 함께 차에 올라 시동을 걸고 집 주위를 한 바퀴 돈 다음 자갈이 깔린 진입로를 지나 고속도로로 들어가 도시를 향해 남쪽으로 달렸다. 둘 다 말이 없다가 내가 팻에게 물었다.
"밖에서 다 들었나?"
팻이 흘끗 쳐다보더니 고개를 끄덕였다.
"그래. 문밖에 서서 네 허풍뿐인 일장 연설을 다 들었지. 나랑 똑같은 수법을 쓰는 것 같더만."
내가 말을 받았다.
"그나저나, 내가 바보처럼 너한테 당할 거라는 생각 따위는 하지 마. 나한테 미행 붙인 거 알아. 그놈이 뭐라고 했지? 정문에서 전화했나? 아님 주유소에서?"
"주유소였어. 왜 차를 몰고 다니는지 종잡을 수가 없으니 어떻게 해야 할지 지시를 내려 달라고 하더군. 그런데 2킬로미터나 되는 거리를 왜 걸어간 거지?"

"그게 쉽거든. 칼레키가 신문에 난 기사를 읽고는 날 들여보내지 말라고 지시해 놨을 테니까. 담장을 넘어 들어갔지. 여기가 주유소야. 차 세워."

팻이 콘크리트 도로 쪽에 차를 세웠다. 내 차는 회반죽 세공을 한 집 옆에 그대로 세워져 있었다. 나는 안에 잠들어 있는 회색 양복을 입은 남자를 가리켰다.

"팻, 이놈을 나한테 붙인 거지? 좀 깨워 봐."

팻이 차에서 나와 그를 흔들어 깨웠다. 그는 바보처럼 히죽거리면서 정신을 차렸다. 팻이 내 쪽을 가리켰다.

"저 사람이 널 눈치 챘어. 기술을 좀 바꿔 봐야겠는걸?"

그는 당황한 눈치였다.

"눈치 챘다고요? 그런 티는 전혀 안 냈는데요."

내가 말했다.

"여보쇼, 자네 총이 바지 뒷주머니에서 엄지손가락마냥 불룩 튀어나와 있답니다. 알다시피 이런 장난은 워낙 많이 해 본 터서."

나는 내 차에 올라타 방향을 틀었다. 팻이 창문으로 머리를 내밀고 물었다.

"계속 혼자서 일할 거야?"

그저 고개를 끄덕이는 수밖에 없었다.

"당연하지. 안 그러면 어쩌겠어?"

"그럼 시내까지 날 따라와 봐. 재미있는 걸 보여 주지."

팻은 경찰차에 올라타 콘크리트 길을 벗어나 고속도로로 진입했다. 나를 미행하던 놈도 팻의 뒤를 따라갔고 나도 그 뒤를 따랐다. 지금까지는 팻이 그런 대로 공정하게 게임을 진행해 가고 있었다. 나를 미끼로 이용해 먹고는 있었지만 상관없었다. 그건 마치 파리를 잡으려고 송어를 미끼로 쓰는 것과 같았다. 하지만 나에게 너무 바싹 들러붙는 바람에 게임이 재미가 없어지고 있었다. 내가 일이라도 당할까 봐 그러는 건지 아니면 유력한 용의자를 처치해 버릴까 봐 그러는 건지는 알 수 없었다.

신문에 난 기사대로 되자면 시간이 좀 걸릴 것이다. 살인범이 그렇게 빨리 잡힐 리가 없었다. 총을 쏜 놈이 누군지는 몰라도 꽤나 똑똑한 것은 분명했다. 너무 지나치게 똑똑해서 탈이었다. 제대로 정신이 박힌 놈이라면 내 생각도 했을 것이다. 이게 그저 보통 사건이었다고 해도 경찰 생각도 해야 했을 것이다. 하지만 이건 경찰을 죽인 일인 만큼 평범한 살인 사건이 아니었다. 다만 한 가지 확실한 것은, 내가 연관 있는 사람들을 모두 만나보고 다니는 이상 그놈의 살해 대상 명단에 나도 반드시 올라갈 거라는 사실이었다.

아직까지는 칼레키나 카인즈에게서 아무것도 알아내지 못했다. 범행 동기가 없었다. 하지만 그건 나중 문제다. 두 사람 모두 잭을 살해할 기회가 있었다. 조지 칼레키는 다른 사람들이 생각하는 그런 자가 아니었다. 아직도 파친코에 손을 대고 있었다. 거기에 가능성이 있을지도 모른다. 헬이 어떻게 개입했는지는 또 다른 문제였다. 어떤 식으로든 관련이 되어 있을 것이다. 아닐 수도 있고, 그럴 수도 있다. 내가 밝혀낼 것이다.

아무 결론도 내지 못한 채 사건에 대해 이런저런 생각을 해 보앗다. 팻은 다른 경찰들과는 달리 사이렌을 울려 대지 않은 채 도시를 가로질러 갔고 마침내 팻의 경찰서 앞 도로에 차를 세웠다.

2층으로 올라가 책상 맨 아래 서랍을 열고 도시락 가방에서 버번 한 병을 꺼냈다. 큰 컵으로 한 잔을 내게 건네고 자신도 한 잔을 따랐다. 받은 술을 단숨에 들이마셨다.

"한 잔 더 줄까?"

"됐어. 정보나 좀 줘 봐. 무슨 얘길 해 주려던 거였지?"

팻이 서류 캐비닛으로 가서 파일 하나를 꺼내 왔다. 파일에 붙은 제목을 보았다. '미르나 데블린'이라고 적혀 있었다.

팻은 의자에 앉아 내용물을 뒤적였다. 서류는 완벽했다. 내가 미처 알지 못했던 미르나에 관한 정보까지 다 들어 있었다. 뭔가 할 말이 있는가 보다 싶어서 팻에게 물었다.

"이건 왜 꺼낸 거지? 이번 사건이 미르나와 관련이 있다고 생각하는 거야? 그렇다면 헛다리 짚고 있는 거라고."

"그럴지도 모르지. 이봐, 마이크. 잭이 다리 난간에서 떨어지려는 미르나를 처음 발견했을 때만 해도 미르나를 그저 여느 마약 환자들과 다름없이 대했다고. 병원 응급실 병동으로 데려갔잖아."

팻은 자리에서 일어나 주머니에 손을 찔러 넣었다. 뭔가 생각에 몰두해 있음을 알 수 있었다. 팻이 입을 열었다.

"잭이 사랑에 빠진 건 미르나를 계속 만나면서였어. 잭은 아주 진지했지. 미르나의 좋은 점을 발견하기 전에 나쁜 점을 먼저 다 알고 시작한 관계였으니까. 그런 힘든 시기에 미르나를 사랑하게 됐으니 사랑은 더 깊어질 수밖에 없었지."

"도대체 무슨 소리를 하는 거야? 미르나라면 나도 잭만큼이나 잘 알고 있다고! 이번 사건의 제1용의자로 미르나를 지목해서 온갖 조사하고 있는 거라면 나랑 한 판 단단히 붙을 각오를 해야 할 걸?"

"열 내지 마. 아직 할 말이 더 남았어. 퇴원하고 난 뒤 미르나는 잭에게 마약 복용 경로에 대해 추궁하지 않겠다는 약속을 해 달라고 부탁했지. 잭은 그 부탁을 들어줬고."

"나도 알아. 그날 밤 나도 함께 있었어."

"그래, 잭은 그 약속을 제대로 지켰지만 경찰 측은 달랐지. 마약은 별도의 부서 소관이거든. 그 사건이 그쪽 부서로 넘어갔어. 미르나는 거기에 대해선 아무것도 몰랐지만 약을 끊은 뒤 입을 열어 얘길 했어. 속기사가 그녀의 말을 모두 받아 적었는데 정말 많은 것을 말했지. 마약으로 도시를 주무르고 있는 범죄 조직을 잡을 수도 있었지만, 조직 내부로 기습해 들어갔을 때 총격전이 벌어졌고 그 와중에 내막을 다 불어 버릴 수도 있었던 놈 하나가 머리에 총을 맞는 바람에 수사는 종결됐지."

"그 얘긴 처음 듣는군."

"그렇겠지. 그때 넌 군대에 있었으니까. 그 조직의 뒤를 밟는데 거의 1년이나 걸렸어. 그러고도 끝이 안 났지. 조직은 다른 주에까지 세력이 뻗어 있었고 연방 정부가 뒤를 쫓고 있었어. 미르나의 과거를 안 경찰이 미르나는 풀어 줬지. 연예인이 돼 보겠다고 시골에서 여기 도시까지 온 여자였어. 안타깝게도 나쁜 조직과 엉켜 버렸고 룸메이트를 통해 마약에 손을 대게 된 거야. 중간 연락책은 마권 업자로 신분을 위장하여 대신 돈을 지불하고 있던 남자였는데, 그게 다 마약을 팔자고 쓰는 수법이었어. 지금은 허드슨 강에 있는 오시닝 교도소에서 편안히 감방 생활을 하고 있는 정치가 한 명이 그의 뒤를 봐주었어. 조직의 우두머리는 머리가 아주 비상한 놈이었지. 그를 아는 사람도, 본 사람도 없었어. 거래는 우편으로 이루어졌지. 우편물 상자에 마약을 담아 아주 교묘하게 위장해서 보냈어. 상자마다 현찰을 송금할 번호가 들어 있었지. 알고 보면 그 번호도 다른 상자를 가리키는 번호였고."

그건 내가 몰랐던 부분이었다. 팻이 몸을 돌려 의자에 앉아 다시 말을 시작하려는데 내가 말을 막으며 물었다.

"이상한 점이 있어. 모든 게 다 거꾸로야. 그런 물건은 보통 선불로 거래를 하고 밀매 업자들은 물건을 충분히 확보해서 그것으로 돈을 벌려고 하는 법인데."

팻은 담배에 불을 붙이고는 고개를 끄덕였다.

"맞아. 그게 어려운 부분이지. 분명 지금도 우체국 우편물 상자 속에는 그 물건이 가득 들어 있을 거라고. 이건 아마추어의 솜씨도 아냐. 물건이 그야말로 제 날짜를 딱딱 맞춰서 들어왔거든. 공급처야 충분했지. 가까스로 수취인이 손대지 않은 오래된 물건 상자 몇 개를 찾아내긴 했지만 우표 하나조차도 서로 비슷한 것이 없었어."

"조직만 크다면야 알아내기가 별로 어렵지 않았을 텐데?"

"겉으로는 아무 문제도 없어 보였지. 그 우편물이 발송된 지역에 주재하는 요원들을 시켜 그 지역을 이 잡듯이 샅샅이 찾아보게 했는데 아무것도 못 찾았어. 잠시 머물다 가는 단기 체류자나 뜨내기들도 살펴보기로 했지. 그것 말고는 그런 짓을 해낼 다른 방법이 없었으니까. 버스니 기차니 하는 것들이 마을을 통과하는 사이에 여행객인 척 가장한 놈이 물건 꾸러미를 떨어뜨리고 갔을 수도 있고. 지역마다 다 한 번씩 써먹어 봤기 때문에 다음번에는 어디서 물건이 나올지 알 길도 없었어."

"대충 감이 잡히네. 마지막 물건이 잡힌 후로 다른 공급처를 알아낸 적은 있었어?"

"몇 개 있었지. 하지만 그것들도 마지막 공급처와는 아무 관련이 없더라고. 대부분 소량이라 병원 직원이 몰래 빼내서 외부로 팔아 넘기는 수준이었어."

"아직까지는 이게 미르나와 무슨 관련이 있다는 건지 말 안 했군. 정보는 고맙지만 별로 진전은 없는 것 같아. 여태 알려 준 건 순전히 경찰식 정보뿐이네."

팻이 뭔가를 알아내려는 듯 오랫동안 나를 응시했다. 그는 뭔가를 생각하는 듯 눈을 가늘게 뜨고 있었다. 나는 그 표정을 잘 알고 있었다. 팻이 말했다.

"말 좀 해 봐. 너도 경찰이었는데, 이런 일이 있었다면 잭이 미르나에게 한 약속을 어기게 됐을 수도 있겠다는 생각 안 들어? 잭이 사기꾼이나 밀고자 같은 놈들을 싫어하긴 했지만, 그보다도 더 싫어하는 건 미르나 같은 사람들을 이용해서 자기 주머니 채우는 썩어 빠진 인간들이었잖아."

"그래서 뭐가 어쨌다는 거야?"

"내 말은 이런 얘기지. 잭은 처음부터 이 일에 개입했어. 우리한테 어떤 정보를 숨겼을지도 모르지. 아니면 우리가 모르는 정보를 미르나에게서 알아냈을 수도 있고. 그 정보를 적절치 못한 순간에 터뜨려 버렸거나 아니면 그냥 입을 다물고 있었을지도 몰라.

그런데 잭이 알고 있는 정보를 두려워한 어떤 놈이 잭을 처치해 버린 거지."

팻의 말을 듣고 나는 하품을 했다. 팻의 환상을 깨고 싶지는 않았지만 그건 말도 안 되는 생각이었다.

"이봐, 뭘 단단히 잘못 생각하고 있군. 어디가 잘못됐는지 내가 말해 줄게. 첫째, 살인을 종류별로 나눠 보자고. 몇 가지 되지도 않아. 전쟁, 애증, 자기 보호, 정신병, 이권 다툼, 안락사 정도겠지. 다른 경우도 몇 가지 있긴 하지만 별로 많진 않아. 내가 보기에 잭은 이권 다툼 아니면 자기 보호로 살해당했어. 어떤 놈이 잭한테 단단히 당할 만한 상황이었던 건 확실한 것 같아. 내내 그 사실을 알고 있다가 갑자기 얼마나 심각한 상황인지 깨달았거나 아니면 최근에서야 알았을 수도 있지. 잭이 불구가 되고서도 경찰에서 얼마나 적극적으로 일했는지, 보험사 일은 또 얼마나 열심히 했는지 너도 알잖아. 뭔지는 모르겠지만 잭은 분명 자기가 선택할 여지를 남겨 두고 싶어한 것 같아. 그래서 넌 잭에게서 아무것도 듣지 못한 거지. 살인범은 잭이 갖고 있는 뭔가가 필요했고 그것을 얻기 위해 잭을 죽인 거지. 하지만 현장은 네가 다 수색했잖아. 그렇지?"

팻은 눈빛으로 그렇다는 표시를 했다.

"없어진 물건도 없었지?"

내 질문에 팻은 고개만 저으면서 사라진 물건은 없었다는 대답을 대신했다. 나는 말을 계속했다.

"그렇다면……. 별로 그럴 가능성이 있어 보이지는 않지만 잭이 집 밖에 둔 물건이 아닌 다음에야 이권을 노린 살인은 아닌 거지. 살인범은 잭이 누설하거나 혹은 그보다 더 안 좋은 행동을 취할 수도 있는 어떤 정보를 갖고 있다는 걸 안 거지. 자기가 당하지 않으려고 잭을 죽인 거야. 자기 보호인 거지."

말을 끝낸 나는 책상 위에 놓아두었던 모자를 눌러쓰며 말했다.

"난 이제 가 봐야겠어. 판공비나 월급을 받는 처지가 못 되다 보니 시간 낭비할 여유가 없어서. 어쨌든 애써 준 건 고마워. 뭐라도 알아내면 알려 줄게."

"얼마나 기다려야 되는데?"

"네가 안절부절 못할 때까지."

그렇게 곧바로 맞받아치고는 담배 생각이 나서 주머니에서 한 개비를 꺼낸 뒤 손을 흔들어 팻에게 작별 인사를 하고 사무실을 나섰다. 밖에는 나를 미행할 경찰이 대기하고 있었다. 대기실에 모여 담배를 피우고 있는 여느 경찰들과 다름없이 태연해 보이려 애를 쓰고 있었다. 바깥으로 나와 벽돌담 사이 틈새에 바짝 붙어 몸을 숨겼다. 미행할 경찰이 따라 나와서 걸음을 멈추더니 길 좌우를 정신없이 둘러보았다. 나는 담에서 몸을 떼고 길로 나와 녀석의 어깨를 툭 쳤다.

"불 좀 빌릴까요?"

나는 담배를 입에 물고 물었다. 경찰은 얼굴이 새빨개졌다. 내가 말을 계속했다.

"경찰 도둑 잡기 놀이는 그만하고 나랑 좀 걷죠?"

경찰은 내 질문에 뭐라고 답해야 할지 몰라 하는 듯하더니 결국 "좋습니다."라고 대답했다. 그 말투가 거의 분에 차서 으르렁대는 소리처럼 들렸다. 우리 둘은 내 차까지 함께 걸었다. 나는 그를 차에 태우고 나도 운전석에 앉았다. 말을 걸어 봐도 소용이 없었다. 내게 아무 말도 하지 않으려 했다. 시내로 들어서서 작은 호텔을 지나쳤다. 그 앞에 차를 세우고서 그가 내 뒤를 따라오는 채로 나는 회전문 안으로 들어갔다가 그대로 한 바퀴를 돌려 다시 호텔 밖으로 나왔다. 그 경찰은 아직도 회전문 안에서 돌고 있었다. 나는 몸을 구부려 차 유리문에서 꺼내 온 고무 쐐기를 회전문 아래에 끼워 넣고 다시 내 차로 돌아갔다. 회전문 안에 갇힌 경찰은 유리문을 두드리며 내게 욕을 해 댔다. 나를 따라오려면 뒷문으로 나가서 길을 돌아와야 했다. 호텔 종업원이 재미있다는 듯 웃고 있는 모습이 보였다. 실은 전에도 이런 식으로 이 호텔을 이용한 적이 있었다. 시내로 돌아오는 내내 차 유리문이 빠져나갈 듯 덜컹대는 것을 보면서 다음번에 또 미행당할 경우를 대비해서 쐐기를 좀 더 많이 준비해 두어야겠다는 생각이 들었다.

4장

    대기실은 그야말로 초현대식인 데다가 설비가 잘 갖추어져 있었다. 삐죽해 보이는 의자도 실은 아주 편안했다. 누가 내부 장식을 했는지 환자의 심리적 안정감을 염두에 둔 것 같았다. 벽은 뭐라고 형언할 수 없는 묘한 올리브색이었는데 커튼과 잘 어울렸다. 창문으로 빛이 들어오지 않는 대신 벽 속에 숨겨져 있는 전구에서 부드러운 불빛이 흘러나왔다. 바닥에는 발목까지 닿을 듯한 두툼한 카펫이 깔려 있어서 발소리가 전혀 나지 않았다. 어디선가 현악 4중주단의 연주가 들렸다. 전에 나와 통화를 했던 비서가 책상 쪽으로 오라는 손짓을 하지 않았더라면 아마 거기서 깜빡 잠이 들었을 것이다. 비서의 목소리로 봐서는 내가 환자가 아니라는 것을 알고 있는 게 분명했다. 하루 정도 깎지 않은 턱수염에 구겨진 옷을 입고 있었으니 수위만도 못해 보였을 것이다.
    문에 머리를 기대면서 비서가 말했다.

"지금 매닝 선생님께서 만나 주시겠답니다. 들어가세요."

유난히 공손하게 말하려고 애쓰는 것 같았다. 내가 옆으로 지나가자 그녀가 다소 지나치게 몸을 비키는 것이 느껴졌다.

그녀에게 살며시 속삭였다.

"걱정 마쇼, 아가씨. 물지는 않을 테니까."

그러고서는 문을 홱 열어젖히고 안으로 들어갔다.

매닝이라는 여자는 사진보다 더 훌륭했다. 한마디로 먹음직스러운 여자였다. 그녀에게는 말로 표현할 수 없는 뭔가가 있었다. 샬럿 매닝은 마치 누군가의 말에 귀를 기울이는 듯이 손을 앞으로 다소곳이 모은 채 책상 앞에 앉아 있었다. 아름답다는 말만으로는 부족했다. 이 세상에서 가장 훌륭한 화가들이 각자의 특기를 최대한 살려 그려 낸 걸작 속에서나 찾아볼 수 있을 법한 여자였다.

상상했던 것만큼 머리카락은 거의 하얀색에 가까웠다. 부드러운 곡선을 그리며 떨어지는 웨이브 진 머리카락을 보니 그 속에 얼굴을 묻고 싶은 기분이 들었다. 이목구비 하나하나가 모두 섬세하고 아름다웠다. 매끈한 이마 아래 초롱초롱한 갈색 눈은 양쪽이 정확한 대칭을 이루며 완만한 커브를 그리고 있는 타고난 갈색 눈썹과 길고 촉촉한 속눈썹 아래에서 빛나고 있었다.

긴소매가 달린 검은색 정장은 결코 야하지 않았고 감추어도 여전히 사랑스러워 보였다. 사진에서 본 수영복 차림에서처럼 정장 아래 가슴이 풍만하게 나와 있었다. 그 아래는 책상에 가려져 있어서 그저 상상만 할 수 있을 뿐이었다.

방 안으로 들어서는 그 짧은 3초 만에 이 모든 것을 볼 수 있었다. 그녀가 내 표정 변화를 읽었는지는 알 수 없었으나, 머릿속의 음흉한 생각은 고소당해도 마땅한 것이었다.
"안녕하세요, 해머 씨. 좀 앉으시죠."
그녀의 목소리는 흐르는 물 같았다. 좀 더 열정을 담아서 말을 한다면 어떤 목소리가 될지 궁금했다. 그야말로 사람을 녹이는 목소리임에 분명했다. 정신과 의사로서 이처럼 성공한 이유를 쉽게 짐작할 수 있었다. 이 여자에게라면 누구라도 자기 고민을 털어놓고 싶어질 것이다.
그녀 옆에 있는 의자에 앉자 그녀가 몸을 돌려 내 눈을 빤히 쳐다보았다.
"경찰 일로 오신 거죠?"
"꼭 그런 건 아닙니다. 전 사설탐정이거든요."
"아……."
이 말을 하는 순간 그녀의 목소리에는 내가 탐정이라는 말을 할 때 보통 사람들이 나타내는 경멸이나 호기심이 전혀 들어 있지 않았다. 다만 내가 적절한 정보를 주었다는 듯한 반응이었다. 그녀가 다시 물었다.
"윌리엄스 씨의 죽음과 관련 있는 건가요?"
"아, 네. 제 절친한 친구였거든요. 그러니까 개인적으로 수사를 하고 있는 셈이지요."
그녀는 처음에는 무슨 말인지 모르겠다는 듯이 나를 바라보다가 이내 "아, 그러시군요. 신문에서 탐정님이 하신 얘기를 읽었어요. 사실 탐정님이 말씀하신 논리를 분석해 보려고 했죠. 워낙 그런 일에 관심이 많아서요."라고 말했다.
"그래서 어떤 결론에 도달하셨나요?"

샬럿의 대답은 나를 놀라게 했다.

"공공연하게 이런 얘길 하면 저를 가르치신 교수님 중 몇 분에게 비난을 받을 수도 있겠지만 솔직히 해머 씨 말이 정당하다고 생각했어요."

하지만 그녀의 말이 무슨 의미인지 알 수 있었다. 어떤 학자들은 살인의 이유가 무엇이든 간에 사람을 죽이는 일은 순간적인 정신 착오에서 발생하는 것이라고 생각한다는 이야기를 들은 적이 있었다. 그녀가 다시 내게 물었다.

"제가 뭘 어떻게 도와드릴까요?"

"몇 가지 질문에 대답만 해 주시면 됩니다. 우선, 그날 밤 파티장에는 몇 시에 도착하셨나요?"

"대략 열한 시쯤이었어요. 왕진을 가야 할 환자가 있어서 좀 늦었죠."

"몇 시에 파티장에서 나왔죠?"

"한 시쯤이었어요. 모두들 같이 나왔죠."

"그러고 나선 어디로 가셨습니까?"

"차를 몰고 시내로 나갔어요. 에스더 벨르미와 메리 벨르미도 함께였죠. 치킨 가게에 가서 샌드위치를 먹었어요. 그리고 한 시 사십오 분쯤 가게에서 나왔죠. 가게엔 우리밖에 없었고 두 시에 가게 문을 닫을 준비를 하고 있었기 때문에 시간을 기억할 수 있어요. 에스더와 메리를 호텔에 내려 주고 저는 곧장 제 아파트로 갔어요. 두 시 십오 분쯤 도착했죠. 자명종 시계의 알람 시간을 맞춰야 했기 때문에 집에 도착한 시간을 기억할 수 있어요."

"아파트에 들어오는 걸 본 사람이 있나요?"

샬럿은 아주 예쁘게 살짝 웃었다.

"네. 저희 집 가정부요. 평소처럼 제 침대에 와서 이불까지 덮어 주었는걸요. 제가 밖으로 나갔다면 아마 그 소리도 들었을 거예요. 제 아파트에는 문이 하나밖에 없는데 그 문에 종이 달려 있어서 열릴 때마다 소리가 나거든요. 게다가 캐시는 워낙 잠귀가 밝고요."

그 말에 나도 모르게 씩 웃음이 났다.

"팻 체임버스라는 형사가 벌써 여기 다녀갔나요?"

"오늘 아침에요. 탐정님보다 훨씬 일찍 왔죠."

샬럿은 다시 웃었다. 웃음소리를 들으니 몸이 떨리는 듯한 느낌이었다. 동작 하나하나, 표정 하나하나에서도 섹시함이 발산되는 여자였다. 샬럿이 말을 계속했다.

"분위기가 어땠냐면요, '왔노라, 보았노라, 의심했노라.' 하는 식이었어요. 아마 지금쯤 제가 한 얘기를 검토해 보고 계실 거예요."

"그 사람, 앉은 자리에 풀도 안 날 사람이죠. 혹시 내 얘기도 하던가요?"

"아뇨. 한마디도 안 했어요. 굉장히 철저한 분이더라고요. 일 처리도 능률적이었고요. 좋은 분 같았어요."

"한 가지만 더 묻죠. 잭 윌리암스와는 언제 알게 됐나요?"

"죄송하지만 그건 말씀드릴 수가 없는데요."

내가 고개를 저으며 말했다.

"미르나와 관련된 거라면 얘기하셔도 괜찮습니다. 제가 처음부터 끝까지 모두 알고 있거든요."

그녀는 내 말에 놀라는 눈치였다. 잭이 미르나의 과거를 가능한 한 아무에게도 알리지 않으려고 했다는 것을 나도 알고 있었다. 결국 그녀가 입을 열었다.

"뭐, 그럼 다 아시는 얘기겠네요. 의사에게서 미르나를 돌봐주어야 한다는 말을 듣고 잭이 저를 불렀죠. 미르나는 심각한 쇼크 상태였어요. 마약 중독자가 소위 '금단 상태'에 빠진다는 게 어떤 건지 아실지 모르겠네요. 갑자기 약에 전혀 손을 못 대도록 격리해 둔다는 뜻이죠. 그 정신적 고통이란 정말 끔찍한 거예요. 미친 듯이 발작을 하고 몸은 세상에서 가장 극심한 고통을 겪죠. 신경 말단을 칼로 에이는 듯한 무시무시한 고문을 당하는데도 전혀 그 고통을 덜어 줄 길이 없어요. 미친 듯이 발작을 해 대다가 결국 자해를 하는 경우도 많아요. 치료가 결코 쉽진 않죠. 일단 마약을 끊기로 결정하면 외부와 격리된 채 방 안에 갇혀 있어야 해요. 처음에는 결심이 흔들리고 제발 약 좀 달라고 애원하죠. 나중에는 고통과 긴장이 사람을 미치게 만들면서 완전히 이성을 잃게 되고요. 그러는 내내 몸은 약의 영향에서 벗어나려고 몸부림을 치는데, 결국 치료되거나 아니면 더는 정상적인 생활을 할 수 없는 상태가 되거나 둘 중 하나예요. 미르나는 그 고통을 이겨 낸 경우죠. 잭은 그 고통스러운 과정이 그녀의 정신 건강에 어떤 영향을 끼쳤을지 염려되어서 저를 불렀어요. 미르나가 회복 단계에 있는 동안 제가 치료를 해 주었어요. 퇴원한 후로는 의사로서 미르나를 만날 일은 없었죠."

"그렇군요. 이 사건에 대해 의사 선생님과 몇 가지 더 얘기를 나누고 싶은 부분이 있긴 하지만 우선 조사부터 좀 해 봐야겠네

요."

 샬럿이 그 황홀한 미소를 다시 한 번 지었다. 한 번만 더 웃었다 간 수염이 덥수룩한 남자에게 키스를 당하는 사태가 벌어질 판이었다. 샬럿이 말했다.

 "제가 말씀드린 시간에 대해서라면, 그러니까 그걸 알리바이라고 해야 하나요? 아무튼 그 문제라면 제 가정부가 쇼핑하러 가기 전에 서둘러서 아파트로 가 보셔야 할 거예요."

 이 여자는 내가 뭘 알고 싶어하는지를 다 꿰뚫고 있었다. 나는 얼굴 표정을 들키지 않으려 애썼지만 쉽지 않았다. 씩 웃음을 짓고 모자를 집어 들며 말했다.

 "그 정도면 됐습니다. 제가 워낙 아무도 안 믿는 사람이라서요."

 샬럿이 자리에서 일어나 드디어 다리를 보이며 말했다.

 "이해해요. 남자들의 우정이란 여자들의 우정보다 훨씬 더 중요한 거니까요."

 "제 목숨을 구하려다가 한쪽 팔을 잃은 친구라면 더더욱 그렇죠."

 샬럿이 이마를 찌푸렸다.

 "그게 당신이셨군요."

 거의 숨을 헉 하고 들이쉬는 듯 놀라며 샬럿이 말했다.

 "그런 줄 몰랐는데 알게 되어서 기쁘네요. 잭한테서 말씀 많이 듣긴 했는데 이름은 못 들었거든요. 잭은 팔 얘기를 한 적이 없었지만 나중에 미르나가 얘기해 주었죠."

 "잭은 저를 곤란하게 만들고 싶지 않았던 겁니다. 하지만 그건 제가 살인범을 잡으려는 이유 중 단지 일부일 뿐입니다. 잭이 저 때문에 팔을 잃기 전부터도 우린 친구였거든요."

"범인을 꼭 잡으셨으면 좋겠네요. 정말 꼭 잡았으면 좋겠어요."

그녀의 진심을 담은 말에 나는 "꼭 잡을 겁니다."라고 대답했다.

그렇게 서로를 바라보며 잠시 그냥 서 있다가 내가 입을 열었다.

"이제 가 봐야겠네요. 조만간 또 뵙겠습니다."

샬럿이 잠시 목청을 가다듬는 듯하더니 곧 부드러운 목소리로 말했다.

"네, 조만간 꼭 오세요."

그 말을 하는 그녀의 눈빛이 진심이기를 바랐다.

아파트에서 몇 미터 떨어진 곳에 차를 세웠다. 보수적인 옷차림을 한 경비원이 얼굴 표정 하나 찌푸리지 않고 차 문을 열어 주었다. 경비원에게 고개를 끄덕여 인사를 한 뒤 현관으로 들어섰다.

초인종 위에 붙은 알루미늄 문패에 '매닝 샬럿'이라는 이름이 '박사'라는 타이틀도 없이 적혀 있었다. 아마 문패를 만든 놈이 가방 끈이 짧아 열등감을 느꼈던 모양이다. 초인종을 눌러 문이 열리자 안으로 들어갔다.

샬럿은 거리가 내려다보이는 고급 아파트 4층에 살고 있었다. 흰 유니폼을 입은 흑인 가정부가 문을 열어 주었다. 가정부가 물었다.

"해머 씨이신가요?"

"네. 어떻게 아셨죠?"

"거실에 경찰관께서 기다리고 계세요. 들어오세요."

그럼 그렇지. 팻이 창문가 의자에 느긋이 앉아 있었다.

"안녕, 마이크."

팻이 인사를 건넸다. 테이블 위에 모자를 벗어 놓고 팻의 옆자리에 가서 앉으며 물었다.

"뭐 좀 알아냈나?"

"여자 말이 맞아. 딱 그 시각에 여자가 집에 들어오는 것을 본 이웃 사람도 있고 가정부도 확인해 주었어."

그 말에 나는 안심이 되었다. 팻이 말을 계속했다.

"네가 올 줄 알고 나타날 때까지 차를 세워 두고 여기 있었지. 그나저나 내가 미행 붙인 경찰들한테 좀 잘해 주면 안 되겠어?"

"잘해 주라고? 그게 무슨 소리야? 나 좀 귀찮게 하지 말라고. 나한테서 떼어 버리든가 아님 일 좀 제대로 하는 놈을 갖다 붙이든가 해 봐."

"그게 다 자네가 위험할까 봐 그러는 건데, 왜 그래."

"미치겠군. 내가 그렇게 약해 빠진 놈이 아닌 건 네가 더 잘 알면서 왜 이래? 내 몸 정도는 내가 알아서 보호할 수 있어."

팻은 머리를 뒤로 젖히더니 눈을 감았다. 나는 방 안을 둘러보았다. 사무실처럼 아파트도 고상한 취향으로 꾸며져 있었다. 그냥 사람 사는 집처럼 보이게 하려고 애쓴 흔적이 있긴 했지만 모든 것이 완벽하게 정리되어 있었다. 집이 크지는 않는데 사실 그럴 이유도 없었다. 가정부 한 명만 데리고 혼자 사는데 방 몇 개면 됐지 뭐가 더 필요하겠는가. 벽에는 근사한 그림 몇 점이 장식되어 있었고 선반 위에는 갖가지 종류의 책들이 가지런히 꽂혀 있었다. 어떤 책장에는 심리학 서적만 가득 들어가 있었다. 방 한쪽 면에는 액자에 넣은 졸업장만 걸려 있었다. 거실에서 뻗어 나온 넓은 복도를 따라가면 방과 부엌이 있었고 맞은편에는 화장실이 있었다. 현관 옆은 가정부의 방이었다. 아파트 인테리어에 사용한 색깔은 심리적 안정감을 주는 것은 아니었지만 이미 충분히 아름다운 집주인에게 어울릴 만한 생기발랄함을 전해 주는 색이었다. 쿠션을 등에 받치고서 180센티미터나 되는 긴 소파에 몸을 뉘었다. 그러고 있자니 슬쩍 딴 생각이 들었지만 재빨리 생각을 바꿨다. 아직은 늑대 짓을 할 때가 아니다. 아직은.

발로 팻을 쿡쿡 찔렀다.

"야, 임마! 넌 국민의 혈세를 받고 일하시는 몸인데 너까지 자면 어떡하냐?"

공상에 잠겨 있던 팻이 퍼뜩 정신을 차리며 변명을 늘어놓았다.

"그야 우리 아우님께서 상황 판단할 시간 좀 드리려고 그랬던 거지. 일어나자고."

우리가 일어서는 소리를 듣고 가정부 캐시가 달려왔다. 문을 열어 줄 때 샬럿이 말했던 종소리가 들렸다. 내가 가정부에게 물었다.

"초인종이 울릴 때에도 저 종에서 소리가 나나요?"

"네. 문을 열 때에도 소리가 나고요."

"왜죠?"

"제가 집에 없을 때 누군가 오면 샬럿 양이 문을 열어 줘야 하거든요. 그런데 암실에서 작업하는 도중에 누가 오면 문을 열어 주러 나갈 수 없으니까 열어 두는 대신 종이 울리게 해 놓은 거죠."

팻과 나는 서로를 쳐다보았다.

"암실이 뭐죠?"

내가 다그치듯 물었다.

캐시는 총에 맞기라도 한 것처럼 화들짝 놀랐다.

"왜 그, 필름으로 사진 현상하는 방 있잖아요."

캐시가 대답했다. 팻과 나는 바보라도 된 듯한 기분으로 집을 나섰다. 그러니까 샬럿은 사진에 취미가 있는가 보다. 다음에 샬럿을 만났을 때의 이야깃거리로 이런 사소한 사실도 기억해 두기로 했다. 물론 다른 일도 해야겠지만.

5장

 1층으로 내려온 팻과 나는 길 건너의 작은 식당으로 가서 맥주 두 병을 시켜 놓고 앉았다. 뭐 감이 잡히는 것이 좀 있냐고 팻이 물었지만 없다고 대답할 수밖에 없었다.
 내가 팻에게 말했다.
 "살인 동기는 어때? 아직 그게 도무지 오리무중이란 말야. 전에 다른 사건을 처리할 때는 항상 범행 동기에서부터 시작했거든. 넌 뭐 좀 알아냈어?"
 "아직은 없어. 탄환을 조사해 봤는데 미확인된 45구경이라더군. 전문가들 말로는 거의 처음 사용한 총이래. 시판되는 총이란 총은 모조리 알아봤는데 알아낸 게 없어. 딱 두 개가 팔렸다는데 둘 다 총 가게 주인이 샀다가 최근에 도둑 맞았대. 총알 샘플이랑 비교해 봤는데 서로 맞지도 않아."
 "그렇다면 얼마 전에 산 총인데 최근까지 발사한 적이 없었을 수도 있는 거 아냐?"

"그 생각도 해 봤지. 그런데 기록이 그렇지가 않아. 파티장에 왔던 사람들 중에 우리가 알기로 총을 가진 사람은 없었거든."

"공식 기록이야 그렇겠지."

"그래, 물론 그럴 수도 있지. 불법으로 총을 구하는 게 어려운 일도 아니니까."

"소음기는 어때? 내가 보기에 살인범은 총기에 대해 아주 잘 아는 놈이야. 덤덤탄에 소음기를 쓴 점을 보면 알잖아. 잭을 확실히 죽일 셈이었던 거지. 그것도 천천히, 완벽하게 말이야."

"그것도 오리무중이야. 총알은 소총에서 나왔거든. 소총 소음기 중에 45구경에 맞을 만한 건 몇 가지밖에 없어."

우리 둘은 천천히 맥주를 홀짝이면서 각자 깊이 생각에 잠겼다. 2분쯤 지나서 팻이 뭔가 생각해 내더니 말했다.

"아, 맞다. 잊어버릴 뻔했네. 칼레키와 카인즈가 오늘 아침 시내에 있는 아파트로 이사를 했더군."

뜻밖의 소식이었다.

"왜?"

"어젯밤 늦게 누군가가 창문으로 칼레키한테 총을 쐈대. 아슬아슬하게 피했다더군. 그것도 45구경이었어. 잭을 살해한 총알과 비교해 봤지. 똑같은 총에서 발사된 것이었어."

마시던 맥주가 목에 걸려 다시 넘어올 뻔했다.

"그렇게 중요한 사실을 잊어버릴 뻔했다고?"

내가 빙글빙글 웃으며 빈정대듯 말했다. 팻이 말을 계속했다.

"아, 그리고 한 가지 더 있어."

"뭔데?"

"그놈은 그게 네 짓이라고 생각하더라."

내가 맥주잔을 테이블에 세게 내려 놓는 바람에 팻이 화들짝 놀랐다.

"그 썩어 빠질 쥐새끼 같은 놈! 이제 더는 못 참아. 이번에는 얼굴을 흠씬 두들겨 패 주겠어!"

"그럼 그렇지. 또 발동 걸렸구먼. 마이크, 앉아서 진정 좀 하라고. 그놈 말마따나 시청에 연줄이 좀 있어서 네 뒤를 캐고 있단 말야. 하지만 걱정할 건 없어. 전에 몹쓸 놈들 몇 명을 네가 손봐 줬을 때 네 총에서 나온 총알 사진도 찍혀 있거든. 그때 남겨 둔 기록을 아무리 맞춰 보려 해도 어젯밤 그 사건에 쓰였던 총과는 맞질 않아. 게다가 네가 어젯밤에 어디 있었는지 알리바이도 있고. 그 집이 습격당한 건 네가 떠난 뒤 십 분 후였어."

나는 얼굴이 다소 벌개져서 다시 자리에 앉았다.

"넌 말야, 날 아주 돌아 버리게 만드는 기술이 있어. 이제 실없는 소리 그만하고 칼레키와 그 친구들이 어디로 이사 갔는지나 말해 줘."

팻이 씩 웃었다.

"바로 저 모퉁이 돌아서 쌍둥이 벨르미 자매가 살고 있는 아파트 2층이야. 미드워스 암스라는 아파트지."

"벌써 가 봤어?"

"쌍둥이 자매는 못 만났지만 조지와 헬은 봤지. 지난번 너한테 당한 것만 가지고 고소라도 해 봤자 별로 좋은 꼴 못 볼 거라고 말해 줬어. 무슨 뜻인지 금방 알아듣더라. 네가 얼마나 무섭게 일을 하는지 벌써 다 들은 게 분명한 것 같은데, 그래도 기는 살아서 이러쿵저러쿵 입을 놀리더군."

우리는 남은 맥주를 다 마시고 자리를 떴다. 내가 팻보다 먼저 지갑을 꺼내서 맥주 값을 계산했다. 대신 다음번에는 팻이 사는 거다. 경찰이건 아니건 돈에 대한 부담은 공평해야 하니까. 문밖에서 헤어져 팻이 차를 몰고 떠나자마자 나는 미드워스 암스라는 아파트를 향해 모퉁이를 돌아 걸어갔다. 누가 나에게 살인 누명을 씌우려고 할 때는 꼭 사실을 분명히 밝혀 주지 않고서는 못 배긴다. 내가 한 짓이 아니라고 팻이 확신하는 진짜 이유는 범인이 칼레키를 죽이는 데 실패했기 때문이다. 나라면 실패 따위 없다.

어쩌면 칼레키가 아파트 경비원과 관리인에게 돈을 먹여서 내가 오면 못 들어오게 막으라고 시켜 놨을지도 모를 일이었다. 그래서 그 사람들과 실랑이는 하지 않기로 했다. 아파트 주민인 것처럼 태연히 걸어 들어가서 엘리베이터를 타고 2층으로 갔다. 엘리베이터 보이는 20대 후반 정도 돼 보이는 비쩍 마른 땅딸보였는데 사람을 흘끔흘끔 쳐다보는 버릇이 있었다. 엘리베이터 안에는 나밖에 없었고, 엘리베이터가 멈추자 주머니에서 지폐를 한 장 꺼내 그놈 앞에 내밀며 말했다.

"이 아파트에 새로 이사 온 사람이 있어. 이름은 칼레키. 조지 칼레키지. 몇 호인지 알려 주면 이 돈은 네 거야."

그는 뭔가 생각하는 것 같더니 마침내 입을 열었다.

"해머라는 분이시죠? 접근하지 못하게 해 달라면서 저한테 10달러 주시던데요."

나는 코트 단추를 열어 총집에서 45구경을 꺼냈다. 그 총을 보더니 녀석의 눈이 휘둥그레졌다. 내가 말했다.

"내가 그 해머라는 놈이란다, 꼬마야. 그 녀석 집이 어딘지 말 안 해 주면 이걸 너한테 주지."

그러면서 총구를 녀석의 입에 들이댔다.

"206호예요."

놈이 잽싸게 대답했다. 내가 주려던 돈은 5달러였다. 돈을 돌돌 말아서 헤벌어진 놈의 입속에 쑤셔 넣고 총을 다시 코트 주머니에 넣었다.

"다음번엔 날 기억하겠지? 그때까지는 아무 소리 말고 얌전히 있도록 해. 안 그러면 모가지를 날려 버릴 거야."

"알겠습니다, 선생님."

그렇게 대답하더니 엘리베이터 안으로 뛰어 들어가 얼른 문을 닫아 버렸다.

홀을 따라 걸어 들어가니 거리가 내려다보이는 쪽에 206호가 있었다. 노크를 했지만 대답이 없었다. 숨쉬는 소리조차 나지 않아 문에다 귀를 갖다 대고 안에서 무슨 소리가 나지 않는지 유심히 들어 보았다. 아무도 없는 것 같았다. 확인 차 문 밑에 메모지를 밀어 넣고 돌아서서 계단으로 내려갔다. 그리고 신발을 벗어 까치발로 살금살금 다시 돌아가 봤다. 메모지는 찔러 넣어 둔 그 자리에 그대로 있었다.

장난은 그쯤 해 두고 만능키를 꺼냈다. 세 번째 열쇠로 시도해 보니 문이 열렸다. 혹시 모르니까 들어간 뒤에 자물쇠를 잠갔다.

가구가 다 갖추어져 있는 아파트였다. 거실에는 벽난로 위에 걸려 있는 칼레키의 젊은 시절 사진 말고는 개인 물품이 전혀 없었다. 방으로 들어갔다. 널찍한 방에 서랍장 두 개와 테이블 하나가 있었다. 그런데 침대는 하나뿐이었다. 그러니까 그 두 놈이 같이 자는 거였다. 전에 놈들을 만났을 때 약을 올리느라고 그런 말을 하긴 했지만 막상 확인하고 나니 웃음이 절로 났다.

침대 밑에는 옷 가방이 있었다. 먼저 그것부터 열어 보았다. 흰색 셔츠 여섯 장 위에 45구경 권총이 스페어 클립과 함께 나란히 놓여 있었다. 이런, 제기랄, 이 총은 전문가나 쓰는 건데 이건 뭐 개나 소나 다들 가지고 있구먼. 총구에서 화약 냄새가 나는지 맡아 보았지만 깨끗했다. 적어도 한 달은 쏜 적이 없는 총 같았다. 내 손자국을 닦아 내고 원래 자리에 다시 놓아 두었다.

서랍장에는 들어 있는 것이 별로 없었다. 헬 카인즈의 사진첩을 보니 대학 시절 운동부라는 운동부는 거의 다 가입했던 것 같았다. 여자 사진도 많았는데, 키 크고 마른 여자를 좋아한다면야 그리 나쁠 것 없는 스타일의 여자들이었다. 개인적으로 나는 글래머 스타일을 좋아한다. 사진첩 뒷부분으로 가니 칼레키와 헬이 함께 찍은 사진이 여러 장 있었다. 같이 낚시를 하는 사진도 있었고, 캠핑 가는 옷차림으로 차 안에서 찍은 사진도 있었는데, 내 눈길을 끈 것은 세 번째 사진이었다.

헬과 칼레키가 가게 밖에서 같이 찍은 사진이었다. 헬은 대학생 같은 차림새가 전혀 아니었다. 그보다는 무슨 사업가처럼 보였다. 그런데 문제는 그게 아니었다. 그 뒤에 길가 쪽으로 나 있는 창문에다 신문 기사를 오려 붙인 것이 눈에 띄었는데 큰 사진 하나에 기사 제목이 붙어 있었다. 사실 제목이 두 개였는데 하나는 무슨 글자인지 읽을 수가 없었고, 다른 하나는 모로 캐슬 화재 사건에 관한 것이었다. 모로 캐슬은 8년 전에 화재로 사라진 건물이었다. 그 사진에 찍힌 헬 카인즈는 지금보다 훨씬 더 나이가 들어 보이는 모습이었다.

이제 그렇게 둘러 볼 시간이 없었다. 엘리베이터 문이 닫히는 소리가 나서 거실로 갔다. 거실에 들어서니 누군가가 자물쇠를 따고 있었다. 문이 안 열린다고 씨부렁거리는 소리가 한참 들렸다. 자물쇠를 살짝 열어 주었다.

"어서 오시게나, 조지."

나를 본 조지의 얼굴은 놀랐다기보다 겁먹은 표정이었다. 어젯밤에 총질을 한 것이 분명히 나라고 믿는 눈치였다. 그 뒤에 서 있던 헬은 내가 한 발짝만 움직이면 바로 도망갈 태세였다. 조지가 먼저 표정을 수습했다.

"이번에는 무슨 배짱으로 내 아파트에 침입한 거지?"

"아, 그런 말은 관두고 들어오기나 하라고. 나야 늘 하는 일이 이건데 뭐. 그렇게 나돌아 다니지 말고 집에 좀 붙어 있는 게 좋겠어."

둘은 방으로 들어가더니 얼굴이 홍당무처럼 새빨개져서 나왔다. 나는 뭐라고 대들 틈도 주지 않고 물었다.

"왜 그런 무기를 갖고 있는 거지?"

조지가 대답했다.

"너 같은 놈들 때문이지. 너같이 창문으로 총질이나 해 대는 놈들 때문 아니겠어? 게다가 난 무기 소지 허가증도 갖고 있다고."

"아! 허가증이 있으시단 말씀이시군. 총 쏘는 방법이나 제대로 알고는 계시는지 모르겠는데?"

"걱정 마. 너한테 경고탄부터 한 방 쏴 줄 테니까. 그럼, 여기서 대체 뭘 하고 있는지나 좀 말해 주겠나?"

"물론 그래야지. 어젯밤에 있었다는 그 총격에 대해서 좀 알아보려고. 내가 한 짓이라고 주장을 하셨다니 대체 했다는 짓이 어떤 건지 좀 알아 놔야 하지 않겠어?"

조지는 시가 한 개비를 꺼내 파이프에 넣었다. 불을 붙이더니 말을 이었다.

"경찰에 끄나풀이 있는 모양인데, 경찰에다 직접 물어보시면 될 거 아닌가?"

"난 간접적인 정보는 좋아하지 않거든. 네가 똑똑한 놈이라면 내가 한 짓이 아닌 줄 너도 알 텐데? 그 총은 잭을 살해한 놈이 사용한 총이었고 난 그 살인범을 찾고 있는 사람이야. 그렇지 않나? 하지만 그게 전부는 아니지. 어젯밤 그 총잡이가 한 번 시도했다가 실패했으니 분명히 다시 찾아올 거라고."

칼레키는 입에서 시가를 뺐다. 눈빛에 두려운 기색이 나타났다. 놈은 겁을 먹은 것이다. 감추려고 했지만 눈에 훤히 보였다. 초조한 듯 입가에 경련이 일었다.

"아직은 도움 될 만한 정보가 없어. 창문 옆에 있는 큰 의자에 앉아 있었지. 처음에는 내 옆에 있던 유리가 깨지더니 총알이 의자 등받이에 와서 박히더군. 총을 쏜 놈 눈에 보이지 않게 숨으려고 바닥에 납작 엎드려서 벽 쪽으로 기어갔지."

"왜지?"

내가 느릿느릿 물었다.

"왜냐고? 그야 물론 살고 싶어서지. 그냥 거기 앉아서 총이나 맞고 있을 리가 있겠어?"

칼레키가 경멸스러운 눈길을 보냈지만 그냥 무시하며 말했다.

"요점을 못 잡고 있군. 내 말은 애당초 총은 왜 맞았느냔 말이야."

조지의 이마에서 땀방울이 구슬처럼 솟았다. 초초한 몸짓으로 이마의 땀을 닦았다.

"그걸 내가 어떻게 알아? 나한테는 적이 꽤 많단 말야."

"이건 아주 특별한 적이라고. 잭도 죽인 놈이란 말야. 그리고 이번엔 널 쫓고 있어. 다음번에는 실수하지 않을지도 몰라. 어쩌다가 그놈 명단에 올라갔느냔 말야."

이젠 거의 펄쩍 뛸 듯한 기세였다.

"나도 몰라. 정말 모른다니까!"

말하는 투가 거의 사과라도 하는 것 같았다.

"나도 생각해 내려고 애는 써 봤지만 도무지 모르겠어. 그래서 여기 시내로 이사 온 거잖아. 전에 살던 곳은 누구라도 쉽게 접근할 수 있으니까. 여기 있으면 적어도 주변에 사람들이라도 돌아다니니까 좀 낫겠지."

그는 몸을 앞으로 숙이며 말했다.

"좀 더 생각해 보시지? 당신과 잭은 뭔가 공통점이 있는 거야. 그게 뭘까? 잭이 했던 일 중에서 당신이 알고 있는 게 뭐지? 잭과 관련된 사람이 어쩌다가 당신하고도 관련이 돼 있는 걸까? 내 질문에 답을 해야 당신을 죽이려는 놈을 잡을 수 있어. 생각이 나게끔 내가 머리에 총알 몇 발 정도 박아 줄까? 아니면 당신 스스로 할 수 있겠나?"

조지는 몸을 곧게 세우더니 방 안을 이리저리 걸었다. 살인범의 명단에 올라가 있다는 생각에 거의 이성을 잃은 듯했다. 싱싱한 나이도 아니니 이런 일에 겁을 먹을 만도 했다.

"나도 모르겠어. 뭔가 있다 해도 그건 놈이 실수로 잘못 생각했을 거야. 난 잭을 알고 지낸 지 오래되지도 않았거든. 헬이 잭을 알았지. 나는 매닝 박사를 통해 잭을 만난 거고. 거기서 뭔가 연관성을 찾을 수만 있다면 기꺼이 당신한테 말해 주겠어. 나라고 총 맞아 죽고 싶겠어?"

그건 내가 미처 생각 못한 부분이었다. 헬 카인즈는 담배를 피워 물고 벽난로 옆 팔걸이의자에 앉아 있었다. 운동선수치고는 별로 단련된 몸이 아니었다. 아직도 8년 전에 찍은 헬의 사진이 머리에서 떠나지 않았다. 새파란 나이였는데도 그 사진에서는 노인처럼 보였다. 도무지 모르겠다. 어쩌면 옛날 신문 기사가 붙은 버려진 가게였는지도 모르겠다.

"좋아. 헬, 당신은 뭘 알고 있는지 좀 들어보자고."

헬이 내 쪽으로 고개를 돌려 그리스 조각상 같은 옆얼굴을 보이며 말했다.

"조지가 말한 게 다야."

"그럼 매닝 양과는 어떻게 아는 사이지? 언제 만난 거야? 너 같은 놈이 만날 만한 여자가 아니던데."

"작년에 그녀가 학교에서 실용 심리학 강의를 했어. 그게 내 전공이었어. 학생 몇 명더러 뉴욕에 있는 자신의 병원으로 오라고 해서 치료법을 가르쳐 줬지. 나도 그 학생들 중 한 명이었고. 나한테 관심을 갖고 많이 도와줬어. 그게 다야."

왜 그녀가 헬에게 관심을 보였는지는 쉽게 짐작할 수 있었다. 그 생각을 하니 열이 뻗쳐올랐지만 헬의 말이 맞는 것 같았다. 어쩌면 순수하게 교수와 학생으로서 서로 관심을 가졌을지도 모를 일이었다. 어쨌거나 그런 여자라면 자기가 원하는 남자는 나를 포함해서 그 누구라도 간단히 자기편으로 만들 수 있을 테니까.

나는 질문을 계속했다.

"그럼 잭은 어때? 언제 잭을 만났지?"

"그 직후야. 매닝 양이 잭과 미르나와 함께하는 저녁 식사에 날 초대해서 잭의 아파트로 갔지. 미식축구 경기를 보고 나서는 술집으로 가서 진탕 퍼마셨어. 시즌 마지막 경기였거든. 다들 너무 흥분했던 나머지 술집을 난장판으로 만들었어. 잭이 술집 주인과 아는 사이라 경찰에 끌려가지는 않았고 변상만 해 주었지. 그 다음 주에 살인범들에 관한 사례 연구를 하러 시내 병원에 갔다가 잭을 다시 만났어. 날 반겨 주었고 같이 저녁 식사도 했지. 금방 꽤 친한 사이가 되었어. 내게 도움을 많이 주는 친구였기 때문에 잭을 알게 된 게 몹시나 기뻤지. 내가 하는 연구라는 게 보통은 접근하기 어려운 정보와 관련된 게 많았는데, 잭의 도움으로 원하는 정보를 대부분 얻을 수 있었어."

아무리 들어봐도 뭐 짚이는 것이 없었다. 잭은 남의 이야기를 떠벌이는 성격이 절대 아니었다. 잭과 나는 경찰 일을 같이 하면서 서로를 알게 되었고 사격 연습 등 경찰 훈련을 받으면서 우정을 쌓아 갔다. 군대에서도 그 시절 생각을 하곤 했다. 그렇지만 일과 관련 없는 개인 생활은 별로 중요하게 얘기하지 않았다. 자기 친구 이야기를 더러 하긴 했어도 그저 그뿐이었다. 그래도 미르나에 대해서라면 아주 잘 알았다. 칼레키는 잭이 알고 있는 지하 세계 사람들 중 하나였다. 쌍둥이인 벨르미 자매는 주로 신문에서 봐 왔지만 잠깐 만난 적도 있었다.

여기서 칼레키와 계속 있어 봤자 더 얻을 정보도 없었다. 다시 모자를 쓰고 문으로 걸어갔다. 아무도 잘 가라는 인사 한마디 하지 않아 문밖을 나서면서 있는 힘껏 문을 쾅 닫았다. 밖으로 나와서야 조지가 그 45구경 권총을 언제 구했을까 하는 생각이 들었다. 팻은 파티장에 온 사람들 중에 총을 가지고 있는 사람은 없다고 했다. 그런데 조지는 총이 있을 뿐 아니라 소지 허가증까지 있다고 했다. 적어도 조지의 말한 바로는 그랬다. 그 총을 조사해서 뭔가 나올 거라면 어디서부터 조사해야 할지는 대충 감이 잡혔다.

벨르미 자매는 5층에 살고 있었다. 칼레키와 같은 아파트였다. 한 가지 다른 점이 있다면 내가 벨을 누르자 집주인이 나와 문을 열어 주었다는 것이었다. 문 안쪽에는 체인 자물쇠가 걸려 있었고 평범하면서도 어딘지 모르게 예쁘장한 얼굴이 20센티미터쯤 열린 문틈 사이로 나를 내다보았다.

"누구시죠?"

쌍둥이 자매 중 누구인지 알 수가 없어서 이름 대신 성을 부르기로 했다.

"벨르미 양 맞나요?"

여자가 고개를 끄덕였다.

"전 사설탐정으로 일하고 있는 해머라고 합니다. 윌리암스 살인 사건을 조사하고 있죠. 괜찮으시다면……."

"그럼요, 물론이죠."

문이 닫히더니 체인 자물쇠가 풀렸다. 문이 다시 열렸을 때 온몸이 운동으로 다져진 듯한 여자가 내 앞에 서 있었다. 눈가에 낀 기미 빼고는 햇볕에 그을린 갈색 피부에 팔과 어깨는 조각상처럼 매끈한 근육질의 완벽한 몸매였다. 확실히 사진보다 훨씬 미인이었다. 순간 왜 이런 여자가 남편감을 못 찾고 있는 건지 모르겠다는 생각이 들었다. 내가 보기에는 그만한 돈이 있는 이 여자가 용서가 안 될 만한 결점을 갖고 있을 것 같지가 않았다. 굳이 돈이 아니더라도 이 여자를 데리고 살 용의가 있을 남자는 많을 것 같았다.

"들어오시죠."

"고맙습니다."

아파트 안으로 들어가서 내부를 살폈다. 칼레키의 아파트와 크게 다를 게 없었지만 담배 냄새 대신 은은한 향수 냄새가 났다. 가운데 커피 테이블이 놓여 있는 소파로 나를 안내하더니 앉으라고 손짓을 했다. 테이블을 사이에 두고 서로 마주 앉았다.

"무슨 일로 이렇게 오셨나요?"

"우선 제가 지금 뵙고 있는 분이 언니이신지 아니면 동생이신지부터 알았으면 좋겠네요. 헷갈려서요."

여자가 웃으며 대답했다.

"아, 전 메리예요. 에스더는 쇼핑하러 나가서 오늘 중으로는 안 돌아올 거예요."

"메리 양 한 분만 계셔도 괜찮을 것 같네요. 혹시 체임버스 형사가 다녀가지 않았나요?"

"네. 아마 해머 씨도 곧 오실 거라고 하더군요."

"뭐 많이 여쭤볼 것은 없습니다. 전쟁 전부터 잭과 아는 사이셨죠?"

여자는 고개만 끄덕였다. 나는 질문을 계속했다.

"그 파티가 있던 날 밤에 뭐 특별한 거라도 발견하셨나요?"

"아뇨. 그런 건 없었어요. 그저 약간 술을 마시고 춤을 좀 췄죠. 잭이 미르나에게 뭔가 진지한 얘기를 몇 번 하는 것을 보긴 했어요. 그리고 잭과 카인즈 씨가 15분 정도 부엌에 가 있었지만 그저 농담 따먹기나 한 것마냥 웃으면서 파티장으로 돌아왔죠."

"다른 사람들 중에도 그렇게 따로 그룹을 짓고 있던 사람이 있었나요?"

"음……. 뭐 별로 특별히 그런 사람은 없었어요. 미르나와 샬럿이 한참 얘기를 주고받긴 했지만 댄스 타임이 시작되자 남자들이 와서 방해를 했죠. 아마 미르나의 결혼 계획에 대한 얘길 하고 있었던 것 같아요."

"그 다음에는요?"

"음식을 좀 먹고 집에 왔죠. 열쇠를 깜빡 잊고 두고 나와서 경비원 아저씨를 깨워 문을 열어 달라고 해서 집에 들어왔어요. 둘 다 곧장 잠이 들었죠. 다음 날 진술을 받아 내느라고 경찰이 전화를 해서 깨우는 바람에 살인 사건이 있었다는 걸 알았어요. 당장이라도 경찰이 집으로 쳐들어올 줄 알고 밖에도 안 나가고 기다렸는데 오늘에서야 찾아오더군요."

여자는 잠시 말을 멈추더니 고개를 뒤편으로 젖혔다.

"잠깐만 실례할게요. 욕조에 물을 틀어 놓고서 그냥 나왔거든요."

여자는 복도를 지나 욕실로 사라졌다. 아마 내가 나이를 먹는가 보다. 물소리는 들리지 않았다.

잡지 몇 권이 소파 옆 바구니에 놓여 있었다. 하나를 집어서 넘겨 봤는데 그저 그런 여성 잡지라 도로 내려놓았다. 맨 아래에는 『컨페션』이라는 책이 있었다. 그나마 그게 다른 잡지보다 좀 낫긴 했지만 별 수 없는 구닥다리 소설일 뿐이었다. 대도시에 사는 한 여자가 형사를 만났는데 그 형사는 여자를 배신했고, 상처받은 여자가 지하철 철로에 몸을 던져 자살하려는 순간 어떤 착한 젊은이가 여자를 붙잡아 목숨을 구하고 제대로 된 사람으로 만들어 준다는 내용이었다.

두 남녀가 결혼식장으로 들어서는 장면을 읽고 있는데 메리 벨르미가 거실로 돌아왔다. 그런데 그 모습을 본 순간 머리가 핑 돌았다. 아까 입고 있던 회색 옷 대신 분홍색 네글리제 차림으로 나타난 것이었다. 묶었던 머리는 길게 풀어헤쳤고 얼굴은 깨끗하면서도 건강해 보였다.

일부러 그러고 나타났는지는 알 수 없었으나, 창문으로 들어오는 햇빛 앞에 서자 네글리제 속이 다 비쳐 보였다. 안에는 별로 입은 게 없었다. 입은 건 네글리제뿐이었다. 여자는 미소를 지으며 내 옆에 앉았다. 너무 가까이 붙어 앉지 못하게 하려고 옆으로 몸을 움직였다.

"혼자 계시게 해서 죄송해요. 그냥 놔두면 물이 금방 식어서요."

"괜찮습니다. 여자들은 워낙 목욕 한번 하려면 반나절은 걸리니까요."

여자가 또 한 번 웃었다.

"전 아니에요. 지금 조사하고 계신 사건 얘길 좀 더 듣고 싶어서 빨리 끝내고 나왔거든요."

여자가 다리를 꼬고 테이블에 놓인 상자에서 담배를 집으려고 몸을 앞으로 숙였다. 일부러 여자 쪽을 보지 않으려고 고개를 돌렸다. 지금 이 단계에서 여자와 엮이면 곤란했기 때문이다. 게다가 나중에 샬럿과 데이트도 해야 하는 몸이 아니든가. 메리가 내게 물었다.

"담배 좀 피우시겠어요?"

"아뇨. 됐습니다."

여자는 소파에 등을 기대고 앉아 천장에 대고 담배 연기를 내뿜었다.

"제가 무슨 얘길 해 드릴까요? 파티 다음 날 저녁까지도 저와 에스더가 함께 있었으니까 에스더에 대한 얘기도 제가 대신 해 드릴 수 있어요."

그렇게 야한 옷을 입고 있는 그녀를 보고 있자니 무슨 말을 하는지 집중해서 들을 수가 없었다. 여자가 말을 계속했다.

"물론 나중에 에스더에게 확인해 보시면 되겠죠. 체임버 씨도 그렇게 하셨거든요."

"아뇨. 그럴 필요는 없을 것 같습니다. 그런 사소한 부분은 별로 중요하지 않거든요. 제가 지금 알고 싶은 건 뭐 별로 대단히 중요한 건 아닙니다. 개인적인 갈등이 있었는지 뭐 그런 것들이죠. 지난 며칠 동안 잭에게 무슨 일이 있었는지 알고 계시면 그것도 좀 얘기해 주시고요. 그냥 지나쳤을 수도 있는 말이나 혹은 얼핏 지나가면서 들은 얘기 같은 것도 좋습니다."

"죄송하지만 그런 거라면 별로 도움 될 만한 게 없네요. 남의 얘기를 엿듣거나 소문을 캐고 다니는 성격이 아니라서요. 에스더와 저는 거의 집에만 틀어박혀서 사는 편이었어요. 여기로 이사 올 때까진 그랬죠. 친구들이라고 해 봤자 저희처럼 주로 집에서 지내는 이웃들이 전부고요. 큰 도시에서 찾아오는 손님도 거의 없어요."

메리는 소파 위에 다리를 올리고 몸을 옆으로 눕혀 나를 바라보았다. 그 바람에 네글리제 앞여밈이 열리자 느릿느릿한 동작으로 옷을 다시 여몄다. 일부러 가슴을 드러낸 것이었다. 복부에는 남자처럼 매끈한 근육이 보였다. 입을 다시며 내가 물었다.

"여기엔 얼마나 머무르실 계획인가요?"

여자가 미소를 지었다.

"에스더가 쇼핑을 실컷 할 때까지는 있으려고요. 걘 예쁜 옷 사러 다니는 게 사는 낙이거든요. 그 옷을 다 입을 것도 아니면서."

"메리 양은 어떠신가요?"

"전 그냥 사는 것 자체가 낙이에요."

2주 전만 해도 이 여자가 그런 말을 하는 것이 상상이 가지 않았지만 지금은 그럴싸하게 보였다. 때와 장소를 가리지 않고 제멋대로 즐길 여자였다.

내가 다시 입을 열었다.

"그럼, 당신과 에스더를 어떻게 구별할 수 있는지 가르쳐 주시겠습니까?"

"우리 둘 중 하나는 오른쪽 엉덩이에 자그마한 딸기색 점이 있어요."

"그게 어느 분인데요?"

"한번 보실래요?"

이런, 화를 자초하는 여자로군!

"오늘 말고 다음에 하죠. 할 일이 좀 있어서요."

그렇게 말하고 자리에서 일어서는데 메리가 말했다.

"소심하게 굴지 말아요."

여자의 눈빛이 내 눈빛과 마주쳤다. 타는 듯한 보라색 눈이었다. 입술은 부드럽게 젖어 있었으며 도발적으로 보였다. 네글리제를 제대로 입고 있을 의향이 전혀 없어 보였다. 한쪽 어깨가 미끄러져 내려와 있어서 갈색 피부가 분홍색 옷감과 재미있는 대조를 이루고 있었다. 어떻게 피부를 저렇게 태웠는지 궁금했다. 수영복 끈 자국도 전혀 없었다. 여자는 고의적으로 꼬았던 다리를 풀고 다 자란 고양이처럼 몸을 비틀면서 벗은 허벅지의 근육이 햇빛에 드러나게 했다.

나도 남자였다. 여자 위로 몸을 구부려 입술에 키스를 했다. 여자는 내 목에 팔을 꼭 감고 소파 위에서 몸을 조여 왔다. 여자의 몸은 뜨거운 불덩이 같았다. 내 손길이 닿는 곳마다 그 손 아래서 여자가 몸을 떨었다. 여자의 혀끝이 내 혀를 더듬었다. 이제야 왜 이 여자가 여태 결혼을 안 했는지 알 것 같았다. 한 남자에게 만족할 여자가 결코 아니었다. 네글리제 자락을 잡고 단번에 옷을 벗겨 나체로 만들고 눈으로 그녀의 몸 곳곳을 살폈다.

나는 모자를 집어 들어 머리에 눌러쓰고 소파에서 일어서며 말했다.

"점이 있는 건 에스더 양인 모양이군요. 그럼 다음에 또 뵙죠."

문을 나서면서 여자가 뒤에서 욕을 퍼부을 거라고 생각했는데 예상이 빗나갔다. 여자는 욕을 퍼붓는 대신 소리 죽여 킥킥 웃었다. 저런 행동에 팻은 어떻게 반응했을지 궁금했다. 문득 저 여자는 내 수사를 방해할 일종의 함정이었을지도 모르고 팻도 나름대로 저 함정을 통과해 갔을 거란 생각이 스쳐 지나갔다. 이런 수를 쓰다니, 그놈을 꼭 잡아야겠다. 특히 경찰을 상대로 장난치길 좋아하는 탐스러운 암고양이가 여기 3번가에 살고 있었나 보다. 글쎄, 다음번에는 어쩌면.

6장

사무실에 가 보니 벨다가 있었다. 사무실에 불이 켜져 있는 것을 보고서 거울 달린 문 앞에 멈춰 서서 옷에 립스틱 자국이 묻어 있는 건 아닌지 꼼꼼히 살펴보았다. 입술은 그럭저럭 닦았지만 하얀 셔츠 칼라에 묻은 립스틱 자국은 지우기가 어려웠다. 왜 이놈의 립스틱은 여자 입술에서는 그렇게 쉽게 닦이면서 남자 옷에서는 이렇게 안 닦이는 건지 알 수가 없었다. 메리 벨르미와 다시 한번 놀아날 때는 그 전에 먼저 휴지로 립스틱부터 닦아 내라고 해야겠다.

휘파람을 불면서 사무실로 들어섰다. 벨다가 나를 보더니 입을 꼭 다물었다.

"왜 그러는데?"

뭐가 문제인지 알 수가 없었다.

"귀에 뭐가 묻었네요."

문을 나서면서 여자가 뒤에서 욕을 퍼부을 거라고 생각했는데 예상이 빗나갔다. 여자는 욕을 퍼붓는 대신 소리 죽여 킥킥 웃었다. 저런 행동에 팻은 어떻게 반응했을지 궁금했다. 문득 저 여자는 내 수사를 방해할 일종의 함정이었을지도 모르고 팻도 나름대로 저 함정을 통과해 갔을 거란 생각이 스쳐 지나갔다. 이런 수를 쓰다니, 그놈을 꼭 잡아야겠다. 특히 경찰을 상대로 장난치길 좋아하는 탐스러운 암고양이가 여기 3번가에 살고 있었나 보다. 글쎄, 다음번에는 어쩌면.

6장

사무실에 가 보니 벨다가 있었다. 사무실에 불이 켜져 있는 것을 보고서 거울 달린 문 앞에 멈춰 서서 옷에 립스틱 자국이 묻어 있는 건 아닌지 꼼꼼히 살펴보았다. 입술은 그럭저럭 닦았지만 하얀 셔츠 칼라에 묻은 립스틱 자국은 지우기가 어려웠다. 왜 이놈의 립스틱은 여자 입술에서는 그렇게 쉽게 닦이면서 남자 옷에서는 이렇게 안 닦이는 건지 알 수가 없었다. 메리 벨르미와 다시 한번 놀아날 때는 그 전에 먼저 휴지로 립스틱부터 닦아 내라고 해야겠다.

휘파람을 불면서 사무실로 들어섰다. 벨다가 나를 보더니 입을 꼭 다물었다.

"왜 그러는데?"

뭐가 문제인지 알 수가 없었다.

"귀에 뭐가 묻었네요."

벨다가 말했다.

오, 이런! 이 여자, 맘만 먹으면 살인이라도 할 듯한 태세로 군……. 감히 아무 말도 할 수가 없어서 그냥 내 사무실로 들어갔다. 벨다가 깨끗한 셔츠와 구겨지지 않은 넥타이를 갖다 주었다. 어떤 때는 저 여자한테 독심술이 있는 건 아닐까 하는 생각마저 들었다. 비상시에 대비해서 몇 가지 요긴한 물건을 구비해 둔 것이 있었는데, 그게 언제 어떻게 쓰이는 물건인지를 제대로 짚어 내곤 했다.

구석에 있는 세면대로 가서 좀 씻고 셔츠를 갈아입었다. 넥타이가 항상 문제였다. 대개는 벨다가 넥타이 매는 것을 도와줬지만 문을 쾅 닫고 나가 버려서 오늘은 혼자 해결해야 할 것 같았다.

건물 1층에 있는 술집에 들러 급히 몇 잔을 마셨다. 벽에 걸린 시계를 보니 아직 시간이 일러서 빈자리를 찾아 몇 시간을 죽치고 있었다. 웨이터에게 15분마다 맥주를 가져다 달라고 부탁했다. 늘 하던 주문이라 웨이터도 익숙해져 있었다.

주머니에서 메모지를 꺼내 메리 벨르미에 관해 몇 가지 메모를 했다. 지금까지 여기 적혀 있는 건 주로 성격 분석이었지만, 이것도 사건을 꿰뚫어보는 데 좋은 정보가 될 수 있었다. 수사 자체로 말하자면 아직은 별 진전이 없었다. 그럴 듯한 용의자를 몇 명 잡아 내서 겁을 좀 주고 다닌 것이 전부였다. 경찰은 자기들 방식대로 수사를 진행해 나가고 있을 것이 분명했다. 신문에서 늘 때리는 것처럼 경찰이 바보는 아니었다. 살인 사건을 해결하는 데는 시간이 걸린다. 하지만 이번 살인 사건은 팻과 내가 벌이는 시간 싸움이었다. 잘만 한다면 내가 팻보다 먼저 사건을 해결할 수 있을 것이다. 팻도 나와 같은 장소를 다니고는 있었지만 내가 모르는 것을 알아내지는 못했을 것이 분명하다.

팻도 나도 아직 찾지 못한 것이 살인의 동기였다. 뭔가 그럴 듯한 동기가 있어야만 했다. 살인은 그냥 이유 없이 일어나는 사건이 아니다. 살인에는 계획이 필요하다. 급하게 계획을 세우는 경우도 있긴 하지만 어쨌거나 계획이 있긴 하다.

알리바이로 치자면 조지 칼레키는 잭을 죽일 시간적 여유가 있었다. 헬 카인즈도 마찬가지였다. 이런 생각을 하기는 싫지만 샬럿 매닝도 그렇다. 그리고 미르나도 있었다. 미르나 역시 잭의 집으로 돌아갔다가 눈에 띄지 않게 집으로 갈 시간이 있었다. 그렇게 치면 벨르미 자매가 남는다. 우연이었을지도 모르지만 경비원한테 문을 열어 달랬기 때문에 집에 도착한 시간이 정확한 증거로 남아 있었다. 일부러 그런 거라면 아주 머리를 잘 썼다고 볼 수 있다. 집에서 다시 나갔는지 어쨌는지를 굳이 물어보고 싶진 않았다. 어차피 나간 적 없다고 대답할 것이 뻔했기 때문이다. 쌍둥이들이란 특이한 존재이다. 서로 도통 떨어지지를 않는다. 전에도 쌍둥이들을 여럿 봤기 때문에 이들도 마찬가지일 거라고 짐작할 수 있었다. 필요하다면 둘은 서로를 위해 거짓말도 하고, 사기도 치고, 절도 행각도 벌일 수 있을 것이 분명했다.

메리 벨르미가 그렇게 색기가 강한 여자일 거라고는 미처 상상하지 못했다. 두 사람에 대해서 내가 가지고 있는 정보에는 둘 다 상냥하고 점잖고 너무 어리지도 늙지도 않은 여자들이라고 적혀 있었다. 적어도 서류에는 둘이서만 꼭 붙어 다닌다고 적혀 있었다. 여자가 남자와 단둘이 자기 방에 있을 때 무슨 짓을 할지는 정말 모를 일이다. 에스더 벨르미도 만나보고 싶었다. 그 딸기색 점이 꽤나 재미있게 생겼을 것 같아서였다.

그리고 칼레키가 당한 총격 사건도 있다. 그건 정말 놀라운 일이었다. 얼른 시내로 가서 그가 접촉하는 인물을 조사해 봐야 할 것 같았다. 웨이터를 불러 계산서를 달라고 부탁했다. 웨이터가 인상을 찡그렸다. 그렇게 조금만 마시고 나간 적이 별로 없어서 그런 모양이었다.

차를 몰고 히호 클럽으로 갔다. 금주령이 내려져 있던 시절에는 밀주업자들 소굴이었지만 몇 년이 지난 지금은 음침한 술집이 되어 있었다. 날이 어두워진 후에 가기에는 아주 위험한 장소였지만 나는 그 술집을 운영하는 흑인과 아는 사이였다. 4년 전에 어떤 술 취한 놈과 총격전이 붙었을 때 나를 좀 도와준 적이 있었고, 그 한 달 후에 자릿세를 내지 않는다는 이유로 술집 주인을 살해하려던 깡패 녀석을 내가 처치해서 은혜를 갚았다. 그런 식으로 내 이름이 알려진 후로는 깡패들이 마음대로 술집을 운영하도록 내버려 두었다. 이런 동네에서는 연줄이 있으면 일하기가 아주 편하다.

빅 샘이 바에 앉아 있었다. 내가 들어오는 것을 보더니 나를 향해 활짝 웃으며 손을 흔들었다. 악수를 하고 맥주를 주문했다. 내 옆에 앉아 있던 키 큰 깜둥이 두 명이 곱지 않은 시선으로 나를 쳐다보다가 빅 샘이 "잘 지냈는가, 해머. 반갑네. 꽤나 오랜만에 여길 다 찾아왔네 그려."라고 말하며 내 이름을 부르자 그제서야 내게서 시선을 뗐다. 내가 그저 맥주나 마시자고 거기까지 찾아올 리가 없다는 것을 샘은 알고 있었다. 샘은 바의 끝 쪽으로 자리를 옮겼고 나도 그를 따라갔다.

"무슨 일이지? 뭐 도와줄 일이라도 있나?"

"응. 그 패거리 녀석들 여기 좀 오나?"

샘이 재빨리 주위를 둘러보더니 대답했다.

"그래. 다른 술집에도 가고 여기에도 오지. 그건 왜?"

"아직도 조지 칼레키가 우두머리 노릇을 하나?"

샘은 그 두꺼운 입술을 축였다. 긴장한 듯 보였다. 밀고자 노릇은 하기 싫지만 나를 도와주고 싶기는 한 것이다. 내가 말했다.

"이건 살인 사건이라고. 경찰서로 끌려가는 것보다야 나한테 말해 주는 게 낫잖아? 그놈들이 어떤 놈들인지는 너도 잘 알 테고 말야."

그는 생각을 좀 해 보는 듯 미간을 찌푸렸다.

"좋아, 해머. 뭐 괜찮겠지. 칼레키가 아직도 우두머리지만 여기 직접 오진 않아. 일은 부하들이 다 알아서 처리하지."

"아직도 보보 하퍼가 사업을 맡고 있나? 칼레키와 같이 다니기도 했잖아. 여기 항상 죽치고 있겠지?"

"그래. 지금도 여기 있긴 한데 이제 사업은 안 해. 지난 몇 달 동안은 일을 아주 잘했지. 양봉업도 하고."

그건 처음 듣는 얘기였다. 보보 하퍼는 인간이 되려다 만 듯한, 환경이 사람에게 어떤 영향을 미칠 수 있는지 잘 보여 주는 본보기 같은 존재였다. 정신 연령은 열두 살 정도였다. 평생 영양 부족 상태로 컸기 때문에 몸이 비쩍 말랐다. 나는 그를 잘 알았다. 마음씨가 정말로 좋은 사람이었다. 아무리 못되게 굴어도 늘 좋은 친구로 남아 있었다. 모든 것이 그의 친구였다. 새들, 동물들, 곤충들까지도. 한번은 아이들이 개미집을 밟아서 개미 몇 십 마리가 죽었다고 울고 있는 것을 본 적도 있었다. 그런 그가 일을 '잘' 하고 벌까지 키운다니…….

"그 녀석 지금 어디 있지? 뒷방에 있나?"

"응. 어딘지는 알지? 아까 보니까 벌 사진을 들여다보고 있더군."

내가 들고 있는 이 맥주 잔을 이전에 사용했던 놈이 몹쓸 전염병에나 걸리지 않은 놈이었으면 좋겠다는 생각을 하면서 한입에 맥주를 마셔 버렸다. 아까 그 흑인 녀석들 옆을 지나가자 내가 뒷방 문을 열고 들어갈 때까지 계속 쳐다보았다.

보보 하퍼는 한쪽 구석의 테이블 옆에 놓인 의자에 앉아 있었다. 전에는 그 방에 도박용 주사위 테이블 같은 것들이 놓여져 있었지만 지금은 그런 것들을 한쪽으로 다 치워 놓았다. 벽의 창문으로는 가로등 불빛도 들어오지 않아서 방을 비추고 있는 거라곤 천장에 전선으로 매달아 놓은 전구 한 개뿐이었다. 한쪽 벽에는 맥주 상자로 막아 놓은 쓰레기 더미가 높이 쌓여 있었다.

벽에는 야한 사진 몇 개가 압핀으로 박혀 있었는데 손자국과 먼지 때문에 절반은 지워져 있었다. 누군가가 연필로 사진 속 형체를 그대로 벽지 위에 그려 보려 한 흔적이 있었으나 별반 신통치 않았다. 술집으로 향하는 문이 유일한 출구였다. 자물쇠를 잠가 보려고 했지만 자물쇠 안의 막대가 빠져 있어서 그냥 놔둘 수밖에 없었다.

보보는 내가 들어오는 소리도 듣지 못할 만큼 벌 사진에 푹 빠져 있었다. 잠깐 동안 보보의 어깨 너머로 사진을 같이 들여다보고 있었다. 보보는 사진 책에 써 있는 글씨를 입으로 발음해 보는 중이었다. 나는 보보의 등판을 냅다 쳤다.

"이봐, 옛 친구가 왔는데 인사도 안 하나?"

놀란 보보가 의자에서 펄떡 일어나 나를 보더니 활짝 웃었다.

"이게 누구야? 마이크 해머잖아! 이야, 이거 정말 반가운데!"

그러더니 깡마른 손을 내밀어 내 손을 잡았다.

"여기서 뭘 하고 있는 거야? 날 보러 온 거 맞지? 여기 앉아. 내가 의자 갖다 줄게."

보보가 빈 드럼통 하나를 테이블 쪽으로 가져왔다.

"벌을 키운다는 소릴 들었는데, 맞아?"

"어, 그래. 이 책에서 다 배우고 있어. 얼마나 재미있는지 몰라. 벌들이 날 알아보기도 한다니까. 내가 벌집 가까이에 손을 대도 절대 쏘지 않아. 내가 있는 쪽으로 다가오기만 하더라고. 너도 한 번 봐야 하는데 말야."

"진짜 재밌겠네. 그렇지만 그 벌 키우는 데 돈 많이 들지 않나?"

"아냐. 계란 상자로 벌집을 만들었거든. 페인트칠도 했어. 벌들은 그 벌집이 마음에 드나 봐. 다른 놈들처럼 벌집을 버리고 날아가 버리지 않더라고. 집주인한테 허락을 받아 지붕 위에서 키우고 있어. 집주인은 벌을 좋아하진 않지만 내가 벌꿀을 좀 주었더니 그건 좋아하더라. 나 벌 아주 잘 키워."

참 착한 녀석이었다. 잔뜩 흥이 나서 떠들어 대고 있었다. 다른 못된 놈들과는 달랐다. 가족도 집도 없지만 벌을 키울 수 있게 해 주는 집주인이 있다니 얼마나 다행이지 뭔가. 보보는 재미있는 녀석이었다. 시시콜콜 어려운 질문을 해 대면 입을 꾹 다물어 버릴 수도 있었지만, 그냥 말하게 내버려 두면 하루 종일이라도 재잘대는 녀석이었다.

"새 일을 구했다던데. 그건 잘돼?"

"어, 아주 잘돼 가고 있어. 마음에 들어. 나더러 우수한 매니저래."

아마 그 사람들은 '우수한'이 아니라 '우둔한'이라고 말했을 것 같았지만 그런 이야기를 하지는 않았다.

"어떤 일이야? 힘든 일인가?"

"글쎄. 그냥 심부름도 해 주고 물건 배달도 하고 청소 같은 것도 다 내가 맡아서 해. 가끔 배달 나갈 때 디드슨 씨가 자전거를 태워 주기도 하고. 아주 재밌어. 좋은 사람들도 만나고 말야."

"돈은 많이 벌어?"

"그럼! 일 하나 할 때마다 25센트나 50센트씩 받는걸? 저번 주에는 거의 15달러나 벌었어."

15달러라! 보보에겐 거액이었다. 정말 단순하게 사는 녀석이었고 자신을 자랑스러워하고 있었다. 나 또한 보보가 자랑스러웠다.

"꽤 잘 지내는 거 같네. 그런 좋은 일은 어떻게 구한 거야?"

"험피 아저씨 기억나?"

나는 고개를 끄덕여 대답했다. 험피는 파크 애비뉴에 있는 사무실의 구두닦이로 40대 중반 나이의 곱사등이었다. 몇 번쯤 그에게 사람 감시를 시켜 본 적이 있었다. 1달러만 주면 무슨 일이든 할 사람이었다.

보보가 말을 계속했다.

"험피 아저씨가 결핵에 걸려서 구두를 닦으러 산으로 갔어. 그래서 내가 그 일을 대신하고 있거든. 험피 아저씨만큼 잘하지는 못하지만. 그런데 사람들이 이런저런 일들을 시키더라고. 그래서 일을 해 줬지. 이제 매일 아침 일찍 가면 사람들이 심부름거리를 줘. 오늘은 누가 여왕벌을 사고 싶다고 해서 그 사람을 만나느라 일을 쉬었어. 두 마리나 사겠대. 여왕벌 한 마리에 5달러면 너무 많이 받는 걸까?"

"아니. 많은 것 같진 않아."

사실 나는 여왕벌과 킹코브라를 구별할 줄도 모르는 사람이었지만 어떤 동물이든 여왕이란 건 워낙 귀한 거니까……

"파친코 일을 그만두니까 칼레키 씨가 뭐라고 하디?"

내 예상과는 달리 보보가 순순히 대답을 했다.

"그 사람 진짜 멋졌어. 오래 일해 줘서 고맙다고 10달러를 주면서 나중에 언제든지 다시 일하고 싶어지면 찾아오라고 하더라."

놀랄 일도 아니었다. 보보는 한 치의 거짓도 없는 정직한 녀석이었으니까. 보통 파친코에서 일을 하다 보면 파친코 기계에서 들어오는 수입을 슬쩍 해서 자기 돈으로 챙기는 경우가 많았다. 그런 식으로 자기 주머니를 두둑하게 불리는 것이다. 하지만 보보는 너무 단순해서 누굴 속일 줄도 몰랐다.

내가 웃으며 말했다.

"칼레키 씨가 무척 잘해 주셨구나. 그렇지만 네 일을 하는 게 더 좋을 거야."

"맞아. 언젠가는 벌을 키워서 돈도 많이 벌 거야. 벌 농장을 가지게 될지도 몰라."

보보는 그 생각에 행복한 미소를 지었다. 그러나 그 미소는 당혹스러운 표정으로 바뀌었다. 내 뒤에 있는 뭔가를 보고 있었다. 나는 문을 등지고 있었지만 보보의 얼굴을 보고서 방에 누가 들어왔음을 알 수 있었다.

내 턱 밑으로 아주 천천히 칼날이 들어왔다. 칼을 꽉 쥐고 있지는 않았지만 그 가느다란 손가락은 내가 움직이는 순간 바로 힘이 들어갈 태세였다. 칼날에 숫돌 흔적이 남아 있어서 최근에 새로 갈아 놓았음을 알 수 있었다. 10센티미터짜리 칼날 위에 집게손가락이 올라가 있었다. 제대로 칼을 쓸 줄 아는 사람이었다.

공포에 질린 보보가 눈을 크게 떴다. 입을 열었지만 아무 말도 하지 못하고 있었다. 그 불쌍한 녀석이 뺨 위로 식은땀을 흘리고 있었다. 갈색 소매 옷을 입은 팔이 내 어깨 너머로 다가와 코트 옷깃 아래로 미끄러져 내려가더니 총을 찾았다.

나는 몸을 숙여 뒷발질을 했다. 내 발에 채인 테이블이 미끄러졌다. 칼잡이의 손을 잡아 세게 짓누르자 내 위로 시체처럼 엎어졌다. 바로 그때 방으로 들어오는 발을 보고서 머리를 옆으로 젖혔다. 아슬아슬하게 놈의 공격을 피했지만 상대는 나를 피하지 못했다. 칼잡이의 손을 놓고 그 녀석의 다리를 잡았다. 그리고 두 명의 흑인과 전력을 다해 싸우기 시작했다.

그러나 싸움은 오래가지 않았다. 놈이 다시 칼을 휘둘렀고 이번에는 놈의 손목을 잡아 비틀었다. 힘줄이 늘어났고 뼈가 부러졌다. 칼잡이가 비명을 내지르며 칼을 떨어뜨렸다. 나는 잽싸게 몸을 일으켰다. 또 다른 깜둥이 녀석도 일어나서 머리를 숙인 채 내게 돌진해 들어왔다.

그놈과 박치기를 할 필요는 없었기 때문에 발을 뻗어 놈의 얼굴을 걷어찼다. 놈은 옆으로 쓰러지더니 벽에 가서 부딪쳤다. 놈의 아랫니가 입술 밖으로 비어져 나왔다. 송곳니 두 개는 피범벅이 된 채 코 옆에 가서 붙어 있었다.

칼잡이는 한 손으로 부러진 손목을 붙잡고 일어서 보려고 애쓰고 있었다. 내가 그를 도와주었다. 먹살을 잡고 억지로 일으켜 세웠다. 먹살을 잡지 않은 다른 한 손으로는 코를 세게 후려쳤다. 뼈가 부서지면서 피가 터져 나왔다. 아마 할렘가에서 여자들이나 괴롭히던 놈 같았지만 이제 그런 시절도 끝이다. 신음 소리를 내며 바닥으로 푹 쓰러지게 그냥 내버려 두었다.

그러고는 놈의 주머니를 뒤졌다. 별 다른 것은 없었다. 여자 사진 몇 장이 들어 있는 싸구려 지갑이 있었는데, 사진 속 여자들 중 한 명은 백인이었다. 나머지는 11달러와 돈내기에 쓰는 종이 부스러기뿐이었다. 다른 한 놈이 있는 쪽으로 다가가자 놈은 망가진 얼굴을 감싸 쥐고 암소처럼 눈알을 굴렸다. 주머니 속을 보니 성냥개비를 끼워 놓은 면도날이 있었다. 괜찮은 수법이다. 손바닥에 칼날을 숨겨서 손가락 사이로 약간 비어져 나오게 한 다음 얼굴을 후려치는 것이다. 성냥개비를 끼워 놨기 때문에 손가락에서 빠져 나가지 않는다. 그런 칼날로는 얼굴을 갈가리 찢어 놓지는 못한다.

흑인 녀석이 도망치려고 해서 한 대 더 먹여 주었다. 이미 부서진 턱에 주먹질을 한 것이 타격이 너무 컸던지 그놈도 정신을 잃고 말았다. 보보는 계속 의자에 앉아 있다가 이제야 다시 웃었다.

"우와, 마이크 진짜 세다! 나도 마이크처럼 세면 얼마나 좋을까!"

나는 주머니에서 5달러를 꺼내 보보의 셔츠 주머니에 찔러 넣어 주며 말했다.

"이걸로 여왕벌한테 수컷 왕벌이나 한 마리 사다 줘. 나중에 또 보자고."

그러고는 깜둥이 녀석들의 멱살을 잡아 문밖으로 내동댕이쳤다. 빅 샘이 그 광경을 보았다. 거기에 있던 열댓 명쯤 되는 사람들도 모두 나를 보았다. 문가에 있던 사람들은 뭔가 더 화끈한 일이 벌어지기를 기대했던 것 같았다.

"샘! 도대체 무슨 생각인 거야? 왜 이런 원숭이 같은 녀석들이 나한테 덤벼들게 하는 건데? 날 그렇게 몰라?"

빅 샘은 그저 씩 웃기만 할 뿐이었다.

"요즘은 도통 구경거리가 없었거든."

그러고서 손님들 쪽으로 몸을 돌리더니 두꺼운 손바닥을 들어 올리며 말했다.

"이제 다들 돈을 내셔야지!"

샘이 손님들한테서 돈을 받는 사이 칼잡이와 그 친구 녀석을 바닥에 내팽개쳤다. 저 손님들이 다음에는 내 쪽에 돈을 걸 것이다.

샘에게 인사를 하고 나가려는데 보보가 뒷방에서 나와 손을 흔들며 외쳤다.

"이봐, 마이크! 여왕벌은 왕벌이 필요 없어. 왕벌은 돈으로 살 수도 없고 말야."

"아냐. 왕벌이 분명히 필요할 거야. 여왕은 왕이 필요한 법이거든. 저기 샘한테 물어보면 말해 줄 거야."

술집을 나서는데 보보가 샘에게 왜 그런지 물어보는 소리가 들렸다. 보보라면 아마 평생 그 이유를 놓고 고민할 것이다.

집으로 오는 길은 생각보다 시간이 많이 걸렸다. 길이 막혀서 거의 여섯 시나 돼서야 집에 도착했다. 차를 세워 놓고 아파트 계단을 올라 집으로 들어와서 옷을 벗기 시작했다. 깨끗했던 셔츠가 엉망이 되어 있었다. 셔츠 앞자락에는 온통 피가 튀어 있었고 넥타이는 거의 다 풀어져 있었다. 재킷 주머니도 솔기 부분을 따라 쭉 찢어져 있었다. 그걸 보니 그놈들을 죽여 놨어야 하는 건데 잘못했다는 생각이 들었다. 요즘은 쓸 만한 옷 한 벌 구하기가 쉬운 일이 아닌데……

온수와 냉수로 샤워를 하고 나니 기분이 좋아졌다. 턱수염을 짧게 자르고 양치질을 하고서 깨끗한 옷으로 갈아입었다. 아가씨를 부를 때 총을 차고 있어도 괜찮은 건가 잠깐 생각하다가 그냥 하던 버릇대로 하기로 했다. 셔츠에 총집을 차고 45구경 권총에 기름을 몇 방울 친 다음 클립 상태를 점검해 봤다. 모든 것이 완벽했다. 총을 깨끗이 닦아 팔 아래에 꼈다. 하긴 내 옷은 워낙 총을 안에 껴 두어야 몸에 딱 맞는 디자인이었다. 총을 넣을 공간을 고려해서 만든 양복이었기 때문이다.

빠뜨린 것 없이 제대로 준비했는지 확인하려고 거울을 살펴보았다. 내가 어디를 가기 전에 벨다가 다시 한 번 살펴봐 주지 않으면 서커스를 하러 가는 건지 나이트클럽을 가는 건지 모를 해괴한 꼴을 한 채 나가곤 했다. 이제 일주일 동안 벨다가 내게 아무 말도 안 할 생각을 하니 그 벨르미라는 여자를 좀 더 멀리 했어야 했는데 잘못했다는 생각이 들었다. 나중에 벨다에게 좀 더 잘 해 줘야겠다고 생각했다. 벨다는 남자들에게 좀 심하게 구는 편인 데다 내게도 도덕 의식이 있다는 사실을 도무지 인정하지 않으려 했다.

차에 휘발유가 떨어져서 정비소로 갔다. 내 오랜 친구인 자동차 정비공 헨리가 후드를 열고 휘발유를 살펴보았다. 헨리는 내 차를 좋아했다. 내 차에 어울리지 않게 큰 엔진을 장착시켜 준 사람이 바로 헨리였다. 외관으로 보면 이제 영락없이 폐차해야 할 고물처럼 보였지만 타이어 상태도 좋고 엔진은 더 훌륭했다. 마력을 최대한으로 높여 놓아서 페달을 반만 밟아도 160킬로미터가 넘는 속력이 났다. 그 엔진은 헨리가 망가진 리무진에서 빼다가 나한테 헐값에 판 것이었다. 자동차 정비공들은 내 차에 박힌 엔진 마력을 볼 때마다 휘파람 소리를 내곤 했다. 내 차도 나름대로 명품이었다.

정비소에서 차를 몰고 나와 샬럿의 아파트로 가는 일방통행 도로를 달렸다. 지난번 만났을 때 나를 보던 그 눈빛을 잊을 수가 없었다. 그런 천하절색이 다 있다니!

샬럿의 집 앞 도로에는 차들이 붐벼서 도로를 우회해 검은색 세단과 2도어 승용차 사이에 차를 주차했다. 샬럿의 집까지 걸으면서 저녁 데이트를 나갔거나 집에 손님이 와 있으면 안 되는데 하는 생각을 했다. 그건 순전히 내 운에 달린 문제고 무슨 이야기를 나누느냐 하는 건 또 다른 문제이다. 그녀는 정신과 의사니까 다른 여자들보다 관찰력이 예리할 거라는 생각을 했다. 그런 직업을 가진 여자에게는 사소한 것들도 중요한 법이다.

현관 초인종을 눌렀다. 잠시 후 문이 열렸고 나는 안으로 들어갔다. 지난번처럼 가정부가 나와서 인사를 했는데 이번에는 모자에 코트까지 입고 있었다.

가정부가 말했다.

"들어오세요, 해머 씨. 샬럿 양께서 기다리고 계십니다."

나는 그 말에 깜짝 놀랐다. 문 옆 테이블에 모자를 내려 놓고 안으로 들어갔다. 가정부가 서 있다가 방 안을 향해 외쳤다.

"샬럿 양, 해머 씨께서 오셨습니다."

샬럿의 근사한 목소리가 들려왔다.

"고마워요. 이제 영화 보러 가세요."

문밖으로 나서는 가정부에게 고개를 끄덕여 인사하고 소파에 앉았다.

"안녕하세요?"

샬럿의 인사에 벌떡 일어나 그녀가 내민 따뜻한 손을 잡았다.

나도 웃으며 그녀에게 인사했다.

"샬럿 양도 안녕하셨죠? 그런데 제가 올 줄 어떻게 아셨죠?"

"그냥요. 오늘 와 주셨으면 하고 무척 바라고 있었거든요. 준비도 다됐어요. 제 옷 맘에 드세요?"

샬럿은 내 앞에서 한 바퀴를 빙글 돌며 어깨 너머로 내 얼굴을 바라보았다. 정신과 의사는 온 데 간 데 없었다. 그저 너무나 젊고 아름다운 여자 샬럿 매닝만이 있을 뿐이었다. 샬럿의 옷은 몸에 딱 맞는 푸른색 실크 소재여서 마치 젖은 몸인 듯 착 달라붙어 있었다. 가릴 곳은 다 가렸는데도 몸매가 남김 없이 다 드러났다. 목 위로 늘어뜨린 긴 금발 머리에서는 반짝반짝 윤이 났다. 그녀 눈 속에 들어 있는 큐피드가 화살을 쏘는 듯했다.

요염한 동작으로 방 저쪽까지 걸어갔다가 다시 내 쪽으로 왔다. 처음 상상했던 것과는 달리 몸매가 죽여 줬다. 생각보다 더 날씬하고 허리도 가늘었지만 어깨는 넓었다. 브래지어를 차지 않은 듯

끈 자국이 보이지 않는데도 가슴이 예쁘게 솟아 있었다. 나일론 스타킹만 신은 다리에 하이힐을 신고 있어서 서 있는 키가 거의 나와 비슷했다. 멋진 다리였다. 탄탄하면서도 근사한…….

"마음에 들어요?"

샬럿이 다시 물었다.

나는 웃으며 대답했다.

"예쁘네요. 제가 말씀 안 드려도 아시겠지만……. 이렇게 보고 있으니 생각나는 게 있네요."

"뭔데요?"

"남자를 고문하는 방법이요."

"설마! 제가 그렇게 끔찍한가요? 저를 보니 그런 생각이 드세요? 고문이라도 당하는 느낌?"

"아뇨. 그런 게 아닙니다. 제 말은, 5년쯤 여자 구경을 못해 본 남자를 데려다가 벽에 사슬로 묶어 놓고 샬럿 양이 지금처럼 그 앞을 걸어 다니면 아마 고문이 될 거라는 말이죠. 무슨 얘긴지 아시겠죠?"

내 말에 그녀는 허스키하고 낮은 목소리로 웃었다. 그녀가 웃느라고 머리를 약간 뒤로 젖히고 있는 모습을 보니 와락 붙잡아 목덜미에 키스를 하고 싶다는 생각이 들었다. 샬럿은 내 팔을 잡아 부엌으로 데리고 갔다. 식탁은 2인용으로 차려져 있었다. 식탁 위에는 닭튀김과 감자튀김 한 바구니가 놓여 있었다.

"오실까 봐 일부러 준비한 거예요. 여기 앉아서 드세요. 저는 기다리다가 벌써 먹었거든요."

어안이 벙벙해졌다. 내가 좋아하는 음식을 미리 알아 놓았거나 아니면 족집게 도사라도 되는가 보다. 닭은 내가 가장 좋아하는 메뉴였다.

의자를 빼고 앉으면서 말했다.

"이렇게까지 성대하게 대접해 주시는 이유가 도대체 뭘까요? 혹시 독이라도 타셨나요? 그래도 먹고 죽는 게 낫겠네요."

샬럿은 빨간 테두리가 있는 앞치마를 두르더니 커피를 따라서 건네주며 격의 없이 말했다.

"여기 천사가 있네요."

"먹죠."

나는 닭고기를 한 입 가득 문 채로 말했다.

샬럿이 식탁에 앉더니 말했다.

"절 만나러 오셨을 때 정말 오랜만에 마음에 드는 남자를 봤다고 생각했어요. 환자가 수백 명이나 되는데 놀랍게도 거의가 남자예요. 하지만 다들 별 볼일 없는 남자들이죠. 아예 처음부터 인격이라는 게 없는 사람들이었거나 옛날에는 있었다 해도 지금은 없어져 버린 사람들이에요. 심약한 데다 속도 좁죠. 억눌린 감정이나 강박 관념이 있는 사람들이 많은데 다들 와서 딱한 얘기만 늘어놓는 거예요. 그렇게 남성다운 맛이라곤 다 없어져 버린 남자들만 보고 친구들도 다 그런 부류뿐이다 보면 정말 남자다운 남자를 찾게 되죠."

"고마우신 말씀이네요."

"아뇨, 전 진심으로 하는 말이에요."

샬럿이 말을 계속했다.

"병원 안으로 들어오시자마자 해머 씨에 대한 진단을 내려 봤죠. 인생을 알고 자기가 정한 규칙대로 사는 남자를 본 거예요. 체구도 크고 마음도 넓죠. 감정을 억누르는 일 따위는 없고요."

나는 입가를 닦았다.

"하지만 강박 관념은 있죠."

"그러세요? 그런 건 없을 것 같은데요?"

"그 살인범을 꼭 잡아야 해요. 내 손으로 쏴 죽이고 싶거든요."

기름기 흐르는 닭다리를 손에 들고 분속 1킬로미터 속도로 먹어 치우면서 샬럿을 바라보았다. 그녀는 머리카락을 뒤로 제치더니 고개를 끄덕였다.

"그렇겠군요. 하지만 그건 마땅히 가질 만한 강박 관념이죠. 얼른 드세요."

닭튀김을 남김 없이 다 해치웠다. 접시에는 뼈만 수북이 쌓였다. 샬럿도 조금 먹기는 했지만 거의 다 내가 먹었다. 파이 한 조각에 커피를 한 잔 더 마시고 나서는 돼지처럼 행복한 기분으로 의자에 기대앉았다.

"아주 훌륭한 요리사를 두셨군요."

내 말에 샬럿이 웃었다.

"요리사요? 전부 제가 만든 거예요. 어려서부터 부자는 아니었거든요."

"그럼 결혼할 때가 되어도 남편감 찾느라고 고생하실 필요는 없겠네요."

"사실 저한테는 전략이 있거든요. 지금 해머 씨한테도 그 전략의 일부를 쓰고 있는 거죠. 남자를 아파트로 유인해서 맛있는 음식을 만들어 주고, 남자가 집에 가기 전에 청혼을 하는 거예요."

"사실 그런 수법은 저도 당해 본 적이 있답니다."
"그땐 저 같은 전문가가 아니었겠죠."
그 말에 둘이 함께 웃었다. 같이 설거지를 하자고 제안하며 내게 앞치마를 건네주었다. 하지만 아주 공손하게 그 앞치마를 의자 등받이에 걸쳐 놓았다. 내가 입은 옷과 도무지 어울리지 않을 것 같아서였다. 그런 차림으로 있는 모습을 누가 보기라도 한다면 평생 괴로워해야 할 것이다.

설거지를 끝내고 거실로 갔다. 샬럿은 팔걸이의자에 앉았고 나는 소파에 거의 쓰러지다시피 했다. 담배에 불을 붙이고 나니 샬럿이 미소를 지으며 말했다.

"좋아요. 왜 절 만나러 여기까지 오셨는지 말씀해 주세요. 아직 더 물어볼 게 있으신가요?"

나는 고개를 저었다.

"솔직히 말씀드릴 테니 너무 다그치지는 말아 주세요. 사실 두 가지 생각을 하면서 왔습니다. 우선, 당신이 머리를 풀어 내린 모습을 보고 싶었어요. 이렇게 직접 보니 기대했던 것보다 더 아름답군요."

"또 다른 생각은요?"

"정신과 의사로서 제 친구 잭 윌리엄스의 살인 사건에 대해 해 줄 말씀이 있지 않을까 생각했죠."

"좋아요. 뭘 알고 싶으신 건지 좀 더 분명하게 말씀해 주시면 도와드릴 수 있을 것도 같네요."

"그러죠. 제가 원하는 건 세세한 부분들입니다. 사건이 일어난 지 얼마 되지 않아서 아직은 정황 파악을 못하고 있지만, 곧 밝혀

넬 겁니다. 우선, 파티장에 있던 누군가가 잭을 살해했다고 생각해 볼 수 있겠죠. 반대로, 파티와는 전혀 상관없는 사람의 소행일 수도 있고요. 인물 성격 분석을 해 봤지만 뽀족하게 알아낸 게 없었어요. 하지만 성격이란 충분한 살인 동기가 되지 못할 수도 있죠. 제가 샬럿 양에게서 듣고 싶은 건 사실이나 논리가 아닌 샬럿 양의 개인적인 생각입니다. 전문가적인 견해에서 제가 말씀드린 것이 이번 사건과 어떻게 연결되어 있는지, 그리고 누구를 살인 용의자로 생각해 볼 수 있을지에 대한 샬럿 양의 의견을 듣고 싶습니다."

샬럿은 담배를 깊숙이 빨아들이더니 재떨이에 비벼 껐다. 뭔가를 열심히 궁리하는 표정이었다. 1분쯤 지나 말을 시작했다.

"사람을 판단해 보라니 정말 어려운 일을 시키시네요. 이런 일은 열두 명의 배심원과 한 명의 판사가 몇 시간이나 고민해야 결론이 나오는 건데 말예요. 실은 마이크 씨, 당신을 만난 후로 인물 성격에 대한 연구를 하기는 했어요. 당신 같은 사람은 도대체 어떤 인물인지 알고 싶었죠. 답은 그리 어렵지 않았어요. 당신에 관한 신문 기사가 도처에 널려 있었고, 신문 사설에 당신 이야기가 실린 것도 있었는데 그다지 썩 좋은 평은 아니었죠. 하지만 당신과 친분이 있는 사람들은 당신을 좋아하더군요. 능력이나 지위에 관계없이 말예요. 전 당신이 마음에 들어요. 하지만 제 생각을 마이크 씨에게 말한다면 그건 어떤 한 사람에게 사형 선고를 내리는 거나 마찬가지일 거예요. 아무래도 제 의견은 말하지 않는 게 좋겠어요. 마이크 씨는 성격이 너무 급해서 당장 그 사람을 죽이겠다고 나설 수도 있으니까요. 그런 일이 일어나는 건 바라지 않아요. 그렇게 어떤 사람을 철저히 증오하도록 단련된 성격만 아니었다면 마이크 씨는 정말 좋은 사람이 될 수도 있었을 거예요. 그러니, 그냥 제가 관찰한 바만 말씀드릴게요. 지나간 일을 돌이켜 보는 데는 시간이 좀 걸리는 법이라……. 실은 오늘 오후 내내 어떤 일이 있었는지 생각해 봤어요. 잊어버린 줄 알았던 사소한 사실이 지금은 분명하게 생각이 나요. 아마 이야기를 들으면 이해가 가실 거예요. 저는 워낙 사람들 간에 일어나는 외적 갈등이 아닌, 한 사람의 머릿속에서 일어나는 내적 갈등을 파악하는 데 전문가잖아요. 현상을 인지하고 그것을 짜 맞출 수는 있지만 마음속에 오래 기억하지는 못해요. 어떤 사람이 증오를 품고 있으면 왜 그런 증오심이 일어났는지 그 이유를 밝혀내고 좀 더 합리적인 판단을 내릴 수 있도록 도움을 줄 수는 있지만, 증오심이 그 사람으로 하여금 살인까지 저지르게 만든 경우 그런 사건이 일어날 것까지 미리 예견하지는 못해요. 살인자와 살인 동기를 찾는 일은 저보다 더 예리한 두뇌를 가진 사람들의 몫이죠."

그녀의 말을 열심히 듣고서 그 말에 일리가 있음을 알 수 있었다.

"맞는 말씀입니다. 그럼, 샬럿 양께서 관찰하신 바가 뭔지 말씀해 주시죠."

"별로 대단한 건 아녜요. 잭은 파티가 있기 일주일 전쯤부터 아주 긴장해 있었어요. 두 번 만났는데 계속 별로 상태가 좋아 보이지 않더군요. 잭에게 그런 얘길 해 봤지만 그저 웃으면서 정상인으로 생활하기가 아직 벅찬 것 같다고만 했어요. 그때는 그 말도 그럴 듯하게 들렸죠. 한쪽 팔을 잃은 사람이라면 한동안은 생활하기 불편한 게 당연하니까요. 파티가 있던 날 밤에도 여느 날처럼 긴장해 있었어요. 미르나도 그걸 느꼈죠. 미르나는 잭을 걱정하고 있었고 거의 잭만큼이나 어찌할 바를 몰라 하더군요. 하지만 크게 눈에 띌 정도는 아니었어요. 유리잔이 떨어지거나 갑자기 큰소리가 나면 화를 낸다든가 하는 사소한 반응 정도였죠. 잭도 미르나도 남에게 티가 나지 않게 잘 감추고 있었기 때문에 눈치 챈 건 아마 저 하나뿐일 거예요. 칼레키 씨는 기분이 몹시 안 좋은 듯한 모습으로 파티장에 왔죠. 화가 나 있었다고 하는 편이 더 맞을 거예요. 그렇지만 누구에게 화가 났는지는 도무지 알 수가 없었죠. 해럴드 카인즈에게 몇 번인가 듣기 싫은 소리를 했고 메리 벨르미에게는 그야말로 막 나가는 사람처럼 굴었죠."

"어떤 식으로요?"

"같이 춤을 추다가 벨르미 양이 이런저런 얘길 했어요. 무슨 얘긴지 듣지는 못했지만 칼레키 씨가 '집어치우지 못해.' 라고 험한 소리를 하는 게 들렸죠. 그리고 나서 바로 벨르미 양을 손님들 속에 남겨 두고 나가 버렸어요."

샬럿의 말에 나는 웃음이 나왔다. 뭐가 재미있는지 모르겠다는 듯한 표정을 지어서 내가 말해 주었다.

"아마 벨르미 양은 그 댄스 파티장에서 조지 칼레키를 유혹하고 있었을 겁니다. 칼레키 그 사람 나이가 들어서 힘이 부족했던 모양이네요. 벨르미 양은 남자라면 사족을 못 쓰는 여자거든요."

"그래요? 그걸 어떻게 아셨죠?"

묻는 말에 가시가 돋쳐 있었다.

"이상한 생각은 말아 주세요. 내게도 수작을 걸긴 했지만 그래도 전 여자한테 팔려 가려고 시장에 나와 있는 남자는 아니거든

요."

"그때야 그러셨을지 몰라도 앞으로는 또 어떻게 될지 누가 알겠어요?"

"아뇨. 전 제가 작업 걸기를 좋아하죠. 그렇게 식은 죽 먹기로 넘어오는 여자는 별로 안 좋아합니다."

"명심해야겠네요. 메리가 그런 여자일 거라는 생각을 하긴 했지만 별로 심각하게는 생각하지 않았는데……. 그냥 알고 지내는 친구 사이 정도였거든요. 어쨌든 우리가 파티장을 떠나려는데 잭이 문에서 나를 잡더니 주중에 한 번 올 수 있냐고 묻더라고요. 그러곤 더 무슨 말을 하기도 전에 사람들이 불러서 가야 했어요. 그 후로 다시는 잭을 볼 수가 없었죠."

"그랬겠죠."

생각을 정리해 보려고 했지만 잘되지 않았다. 그러니까 잭에게 뭔가 고민거리가 있었고 미르나도 그랬던 것이다. 두 사람이 같은 고민을 갖고 있었는지도 모른다. 아닐 수도 있고. 조지 칼레키에게도 해당되는 고민일 수도 있다. 조지도 뭔가에 열을 받아 있었지 않은가.

"뭐 좀 짚이는 게 있나요?"

샬럿이 물었다.

"아뇨. 그냥 생각 좀 해 보느라고요."

샬럿이 의자에서 일어나 소파로 와서 앉았다. 내 손에 자기 손을 얹고서 내 눈을 바라보았다.

"마이크, 부탁 하나만 들어줘요. 이 일에서 그만 손 떼고 경찰에게 맡기세요. 제발 몸조심 좀 하시라고요. 당신이 다치는 건 싫어요."

"조심하죠. 그런데 당신이 왜 걱정을 하죠?"

"설명해 드리죠."

그 말을 하고서 샬럿은 입을 살짝 벌린 채 내 쪽으로 몸을 기대오더니 키스를 했다. 손이 아프도록 그녀의 팔을 꽉 잡았지만 그녀는 움직이지 않았다. 다시 몸을 뗐을 때 그녀의 눈이 부드럽게 빛나고 있었다. 몸 안에서 화산이 폭발하는 기분이었다. 팔에 난 손자국을 보더니 그녀가 미소를 지었다.

"사랑을 무척 거칠게 하시는군요. 그렇죠, 마이크?"

이번에는 그녀를 아프게 하지 않았다. 일어서서 그녀를 내 쪽으로 당겼다. 내 뜨거운 가슴을 그녀가 느낄 수 있도록 그녀를 내 몸에 가까이 밀착시켰다. 이번 키스는 더 길었다. 평생 잊을 수 없는 키스였다. 그러고는 그녀의 눈과 탐스러운 목에 키스했다. 상상했던 것보다 더 감미로웠다.

그녀의 몸을 돌려 길가 쪽으로 나 있는 창문을 나란히 바라보았다. 그녀의 허리를 꼭 감고 있는 내 팔을 잡은 채 그녀가 내게 머리를 비벼 댔다. 그녀에게 말했다.

"이제 가야겠습니다. 지금 가지 않으면 영영 떠나지 못할 것 같네요. 다음엔 좀 더 오래 있도록 하죠. 더 붙잡혀 있다간 저도 모르게 실수를 할 것 같아서요……."

그녀가 나를 향해 머리를 들었다. 콧등에 키스해 주자 속삭이듯 말했다.

"이해할 수 있어요. 하지만 당신이 절 원하신다면 언제든 여기서 기다리겠어요. 그냥 제게 오시기만 하면 돼요."

나는 다시 한 번 그녀에게 키스했다. 이번에는 가볍게 하고서 문 쪽으로 향했다. 그녀는 내게 모자를 건네주고 머리카락을 뒤로 쓸어 넘겨 주었다.
"잘 가요, 마이크."
그녀에게 윙크를 했다.
"잘 있어요. 저녁 잘 먹었습니다."
내 발로 아래층까지 걸어 내려왔다는 사실이 믿어지지 않았다. 어떻게 차까지 왔는지도 잘 기억이 나지 않는다. 생각나는 건 그녀의 얼굴과 멋진 몸매뿐이었다. 그녀의 멋진 키스와 강렬한 눈빛……. 그녀를 잊으려고 브로드웨이에 차를 세우고 한 잔 하러 술집으로 들어갔다. 하지만 술도 별 도움이 되지 않았고 결국 집으로 가서 평소보다 일찍 잠자리에 들었다.

7장

 시계 알람이 울리기도 전에 잠에서 깼다. 좀처럼 없는 일이었다. 간단히 샤워와 면도를 끝내고 프라이팬에 달걀 하나를 부쳐서 한입에 삼켜 넣었다. 커피를 두 잔째 마시고 있을 때 양복점 꼬마가 잘 세탁해서 다림질한 양복을 가지고 왔다. 주머니도 깔끔하게 바느질을 해서 뜯어졌던 자국이 전혀 보이지 않았다. 나는 기분 좋게 옷을 입으며 사무실에 전화를 걸었다.
 "감사합니다. 해머 탐정 사무실입니다."
 "안녕, 벨다. 나야."
 "아, 그러세요……."
 "이봐, 제발 이러지 좀 말라고. 계속 그렇게 삐쳐 있을 거야? 그 립스틱은 업무상 묻힌 거였단 말야. 그렇게 내 숨통을 조이면 내가 어떻게 일을 하겠어?"
 "잘하고 계신 것 같은데요 뭐. 뭘 도와드릴까요, 해머 '씨'?"

"전화 온 데 없었어?"

"없습니다."

"우편물은?"

"없습니다."

"찾아온 사람도 없었고?"

"없습니다."

"나랑 결혼할 생각 있어?"

"없습니다."

"그럼, 잘 있어."

"잠깐만요! 결혼이라고요? 여보세요, 잠깐만요. 마이크! 마이크! 여보세요……, 여보세요……."

수화기를 살짝 내려놓고서 혼자서 웃었다. 이만하면 태도가 좀 달라질 것이다. 다음번에는 '없습니다' 말고 다른 말도 좀 하겠지. 하지만 앞으로는 좀 더 조심하는 것이 좋겠다. 자칫 엉뚱한 여자한테 홀딱 넘어갔다가는 큰일이다. 그 상대가 벨다라면야 그다지 나쁘지 않겠지만…….

잭의 아파트를 지키던 경찰들은 떠나고 없었다. 아직 수사를 더 해야 하기 때문에 문은 여전히 봉쇄되어 있었고, 괜히 건드렸다가 검찰청과 시비가 붙기는 싫어서 달리 들어갈 만한 데가 없나 좀 둘러보았다.

그냥 포기하고 돌아가려다가 환기통 쪽으로 나 있는 욕실 창문 바로 맞은편에 또 다른 창문 하나가 있는 것이 생각났다. 복도를 돌아가서 문을 노크했다. 문 사이로 머리를 내민 키 작은 중년 신사에게 탐정 배지를 보여 주었다. 다른 말은 하지 않고 그냥 "경찰입니다."라고만 했다.

남자는 배지 같은 건 들여다보지도 않고 서둘러 문을 열었다. 법과 질서를 신봉하는 훌륭하고 존경스러운 시민이었다. 내 앞에 서서 입고 있는 재킷을 배 위에서 단정하게 잡아 내린 채 선량한 표정을 짓고 있었다. 아마 한 달 전쯤 빨간색 신호등을 무시했던 생각이 나서 겁을 먹었을지도 모를 일이다.

"아…… 네, 경찰관님. 무슨 일이신가요?"

"윌리암스 씨의 아파트로 통하는 입구가 어떻게 돼 있는지 조사하는 중입니다. 이 집에 윌리암스 씨 댁 쪽으로 나 있는 창문이 있는 걸로 알고 있는데요. 맞습니까?"

남자가 놀라서 입을 떡 벌렸다.

"네. 하지만 누가 그 창문으로 드나들었다면 저희 집 식구가 분명 봤을 텐데요."

"그게 문제가 아닙니다. 누가 지붕에서 밧줄을 타고 내려왔을 수도 있죠. 밖에서도 창문이 열리는지 좀 보려고요. 그렇다고 지금 지붕에서 밧줄을 타고 내려가기는 좀 뭐해서 말이죠."

집주인은 안도의 한숨을 내쉬었다.

"아, 그러셨군요. 그럼 이쪽으로 오시죠."

생쥐처럼 생긴 여자가 방문 밖으로 머리를 내밀고 물었다.

"존, 무슨 일이에요?"

"경찰에서 나오셨어. 뭘 좀 도와달라시는군."

남자가 중요한 일이라는 듯 대답했다. 욕실로 안내를 받고 들어가 창문을 밀어 보았다. 잘 열리지 않았다. 누가 들여다보기라도 할까 봐 한 번도 연 적이 없었던가 보다. 간신히 창문을 열자 페인트 조각이 바닥으로 튀었다.

바로 그 앞에 잭의 집 욕실 창문이 있었다. 벽 사이의 거리는 1미터 정도밖에 안 되었다. 창문 위로 올라가자 집주인은 내가 떨어질 세라 내 벨트를 붙잡고 있었다. 창문에 올라선 다음 앞으로 몸을 날렸다. 집주인은 비명을 내질렀고 그의 부인이 놀라 뛰어 들어왔다. 그러거나 말거나 손을 내뻗어 반대편 벽으로 몸을 실었다. 내가 생각해도 제정신이 아니었다.

잭의 집 욕실 창문은 쉽게 열렸다. 창문 틈으로 몸을 밀어 넣고 집주인과 그의 아내에게 고맙다는 인사를 한 다음 안으로 미끄러져 들어갔다. 옮겨진 물건은 없었다. 지문 감식반 사람들이 여기저기 물건마다 감식용 가루를 뿌려 놓았고, 잭의 시체가 있던 자리는 분필로 표시가 되어 있었다. 없어진 것은 잭의 총뿐이었고 총집 안에는 메모가 하나 있었다. 꺼내어 읽어 보니 이렇게 적혀 있었다.

'마이크, 총 때문에 흥분하진 마. 경찰 본부에 잘 모셔 뒀으니까. 팻.'

내 기분이 어땠겠는가? 내가 들어올 거라고 벌써 예상을 한 것이다. 메모지 아래에 몇 마디를 더 적어서 원래 있던 자리에 다시 넣어 두었다.

'고맙네, 친구. 흥분하지 않을 테니 걱정 말게나.'

그 밑에 내 이름도 적었다.

집 안에 있는 물건이란 물건은 죄다 경찰이 살펴 본 흔적이 역력했다. 깔끔하면서도 완벽하게 살펴본 것이 분명했다. 모든 것이 원래 있던 자리에 그대로 놓여 있었다. 단지 몇 가지만이 원래와 다르게 놓여 있어서 경찰이 뒤져 본 흔적을 찾을 수 있을 뿐이었다.

거실 쪽으로 가 보았다. 의자를 가운데로 끌어내서 살펴본 다음 카펫 가장자리를 둘러보았다. 먼지가 조금 묻은 것 말고는 아무것도 없었다. 소파 쿠션 밑에 있던 1센트짜리 동전 세 개가 전부였다. 라디오는 몇 달쯤 만지지 않은 듯 먼지가 수북이 쌓여 있었다. 책장에는 책도, 편지 봉투도, 책갈피나 종이 쪼가리 같은 것도 전혀 없었다. 있었다면 경찰이 가져갔을 것이다.

조사를 끝내고 모든 것을 제 자리에 놓은 다음 욕실로 가 보았지만 선반에 늘 있던 병 몇 개와 면도 용구 말고는 아무것도 없었다.

다음에는 침실로 가 보았다. 침대 매트리스를 들어올려 솔기 부분을 손으로 훑어보았지만 구멍이나 바느질 자국은 없었다. 아무래도 운이 없나 보다. 방바닥 한가운데 서서 손으로 턱을 붙잡고 곰곰이 생각을 해 봤다. 잭은 일기를 써서 옷장 서랍에 보관했다. 지금은 그 안에 일기장이 없었다. 이것도 경찰 짓이다. 혹시 또 무슨 메모지라도 남기지 않았을까 싶은 마음에 창문 블라인드까지 살펴보았다.

내가 알기로 잭은 경찰에 있을 때부터 간단한 메모 사항이나 주소 따위를 적는 작은 수첩을 가지고 다녔다. 그걸 찾기만 한다면 뭔가 쓸 만한 내용이 나올 수도 있었다. 옷장을 뒤져 봤다. 셔츠, 양말, 속옷까지 서랍에서 다 끄집어내 살펴보았지만 시간만 낭비했을 뿐 아무것도 나오지 않았다.

서랍장 맨 밑 칸을 뒤지는데 넥타이 하나가 서랍 틈에 끼어서 서랍장 뒤쪽으로 넘어갔다. 결국 서랍장을 통째로 끌어내서 베니어판으로 된 서랍장 바닥에서 집어냈다. 그런데 넥타이 말고 다른 것도 손에 잡혔다. 바로 잭의 수첩이었다.

그 자리에서 수첩을 살펴보고 싶지는 않았다. 거의 열 시가 다 된 데다 경찰이 언제 들어올지 모를 일이고 아까 만났던 집주인이 내 행동거지를 수상하게 여겨 경찰에게 신고를 할 수도 있었다. 되도록 빨리 꺼냈던 물건들을 다시 서랍장 안에 넣고, 수첩은 바지 뒷주머니에 챙겨 넣었다.

아까 그 집주인이 자기 집 욕실에서 나를 기다리고 있었다. 잭의 집 욕실 창문으로 빠져나와 창문틀에 밧줄 자국이 있는지 확인하는 시늉을 했다. 집주인이 나를 유심히 쳐다보다가 물었다.

"뭐 좀 찾으셨습니까?"

"아뇨. 밧줄 자국 같은 건 전혀 없네요. 다른 창문도 조사해 봤는데 열린 흔적조차 없더라고요."

잭의 아파트 지붕 쪽을 올려다보려고 했지만 저쪽 편으로 건너가야 보일 것 같았다. 저쪽 욕실로 기어 들어간 뒤 창문 밖으로 목을 길게 빼고 정말 뭘 찾고 있는 듯한 포즈를 취했다.

"뭐, 이 정도면 조사는 다 끝난 것 같습니다. 다시 저 집으로 들어가느니보단 이 댁 문으로 나가는 게 편할 것 같은데 괜찮겠습니까?"

"그럼요. 이리로 오세요."

집주인은 맹인 안내견처럼 앞문까지 나를 데려다 주고는 문도 직접 열어 주었다.

"도와드릴 일이 또 있으면 언제든 말씀만 하세요."

집 밖으로 나서는 내게 집주인이 말했다.

차를 몰고 곧장 사무실로 와서 접수실에 들어가 수첩을 꺼냈다.

벨다가 타이핑을 멈췄다.

"마이크."

몸을 돌려 벨다를 보았다. 무슨 말이 나올지 이미 알고 있었다.

"무슨 일이신가요, 공주님?"

"제발 그렇게 놀리지 좀 마세요."

그녀를 향해 싱긋 웃어 주었다.

"놀리는 게 아닌데요. 당신이 조금만 더 잘했으면 벌써 당신하고 약혼했을지도 모른답니다. 잠깐 들어와 봐요."

벨다는 나를 따라 들어와 자리에 앉았다. 나는 낡아빠진 책상 위에 다리를 올려놓고 수첩을 넘겨 보았다. 벨다가 궁금해했다.

"그게 뭐예요?"

자세히 들여다보려고 몸을 숙이며 벨다가 궁금하다는 듯 물었다.

"잭의 수첩이야. 경찰이 찾아내기 전에 내가 잭의 방에서 집어왔지."

"뭐 좀 있어요?"

"아마도. 아직 못 봤어."

수첩 맨 앞에는 사람들 이름이 적힌 명단이 있었는데, 전부 다 선을 그어 지워 놓았다. 페이지마다 날짜가 적혀 있었고, 가장 오래된 날짜는 3년 전이었다. 경찰 수사 사건에 대한 내용도 있었는데 용의자 명단과 행동 계획 따위가 적혀 있었다. 이것도 종결된 것은 선으로 지워져 있었다.

수첩 중간쯤으로 가니 아직 X자로 지워지지 않은 진행 중인 사건들이 나왔다. 나는 그 사건들을 내 노트에 적고 벨다는 서류 파일에서 찾아낸 신문 기사와 대조해 보았다. 대조가 끝난 사건 옆에는 '해결'이라고 적었다. 분명 그 사건은 잭이 아직 군대에 있는 동안 수사가 끝난 것들이었다.

이렇게 조사를 해 보아도 별 성과는 없었다. 그러다가 '야호!'라는 단어 하나만 달랑 적힌 페이지를 발견했다. 바로 잭이 군에서 제대하던 날짜였다. 그 다음 페이지에는 송아지 파프리카 요리법이 적혀 있었고 그 밑에는 요리법에 나온 것보다 소금을 더 넣으라는 메모도 있었다.

그 다음 두 페이지에는 숫자가 쭉 나왔는데, 은행 예금 잔액과 옷값으로 지출한 돈을 항목별로 적어 놓은 것이었다. 그 끝에 짤막한 글이 적혀 있었다. '에일린 비커스. 가족은 아직 푸킵시에 거주.'

잭과 같은 고향의 여자인 모양이었다. 잭은 푸킵시에서 태어나 대학에 들어갈 때까지 그곳에서 살았다. 그 다음 페이지에는 보험 회사 일이 적혀 있었다. 에일린 비커스의 이름이 다시 한 번 나왔다. 이번에는 이렇게 적혀 있었다. '에일린 비커스를 다시 만남. 식구들에게 전화 요망.' 날짜는 잭이 살해당하기 바로 2주 전이었다.

그 다음 다섯 페이지를 계속 넘겼다. 두꺼운 연필로 이렇게 적혀 있었다. 'R. H. 비커스. 가정부와 함께 거주. 푸킵시 221번지. 여섯 시 이후 전화 요망.' 그 아래에는 이렇게 씌어 있었다. 'E. V. al. 메리 라이트. 주소 불명. 이후 확인 요망.'

도대체 무슨 뜻인지 알 수가 없었다. 잭이 고향 여자를 만난 것 같기는 했다. 그 여자가, 가족은 아직 푸킵시에 있다고 말했나 보다. 그 가족에게 전화를 해 보고 가정부와 같이 살고 있다는 사실을 알았고, 연락을 취하려고 저녁 시간에 전화를 한 것 같았다. 그 다음은 에일린 비커스에 관한 이야기였는데, 메리 라이트라는 가명으로 살고 있고 주소는 알려 주지 않았다는 것이었다.

수첩 페이지를 재빨리 넘기다 보니 그 여자 얘기가 다시 나왔다. '에일린 비커스. 가족에게 전화 요망. 건강이 좋지 않음. 29일에 36904번을 찾아 기습할 것.' 29일은 바로 오늘이었다. 한 페이지가 남아 있었다. 일을 끝낸 후의 자기 생각을 적은 것이었다. 'C. M.에게 어떻게 해야 할지 물어볼 것.'

C. M.은 샬럿 매닝의 약자이다. 샬럿이 내게 했던 이야기와 일치하는 내용이 적혀 있었다. 샬럿이 주중에 한 번 와 주었으면 했지만 만날 기회를 잡지 못했다는 이야기가 씌어 있었다.

전화기를 들고 교환 번호를 돌려 교환원에게 푸킵시 번호를 물었다. 전화 연결음이 몇 번 울리더니 누군가가 기운 없는 목소리로 전화를 받았다.

"여보세요. 비커스 씨 되시나요?"

"아뇨. 저는 가정부인데요. 비커스 씨는 아직 근무 중이십니다. 메시지 남겨 드릴까요?"

"그렇군요. 혹시 비커스 씨한테 도시에 살고 있는 따님이 있으신지 물어보려고 전화했는데요. 혹시 아시는지……"

전화기 너머의 남자가 내 말을 잘랐다.

"죄송하지만 그 얘기는 비커스 씨에게는 하지 않는 편이 좋을 것 같네요. 실례지만 전화 거시는 분은 누구시죠?"

"저는 마이크 해머라는 수사관입니다. 지금 경찰과 살인 사건을 조사 중인데 단서가 될 만한 게 있을 것 같아서 전화드렸습니다. 도대체 무슨 일이 있는 건지 얘기해 주실 수 있을까요?"

가정부는 잠시 머뭇거리다가 말했다.

"좋습니다. 비커스 씨는 딸이 대학에 간 후로는 딸을 만난 적이 없어요. 어떤 젊은 남자와 부도덕하게 살았거든요. 비커스 씨는 워낙 고지식한 양반이라 딸을 잡기만 하면 거의 죽여 놓으려고 듭니다. 그야말로 부녀 인연을 끊은 상태죠."

"그랬군요. 감사합니다."

전화를 끊고 벨다 쪽을 보았다. 벨다는 내가 적어 놓은 숫자를 보고 있었다. 36904.

"마이크."

"왜?"

"이게 뭔지 아세요?"

벨다가 가리키는 숫자를 보았다. 그냥 경찰 서류 파일 번호일 수도 있었지만, 세 번째로 다시 보니 어디선가 본 적이 있는 숫자처럼 느껴졌다.

"흠……. 아는 번호 같은데 말야. 왠지 낯이 익단 말야."

벨다가 주머니에서 연필을 꺼내 뭔가를 적어 내게 보여 주며 말했다.

"이렇게 쓸 수도 있죠."

벨다가 적은 것은 XX3-6904였다.

"이게 뭐야! 전화번호잖아."

"이제 앞에 빈자리 두 개만 채우면 답이 나올 거예요."

나는 벌떡 일어나 서류 파일을 찾으러 갔다. 어디서 그 숫자를 봤는지 이제 생각이 났다. 어떤 포주한테 받은 명함 뒤에 적혀 있던 번호였다. 그 난쟁이 포주가 자꾸 나를 끌고 가려고 해서 흠씬 두들겨 패 준 적이 있었다. 메모지, 명함, 전화번호 따위를 모아 놓은 서류 묶음을 가지고 와서 뒷장을 살펴보았다.

하나가 손에 잡혔다. '댄스 교습. 미인 20명 대기'라고 씌어 있는 카드였다. 뒷장에 번호가 있었다. 잭의 수첩에서 적은 숫자와 비교해 보니 똑같은 숫자였다. 앞의 두 자리는 로엘렌을 나타내는 알파벳 LO로 채워져 있었다. 그러니까 LO3-6904였다. 들고 있던 명함을 벨다가 가져가서 읽었다.

"이게 뭐예요?"

"여자들 불러다가 노는 곳이야. 내 생각이 맞다면 비커스 씨 딸이 거기 있을 거야."

전화기를 집었는데 벨다가 막았다.

"정말 거기 가려는 건 아니죠?"

"왜? 안 돼?"

"마이크!"

벨다는 상처받은 듯 화난 목소리였다.

"제발, 이러지 말라고. 내가 바보처럼 보여? 무슨 나쁜 짓을 할 것도 아니잖아. 군대에서 나쁜 여자와 놀면 어떻게 되는지 사진으로 하도 많이 봤더니 이젠 어머니한테 인사로 키스하는 것조차도 겁이 나는데……."

"좋아요. 하지만 조심해요. 안 그러면 다신 안 볼 테니까."

벨다를 안심시키느라 머리를 한 번 쓰다듬어 주고서 전화번호를 돌렸다.

이번에는 힘 있는 목소리가 대답했다. "여보세요."라는 목소리를 들으니 야시시한 옷을 입은 50대의 금발 머리 여자가 그려졌다.

"여보세요. 오늘 밤 예약됩니까?"

"누구신데요?"

"피트 스털링입니다. 시내에서 어떤 조그만 남자한테 이 번호를 받았는데요."

"네, 맞아요. 아홉 시 전에 오셔야 제대로 놀 수 있을 거예요. 밤새도록 있으실 건가요?"

"그럴 수도 있고요. 가 봐야 알겠네요. 일단은 하룻밤으로 예약하죠. 하루쯤 외박해도 집에서 봐줄 것 같네요."

이 말을 하면서 벨다에게 윙크를 했지만 벨다는 내게 윙크해 줄 마음이 없어 보였다.

"예약됐습니다. 현금으로 가져오세요. 길게 세 번, 그 다음에 짧게 한 번 벨을 누르셔야 해요."

"알겠습니다."

전화기를 내려놓았다.

벨다의 눈에 눈물이 고였다. 표정을 숨기려고 했지만 나오는 눈물을 도저히 참을 수 없었나 보다.

벨다를 살며시 팔에 안고 속삭였다.

"여보세요, 공주님. 어디까지나 수사 차원에서 하는 거라니까요. 이렇게 하지 않으면 어떻게 사건을 풀겠어요?"

벨다가 훌쩍거리며 말했다.

"이렇게까지 할 필요는 없잖아요."

"아무 짓도 안 할 거라니까! 내가 그런 데까지 가야 할 만큼 여자가 궁한 사람도 아니잖아. 맘만 먹으면 여자야 얼마든지 있는데."

벨다가 손으로 내 가슴을 밀쳐 냈다.

"그러신 줄은 몰랐네요!"

거의 소리를 지르다시피 했다.

"이제 당신은 믿지 않겠어요. 오, 이런! 죄송합니다, 마이크 씨. 겨우 직원인 주제에 애인이라도 되는 것처럼 굴었네요. 신경 쓰지 마세요."

나는 그녀의 코를 꼬집으며 웃었다.

"겨우 직원인 주제에? 이런, 이런……. 당신 없으면 난 아무것도 못하는 거 다 알잖아. 이제 속 좀 그만 썩이고 사무실이든 집이든 전화 연락되는 곳에 있어. 필요한 정보가 있을지도 모르니까."

벨다가 작은 소리로 웃었다.

"알겠습니다, 마이크 씨. 전화 놓치지 않게 조심하죠. 탐정님도 여자 조심하세요."

나올 때 보니 벨다는 내 책상을 정리하고 있었다.

8장

 팻에게 제일 먼저 전화를 걸었다. 수사 진행 상황을 알려 주고 싶었지만 많이 가르쳐 주지는 않았다. 비커스라는 여자는 어차피 나중에 알게 될 테니 내가 먼저 가르쳐 줘서 나쁠 것은 없었다. 전화번호부에서 번호 몇 개를 골라 내가 가지고 있는 번호와 함께 팻에게 불러 주었다. 팻이 각 전화번호에 해당하는 주소를 찾아서 알려 주었다. 고맙다는 말을 한 뒤 제대로 알려 줬는지 확인 차 전화번호부에 나와 있는 주소와 대조해 보았다. 제대로 알려 준 게 맞았다. 팻도 정정당당한 플레이를 하고 있었다.

 내가 준 여러 개의 전화번호 중에 어떤 것과 관련이 있는지 알아내려면 시간이 좀 걸릴 것이다.

 이번에는 좀 떨어진 곳에 차를 세워 놓았다. 501번지를 찾아가 보니 오래된 3층짜리 벽돌로 된 아파트였다. 길 건너편에 서서 지켜보았지만 아무도 드나드는 사람이 없었다. 꼭대기 층에 희미한 불빛이 새어 나오는 방이 있었지만 안에 사람이 있는 것 같지는 않았다. 너무 일찍 온 것이 분명했다. 아파트 옆면은 유령 도시의 거리처럼 단조로운 무채색으로 칠해져 있었다.

이곳은 보통의 홍등가와는 달랐다. 이런 사업을 하기에 이만하면 괜찮은 장소라는 생각이 들었다. 밤이면 친절한 경찰이 순찰을 돌아 주는 오래된 조용한 동네였고, 아파트 지하에는 그럭저럭 사업을 꾸려 나가는 사무소 몇 개가 있었다. 황량한 거리에는 아이들이 하나도 없었다. 현관 앞을 들락거리는 주정뱅이도 없었다. 마지막으로 담배 한 개비를 더 피운 뒤 발로 밟아 비벼 끄고 길을 건넜다.

길게 세 번, 짧게 한 번 벨을 눌렀다. 벨 소리는 아주 희미하게 들렸다. 그러고 나서 문이 열렸다. 전화기에서 듣고 상상했던 금발 머리가 아니었다. 나이 50은 제대로 맞혔지만 보수적이고 단정한 옷차림이었다. 머리를 둥글게 말아 올린데다 화장기도 거의 없었다. 그저 여염집 어머니처럼 보였다.

"피트 스털링입니다."

"아, 네. 들어오시죠."

여자가 문을 닫아 주었고 내가 가만히 기다리고 서 있자 손으로 대기실 쪽을 가리켰다. 나는 안으로 들어갔다. 갑자기 주위 분위기가 확 바뀌었다. 밋밋한 외부와는 달리 짜릿한 생기가 넘쳐흐르고 있었다. 가구는 현대적 디자인이면서도 편안했다. 벽은 마호가니로 장식되어 있었고 방 저쪽 끝에는 계단이 우아한 곡선을 그리며 내려와 있었다. 창문으로 불빛이 보이지 않은 이유를 이제야 알 것 같았다. 창은 모두 검은 벨벳 커튼으로 완전히 가려져 있었다.

"모자 받아 드릴까요?"

넋을 잃고 있었던 나머지 가까스로 정신을 차리고서야 모자를 건네주었다. 위층에서 흘러나오는 라디오 소리 말고는 아무 소리도 나지 않았다. 조금 뒤 아까 인사했던 여자가 방으로 돌아와서 자리에 앉더니 자기 맞은편 자리에 앉으라는 손짓을 했다. 내가 말문을 열었다.

"실내가 근사하네요."

"네, 아주 잘 숨겨진 곳이죠."

여자의 질문을 기다렸지만 전혀 서두를 기색이 없었다.

"아까 전화에서 저희 직원을 만나 여기까지 오게 됐다고 하셨는데, 어떤 사람이었지요?"

"키가 작고 쥐처럼 생긴 남자던데요? 이렇게 좋은 곳인 줄도 모르고 괜히 그 친구를 혼냈네요."

여자가 미소를 지었다.

"네, 기억나는군요. 혼내 준 정도가 아니었던 것 같은데요? 그 사람 해머 씨한테 맞고 나서 일주일 정도 일을 쉬어야 했거든요."

그렇게 말하면 내가 한 짓을 순순히 인정할 거라고 생각했다면, 저 여자 사람을 잘못 봐도 한참 잘못 본 거다.

"저를 어떻게 알아보셨죠?"

"너무 겸손해하실 것 없어요. 신문에 워낙 많이 나오셨던걸요. 이제 말씀 좀 해 보시죠. 왜 여기 오신 거죠?"

"한번 맞혀 보시죠."

여자는 다시 웃었다.

"해머 씨도 이런 곳에 오고 싶을 때가 있겠죠 뭐. 좋아요. 그럼 스털링 씨, 위층으로 가실까요?"

"네. 거기엔 누가 있죠?"

"보시면 마음에 드실 만한 여러 종류가 있지요. 가 보시면 알 거예요. 하지만 먼저 25달러부터 내셔야 해요."

지갑을 열어 돈을 꺼내서 여자에게 건네주었다.

여자가 계단까지 나를 안내하고 계단 기둥에 달린 버튼을 눌러주었다. 위층에서 벨 울리는 소리가 나더니 문이 열리면서 계단으로 빛이 쏟아져 들어왔다. 비치는 옷을 몸에 감은 검은 머리의 여자가 문간에 서 있었다.

"올라가 보세요."

여자가 말했다.

한 번에 두 칸씩 층계를 올라갔다. 예쁜 여자는 아니었지만 화장을 해서 봐 줄 만했다. 그래도 몸매는 근사했다. 안으로 들어가자 또 다른 대기실이 있었는데 그 방에는 여자들이 많았다. 종류별로 있다는 말은 정말이었다. 거기 앉아 있는 여자들은 책을 읽거나 담배를 피우고 있었다. 금발 머리, 갈색 머리, 빨간 머리도 두 명 있었다. 제대로 옷을 걸치고 있는 여자는 하나도 없었다.

이만하면 가슴이 뛸 법도 하건만 나는 그렇지 않았다. 벨다와 잭을 생각했다. 나는 원하는 게 있어서 여기에 왔지만 어떻게 해야 그걸 얻을 수 있을지 알 수가 없었다. 에일린 비커스가 그 해답일 텐데 아직 만나지도 못했다. 가명이 메리 라이트라고 했지……. 이런 데서 일하면서 본명을 쓰다가 괜히 소득세나 낼 것 같지는 않았다.

아무도 내게 관심이 없어서 내가 선택을 해야 하나 보다 하는 생각이 들었다. 나를 데리고 들어온 여자가 기대에 찬 표정으로 계속 바라보고 있었다.

"특별히 찾는 애가 있으신가요?"

"메리 라이트라는 여자를 만나고 싶은데요."

"그 애라면 지금 자기 방에 있어요. 여기서 기다리세요. 제가 데려오죠."

여자가 문으로 사라졌다가 잠시 후에 돌아왔다.

"저기 복도로 가시면 맨 끝에서 두 번째 방이에요."

고개를 끄덕이고 문을 지나 긴 복도로 들어섰다. 양쪽 벽에 새로 지은 문이 줄지어 있었다. 문마다 문고리가 달려 있었지만 열쇠 구멍은 없었다. 맨 끝에서 두 번째 방도 다른 방과 똑같았다. 노크를 하니 들어오라는 목소리가 들렸다. 문고리를 돌리고 문을 밀었다.

메리 라이트는 화장대 앞에 앉아 머리를 빗고 있었다. 입고 있는 거라곤 브래지어와 팬티뿐이었고 실내용 슬리퍼를 신고 있었다. 그녀는 거울에 비친 내 모습을 보고 있었다.

한창때는 예뻤을 법한 얼굴이었지만 지금은 별 볼일 없었다. 눈 밑 주름은 나이 때문에 생긴 것 같지가 않았다. 뺨에 약간 경련 증세가 있는 것 같았는데 감추려 애를 쓰는 티가 났다. 나이는 20대 후반 정도일 거라고 생각했다. 나이보다 훨씬 늙어 보였는데 이유야 알 만했다.

인생의 쓴맛 단맛을 다 본 여자가 아니겠는가. 먹기는 잘 먹었지만 정서적으로 굶주린 상태인지 그늘지고 야위어 보였다. 죽은 달팽이처럼 텅 비어 보였다. 그녀의 직업과 과거가 눈에 새겨져 있었다. 때려도 울지 않을 여자였다. 표정이야 변할지 몰라도 더 때리거나 말거나 상관없을 여자였다. 다른 여자들처럼 화장을 하고 있었다. 못생긴 여자는 아니었지만 화려한 맛이 없었다.

머리색은 눈동자의 홍채와 똑같은 밤색이었다. 최근에 햇빛에 선탠을 했거나 아니면 인공 선탠이라도 한 듯 피부색이 그을려 있었다. 몸매는 그다지 특별할 것이 없었다. 그저 평범했다. 가슴이 풍만한 것도 다리가 잘빠진 것도 아니었다. 불쌍한 여자라는 생각이 들었다. 여자가 인사를 건넸다.

"안녕하세요."

목소리는 듣기 좋았다. 외출이라도 할 듯한 자세로 앉아 있었고 나는 와이셔츠 커프스를 찾는 남편이라도 되는 듯한 분위기였다. 여자가 말을 계속했다.

"일찍 오셨네요?"

"그런 편이죠. 술집에 죽치고 있기가 지겨워서요."

방을 둘러보고서 소파 테이블에 앉아 책을 뒤적거렸다. 벽을 살펴보기 전에 식탁 모서리 밑을 손가락으로 만져 보았다. 도청 장치가 없나 살펴보는 것이었다. 이런 곳에는 도청 장치가 돼 있는 곳이 많기 때문에 괜히 꼬리가 잡히지 않도록 조심할 필요가 있었다. 다음번에는 침대를 살펴볼 차례였다. 바닥에 무릎을 꿇고 앉아서 침대 밑을 들여다보았다. 도청 장치는 없었다.

이상하다는 듯 나를 쳐다보며 여자가 말했다.

"녹음기 때문이라면 걱정 마세요. 여긴 그런 거 없어요. 그뿐 아니라 벽에는 방음 장치까지 돼 있어요."

여자가 앞에 와서 물었다.

"먼저 뭐 좀 마실까요?"

"됐습니다."

"그럼 좀 있다 마실까요?"

"아뇨, 됐어요."

"왜 안 마시는 거죠?"

"술 마시러 온 건 아니에요."

"그럼 뭐 하러 오신 거죠? 수다나 떨러 온 건가요?"

"바로 맞히셨네요, 에일린 양."

이 말을 들으면 기절이라도 할 줄 알았다. 그런데 처음에는 시체처럼 얼굴이 하얗게 질리더니 곧 눈빛이 굳어지고 입술을 꼭 다물었다. 쉬운 일은 아닐 거란 생각이 들었다.

"지금 뭐 하자는 거죠? 당신 누구예요?"

"내 이름은 마이크 해머, 사설탐정입니다."

나를 알고 있는 눈치였다. 이름을 듣더니 온몸이 굳어지는 게 눈에 보였다. 두려움이 그녀의 몸에 엄습하는 것 같았다.

"그러니까 탐정이란 말씀이죠. 그게 저랑 무슨 상관이죠? 아버지가 보내신 거라면……."

내가 여자의 말을 가로막았다.

"아버지께서 보낸 게 아닙니다. 누가 보내서 온 건 아니에요. 얼마 전에 친구가 살해당했습니다. 이름은 잭 윌리암스죠."

내 말에 여자는 손으로 입을 막았다. 순간 비명을 지르려나 보다 생각했다. 하지만 소리는 지르지 않았다. 침대 모서리에 앉아 눈물만 뚝뚝 떨어뜨렸다. 눈물 때문에 화장이 얼굴에 번졌다.

"듣지 못한 얘기인데요."

"신문도 안 보시나요?"

여자는 고개를 저었다. 내가 말을 계속했다.

"그 친구 유품 중에 당신 이름이 있었습니다. 죽기 직전에 만난 적이 있죠?"

"네. 그래서 절 체포해 가실 건가요?"

"아뇨. 누굴 체포할 생각은 없습니다. 죽여야 할 사람이 하나 있는 것뿐이죠. 그 살인범이요."

이 말을 듣더니 이제는 하염없이 울기 시작했다. 여자는 눈물을 닦으려고 했지만 끝도 없이 계속 흐르고 있었다.

이해하기 어려웠다. 돌덩이처럼 차가운 여자일 거라고 생각했는데 잭이 죽었다는 말을 듣자 눈물을 흘릴 만큼 잭을 생각하고 있었다. 게다가 아버지를 미워하는 것이 역력했다. 역시 여자는 여자인가 보다. 아직도 여성스러운 부분이 저렇게 많이 남아 있다니…….

"잭은 그렇게 죽을 사람이 아니었는데……. 정말 착한 사람이었어요. 난, 난 그 사람만큼은 보호해 주고 싶었는데 결국 그 사람이 알아내 버렸어요. 전에 제게 일자리도 구해 준 적이 있었지만 오래 가질 못했죠."

메리는 침대 위로 쓰러지더니 베개에 얼굴을 묻었다. 이제는 소리를 내며 울고 있었다.

나는 메리 옆에 앉아서 말했다.

"운다고 나아질 건 없어요. 그냥 몇 가지 질문에 대답만 해 주면 돼요. 자, 일어나 앉아서 내 말 좀 들어봐요."

여자의 어깨를 잡아 일으켰다.

"잭은 오늘 밤 여기를 습격할 생각이었어요. 하지만 잭의 메시지는 경찰에 전해지지 못했죠. 그 전에 살해당했거든요. 오늘 밤에 무슨 일이 일어나는 겁니까?"

메리는 자세를 가다듬었다. 이제 울음을 멈추고 골똘히 생각을 하고 있었다. 여자에게 생각할 시간을 주었다. 마침내 여자가 입을 열었다.

"나도 모르겠어요. 잭이 기습할 만한 이유는 없었거든요. 이런 곳이야 여기 말고도 얼마든지 있고 조직 폭력배에게 뒷돈을 대 줄 필요도 없으니까요."

"당신이 모르는 게 있을 수도 있죠. 오늘 누가 오기로 돼 있는지 그런 건 전혀 모르나요?"

여자가 대답했다.

"쇼가 있어요. 그걸 보러 사람들이 많이 오죠. 어떤 건지 아시죠? 보통 시내에서 회의가 있는 날이면 바이어들을 대접하러 이런 데 몰려오곤 하잖아요. 저는 중요한 사람은 본 적이 없어요. 그러니까 누구나 다 아는 유명인 말이죠. 그냥 좀 돈 많은 사람들이 와요."

그게 뭔지는 나도 알고 있었다. 뚱뚱하고 기름기가 잔뜩 흐르는 아저씨들, 돈이나 뿌리고 다니는 잘빠진 도회지 녀석들, 지저분한 짓만 골라서 하고 다니는 돈 많은 녀석들, 변태 짓을 하기 좋아하는 놈들, 지저분한 인간들, 푼돈이나 긁어모으는 주제에 이런 사창가에 와서 잘난 척하는 종업원들……

좀 다른 방식으로 접근해 보기로 했다.

"여기는 어떻게 오게 됐죠?"

"이야기하자면 길어요. 하지만 말하고 싶지 않네요."

"이것 봐요. 당신 사생활이 알고 싶어서 이러는 게 아닙니다. 이 사건에 대해 알고 있는 건 모두 이야기해 달라고요. 당신이 하는 이야기가 당신한테는 아무것도 아니겠지만 이 사건에 뭔가 단서가 될 만한 것이 있을지도 모른단 말입니다. 당신과 관련된 일이 잭의 죽음과도 분명 관련이 있을 거예요. 이렇게 좋은 말로 하지 않을 수도 있어요. 당신을 때려서 말을 하게 만들 수도 있죠. 이곳을 다 뒤집어 버릴 수도 있고요. 하지만 그러고 싶지 않단 말입니다. 그렇게 하자면 시간이 너무 많이 걸리겠죠. 내가 어떻게 하느냐는 당신에게 달려 있습니다."

"좋아요. 그게 탐정님께 도움이 된다면……. 잭에 관한 일이 아니라면 아무 말도 하지 않을 테지만. 잭은 제가 평생 만나 본 사람들 중 몇 안 되는 좋은 사람 중 하나였거든요. 저한테 정말 잘해 줬죠. 도와주려고 무척 애를 썼는데 저는 번번이 실망만 시켰어요. 평소 같으면 이런 얘길 하는 게 화가 났겠지만 벌써 울 만큼 울어 버렸더니 이제 더 화낼 기운도 없네요."

담배 한 개비를 꺼내 그녀에게 주었다. 여자는 담배를 받아 불을 붙였다. 침대맡에 등을 기대고 여자가 계속 말하기를 기다렸다.

"대학 때부터였어요. 교사가 되려고 미드웨스트 대학에 다녔죠. 남녀 공학이었는데 얼마 안 가서 남자를 만나게 됐어요. 이름은 존 핸슨이었죠. 키가 크고 미남이었어요. 결혼할 계획이었죠. 하루는 미식축구장 밖에 차를 세워 놨는데, 무슨 일이 있었는지는 말하지 않아도 아시겠죠. 석 달 후 학교를 중퇴해야 했어요. 존은 아직 결혼할 마음이 없었어요. 그래서 저를 병원으로 데리고 갔죠. 수술이 끝났을 때는 몸이 떨리고 긴장됐어요. 존과 나는 아파트를 얻어서 한동안 식도 올리지 않은 채 부부처럼 동거를 했죠. 어쩌다 식구들이 그 사실을 알게 됐는지는 저도 모르겠어요. 그런 일은 어떻게든 알려지는 법이니까. 아버지께서 연을 끊겠다는 편지를 보내셨죠. 그날 밤에는 존이 집에 들어오지 않았어요. 기다리다 학교로 전화를 했죠. 알고 보니 학교도 그만두었더군요. 그러고는 사라져 버린 거예요. 아파트 월세금 낼 때도 다가오고 있었는데……. 거기서부터 시작이었죠. 집에서 손님을 받기 시작했어요. 남자 손님들요. 그 손님들한테 돈을 받지 않고서는 생계를 꾸릴 수가 없었어요. 몇 주 안 가 집주인이 그 사실을 알고는 저를 내쫓았죠. 그렇다고 거리를 배회한 건 아니에요. 차가 한 대 와서 하숙집으로 절 데려갔죠. 거긴 이런 곳이 아니었어요. 더럽고 지저분했죠. 마담은 성질이 더러운 데다 뭐든 잘 집어던졌죠. 저를 보자마자 맨 처음 한 말이 내 과거를 알고 있으니 말을 듣지 않으면 경찰에 넘겨 버리겠다는 거였어요. 그러니 어쩔 수 없었죠. 그러다가 어느 날 룸메이트와 얘기를 나누게 됐어요. 성격이 좋은 애였죠. 강단이 있는 데다 자기 관리를 할 줄 아는 애였어요. 제가 겪었던 얘기를 다 했더니 악마처럼 웃어 대더군요. 그 애도 똑같은 일을 겪었던 거예요. 기가 막힌 건 제가 존에 대한 얘길 했더니 그 애를 거기 집어넣은 것도 바로 존이라지 뭐예요. 제 말을 듣더니 그 애는 완전히 이성을 잃어버렸어요. 둘이서 그 사람을 찾아 사방을 돌아다녔죠. 하지만 다신 그를 볼 수 없었어요. 전 거대한 조직의 일부였더군요. 그 애와 전 우리를 필요로 하는 곳마다 여기저기 실려 다녔어요. 여기 온 지는 꽤 오래됐어요. 그렇고 그런 얘기죠. 뭐 질문하실 거라도 있나요?"

정말 그렇고 그런 이야기다. 여자는 자신이 별로 가엾지도 않은 모양이었지만 나는 그녀가 가여웠다.

"대학에는 언제 다녔나요?"

"벌써 12년 전이에요."

"흠……."

지금까지는 한 가지 정보도 얻지 못했다. 지갑에서 5달러짜리 지폐와 명함을 꺼내 그녀에게 주었다.

"뭐 생각나는 게 있으면 여기로 연락 주시죠. 그리고 이건 팁입니다. 전 좀 생각해 볼 게 있어서 이만 가 봐야겠습니다."

여자는 놀란 듯 나를 바라보았다.

"그럼……. 다른 일은 안 하고 그냥 가신다고요?"

"아뇨. 됐습니다. 몸조심하세요."

"그럴게요."

들어왔던 길이 아닌 다른 길을 찾아 꽃무늬 커튼 뒤에 반쯤 가려진 삐걱거리는 계단을 통해 아래층으로 내려갔다. 주인 여자는 대기실에서 책을 읽으며 앉아 있었다. 책을 내려놓더니 말했다.

"벌써 가시게요? 여기서 자고 가시는 줄 알았는데요."

모자를 집어 들며 말했다.

"그러려고 했는데 예전만큼 몸이 쌩쌩하질 않네요."

여자는 일어나서 배웅할 생각조차 안 했다.

차로 돌아와 시동을 걸고 가게 가까이로 몰고 갔다. 누가 그 집에 오는지 보고 싶었다. 잭은 분명 뭔가 그럴 만한 이유가 있어서 저 집을 습격하려고 했을 것이다. 그렇지 않고서야 수첩에 저 집 이야기를 썼을 리가 없다. 에일린은 쇼가 있을 거라고 했다. 점잖지 못한 짓이나 하러 오는 패거리들을 위한 쇼일 테지……. 그런데에 사람들이 들어차 있는 광경을 보면 돌팔이 의사들은 나중에 성병 환자들 덕에 돈 벌 일이 많아지겠다고 좋아할 것이다. 내심 성병에 관한 포스터나 영화들을 보여 줬던 빅 샘에게 고마운 마음이 들었다.

차 의자 쿠션에 등을 기대고 앉아 일이 일어나기를 기다렸다. 도대체 어찌된 영문인지 알 수 없었다. 아직까지는 아무 단서도 잡지 못했다. 잭의 죽음은 너무 갑작스러운 일이었다. 잭이 관계했던 사람들, 잭의 수첩과 이 집……. 유일한 공통점은 모든 게 베일에 가려져 있다는 것뿐이었다. 미움과 폭력을 불러오는 베일, 그 속에 흐르는 공포……. 느낄 수는 있었지만 볼 수가 없었다.

에일린의 경우만 해도 그랬다. 에일린은 창녀다. 그녀를 망가뜨리고 한동안 가지고 놀다가 떠나 버린 나쁜 놈 때문에 인생을 망치고 바로 무덤으로 직행한 여자다. 그런 놈은 잡아서 작살을 내야 한다. 내 손으로 직접 혼을 내 주고 싶었다. 그 룸메이트였다는 여자, 같은 경로로 같은 직업을 갖게 된 또 다른 여자……. 에일린으로서는 그 남자가 자기 외에 다른 여자한테도 똑같은 수법을 썼다는 사실이 자신을 아주 비천한 존재로 느끼게 만들었을 것이다. 존 핸슨이라는 이름을 들어본 적은 없다. 그를 만나기 전까지 에일린은 얌전한 여자였을 것이다. 그런 놈들은 결국 인과율의 법칙에 따라 벌을 받게 마련이다. 하지만 그것이 벌써 12년도 더 된 일이라니, 그렇다면 에일린은 지금 대충……. 가만있어 보자, 에일린이 열여덟 살쯤 대학에 들어갔을 테니까……. 열아홉쯤에 그 남자를 만났을 것이고 거기다 12년을 더하면 서른한 살이 되는군. 세상에, 그보다 훨씬 늙어 보였는데……. 아버지가 조금만 더 신경을 써 주었더라면 이렇게까지 되지는 않았을 것이다. 친절한 마음이 그리울 때 따뜻한 말 한마디, 돌아갈 집, 그런 것만 있었더라도 에일린이 이렇게까지 나락으로 떨어지지는 않았을 것이다. 한편으로는 그 늙은이가 미드웨스트 대학에서 1600킬로미터나 떨어진 뉴욕 푸킵시에 살면서도 딸의 소식을 소문으로 들을 수 있었다는 것도 참 웃기는 노릇이다. 하지만 그런 소문은 워낙 빨리 퍼지는 법이니까……. 어쩌면 같은 학교에 다니던 심보가 못되 먹은 샘 많은 여학생이 편지를 썼을 수도 있다. 혹은 핸슨의 다른 여자 친구가 한 짓일 수도 있다. 보나마나 여자가 한둘이 아니었을 테니까. 에일린으로서는 상황이 점점 악화되었겠지만 그래도 돈은 계속 들어왔을 것이다. 남자들이 내고 가는 돈의 10퍼센트만 자기 손에 들어왔다고 해도 벌이가 상당했을 것이다. 에일린이 일하는 업소는 돈이 바닥에 굴러다니는 곳이었다. 그렇게 대규모로 조직화된 업소들은 워낙 그렇다. 오늘 밤에 한다는 쇼만 해도 그렇다. 아마 천 달러 단위는 됨직한 돈을 갈퀴로 긁어 들일 것이다. 게다가…….

이런 생각에 빠져 있다가 현관 앞에 택시가 와서 서는 것도 못 볼 뻔했다. 더블 단추가 달린 양복을 차려입은 젊은 남자가 택시에서 내리더니 또 다른 뚱보 한 명이 택시에서 내리도록 도와주었다. 기름기가 줄줄 흐르는 속물이었는데, 쇼를 보러 왔거나 재미를 보러 왔거나, 아니면 둘 다 즐기러 왔을 것이다. 마권 업자들

구역에서 처음 보는 얼굴 같기도 했는데 확실치는 않았다. 그 뚱뚱한 남자는 본 적이 없는 얼굴이었다. 문으로 들어서는데 아무도 질문을 하지 않는 걸 보니 거기서 꽤 잘 알려진 인물 같았다.

5분쯤 지나 다른 차 한 대가 오더니 번쩍번쩍하게 차려입은 두 명이 차에서 내렸다. 한 명은 낙타털 코트에 폭이 넓은 새빨간 넥타이 위로 가느다란 목을 길게 내놓고 있었다. 머리는 미장원에서 새로 파마를 한 듯했다. 다른 한 명은 여자였다. 치마를 입지 않았다면 여자인 줄 몰랐을 것이다. 그 밖에 다른 차림새는 완전히 남자였다. 거만한 걸음걸이로 걷고 있었는데, 남자가 여자의 팔을 잡고 조심스럽게 보도 쪽으로 발을 옮겼다. 게이였다.

여자가 벨을 누르더니 남자를 먼저 들여보냈다. 잘난 사람들이다. 세상에는 별의별 사람들이 다 있다. 남들 다 성별 하나씩 타고날 때 저 사람들은 어디에 숨어 있었던 것인지 모르겠다. 뒤늦게 나왔다가 남들이 다 가져가고 남은 찌꺼기만 가져서 저렇게 성 정체성이 부족한 모양이다.

꼬박 한 시간을 차 안에 앉아 각계각층의 사람들이 길 건너 아파트로 들어가는 모습을 지켜보았다. 적외선 카메라만 있었다면 떼돈을 벌었을 텐데. 에일린은 읽은 게 별로 없어서 중요한 사람을 알아볼 줄 모르는 모양이었지만 나는 알아볼 수 있었다. 내가 살고 있는 선거구 소속의 정치인만 해도 네 명이나 있었다. 이런저런 사건으로 거의 매주 신문에 얼굴이 나는 사람들도 몇 명 있었다. 들어가는 사람들만 있을 뿐 나오는 사람은 없었다. 쇼가 진행 중이라는 뜻이다. 이런 업소에서는 30분 정도면 쇼 타임으로 충분했다.

20분쯤 지나고 나니 더 이상 차가 오지 않았다. 잭이 저 안에서 누굴 잡아들일 요량이었다면 파티장에 온 사람이나 자기가 개인적으로 친분이 있는 사람은 아니었을 것이다. 내가 알기로 그런 사람은 여기 오지 않았다.

그때 아는 사람이 눈에 띄었다. 내가 잘못 생각한 건지도 모르지만······.

차에 시동을 걸고 도로 안으로 들어가 길 한가운데에서 유턴을 했다. 신호등에 빨간 불이 들어오기 전에 얼른 횡단보도를 지나치려고 했지만 아깝게 신호에 걸리고 말았다. 지름길도 소용이 없을 듯하여 대로로 차를 몰아 잭의 아파트로 직진했다.

이번에는 정문으로 들어갔다. 경찰이 쳐 놓은 현관의 출입 금지 테이프를 뜯고 권총 개머리판으로 약해 빠진 맹꽁이자물쇠를 부숴 버린 다음 가지고 다니는 만능열쇠로 자물쇠를 땄다. 전화선이 끊어져 있지 않길 바라면서 제일 먼저 전화기부터 집어 들었다. 번호를 돌리고 잠시 기다렸다가 '경찰 본부'라고 말했다.

"여보세요. 강력계 체임버스 경감님 부탁합니다. 빨리요!"

곧 팻이 전화를 받았다.

"체임버스 경감입니다."

"팻, 나 마이크 해머야. 지금 잭의 아파트에 와 있어. 잘 들어. 부하 두 명쯤 데리고 빨리 이리로 와. 이 집에서 책 같은 거 가지고 간 거 있으면 그것도 가지고 오고. 그리고 한 가지 더. 비상 사태가 발생할지 모르니까 시위 진압대더러 대기하고 있으라고 해."

내 말에 팻이 흥분했다.

"무슨 일이야, 마이크? 뭐 잡은 거라도 있어?"

"그런 것 같아. 하지만 빨리 서두르지 않으면 놓칠지도 몰라."

팻이 더 질문할 틈도 주지 않고 전화를 끊었다. 거실 램프를 켜고 책장에 있는 책을 모조리 뒤졌다. 마침내 내가 원하던 것을 찾았다. 그중 세 권은 15년 전쯤 만들어진 대학교 졸업 앨범이었다. 지난번 아파트에 왔을 때에도 봤던 생각이 났다. 그때는 이것이 별반 중요하지 않은 줄 알았지만 지금은 아니다.

앨범을 살펴보면서 팻이 오기를 기다렸다. 미드웨스트 지방 학교 학생들이 만든 앨범들이었다. 내가 찾는 건 존 핸슨의 사진이었다.

알고 보면 아주 간단한 일일 수도 있었다. 잭은 오랜만에 에일린을 보고 그녀가 무슨 일을 하는지 알게 되었다. 직업이 경찰이다 보면 그런 일쯤은 쉽게 조사할 수 있는 법이다. 에일린에게 무슨 일이 생겼는지 알게 됐는데 마침 존 핸슨은 잭이 아는 사람이었을 것이다. 앨범 페이지마다 타임 스퀘어 근처 헌책방의 이름과 주소가 찍혀 있었는데, 깨끗한 종이에 찍혀 있는 것으로 봐서 최근에 산 앨범 같았다. 잭이 존 핸슨을 추적해서 접근했다면 살해당할 만한 조건을 자기 스스로 만든 것일 수도 있다. 잭이 가지고 있는 정보가 자칫 사람들에게 알려지면 핸슨이라는 사람의 사업체나 가정생활이 무너져 버릴 수 있는 상황이었을지 모른다.

우선 앨범을 빨리 훑어보고 나서 아주 꼼꼼히 다시 한 번 살펴보았지만 핸슨이라는 이름이 붙은 사진은 없었다. 혼잣말로 욕을 해 대고 있는데 팻이 들어왔다. 팔에는 같은 종류의 책을 세 권 더 끼고 있었다.

"마이크. 이제 말 좀 해 보라고."

팻이 내 옆 소파에 책을 던져 놓으며 말했다.

가능한 한 짤막하게 수사 진행 상황을 말해 주었다. 팻이 진지한 얼굴로 나를 보더니 상황을 머릿속에 정리하느라고 몇 가지를 다시 한 번 이야기해 달라고 했다.

"그러니까 이 에일린 비커스라는 여자가 열쇠인 것 같다 이거지?"

나는 고개를 끄덕여 대답을 대신했다.

"그런 것 같아. 넌 여기 이 책을 보고 있어. 난 그놈을 찾을 테니까. 에일린은 그 남자가 키가 크고 미남이라고 했지만 자기가 좋아하는 남자는 다 멋져 보이는 법이니까 알 수 없는 노릇이지. 그런데 이 책들은 다 왜 가지고 간 거야?"

"이게 거실에 펼쳐진 채로 놓여 있었거든. 살해당하기 직전에 이걸 보고 있었던 것 같아. 옛날 대학 졸업 앨범을 보고 있었다는 게 재미있어서 경찰서에 있는 샘플과 여기 사진을 대조해 보려고 갖고 갔지."

"그래서?"

"그랬더니 이중 결혼을 한 여자 두 명이 나왔어. 한 명은 나중에 살인죄로 교수형을 당했고 또 한 명은 시내에서 철물점을 운영하는 내 친구인데 매일 보는 놈이야. 다른 건 없었어."

우리 둘은 같이 앉아 그 망할 놈의 앨범들을 처음부터 끝까지 다 살펴보았다. 각자 한 권이 끝나면 빠뜨린 것이 없는지 확인하기 위해 서로 책을 바꿔서 다시 보기를 반복했다. 하지만 존 핸슨은 어디에도 없었다.

"이건 무슨 뜬구름 잡기 같구먼."

팻이 인상을 찌푸리더니 담배 한 개비를 입에 물고 불을 붙인 다음 말했다.
"잭이 찾던 게 그놈인 건 확실해?"
"물론이지. 안 그래? 날짜가 정확하게 다 들어맞는단 말야. 12년 된 일이라잖아."
뒷주머니에서 검은색 수첩을 꺼내 팻에게 던져 주었다.
"보라고. 내가 증거를 숨겼느니 하는 말은 말고."
팻이 수첩을 훑어보더니 말했다.
"그런 말이야 안 하지. 네가 여기 오고 나서 나도 왔거든. 서랍장 맨 밑 칸 아래에서 찾은 거지?"
"맞아. 어떻게 알았지?"
"나중에 집에 와서 나도 서랍장 뒤에 뭘 떨어뜨렸거든. 그때 가만 생각해 보니 잭의 집을 수색할 때 서랍장 뒤를 살피지 않은 생각이 나더라고. 나중에 와 보니 거기 네 메모지가 있더라."
팻은 수첩을 다 보고서 자기 코트에 찔러 넣었다. 어차피 내게는 더 이상 필요 없는 증거물이었다.
"네 말이 맞을 거 같긴 한데, 이제 어떻게 수사를 하지?"
"서점으로 가야지. 잭에게 다른 책이 있었을지도 몰라. 에일린한테 어느 학교에 다녔냐고 물어봤어야 하는 건데, 젠장! 그렇게 늦게 눈치를 챘다니……."
팻이 책장을 뒤지더니 전화번호부에서 서점 번호를 알아냈다. 이미 문을 닫은 시각이었지만 주인이 전화를 받았다. 팻이 신분을 말하고 우리가 갈 테니 꼼짝 말고 기다리고 있으라고 말했다. 불을 끄고서 팻의 부하 한 명에게 현관을 지키게 한 다음 서점으로 향했다.
 내 차를 타고 갈 필요는 없었다. 경찰차를 타고 사이렌을 울리며 타임 스퀘어로 향했다. 차들이 모두 옆으로 비켜서서 길을 내주어 기록적인 시간으로 서점에 도착했다. 운전사가 6번가에서 사이렌을 끄더니 서점 맞은편에 차를 세웠다.
 가게 블라인드는 내려져 있었지만 안에서 불빛이 새어 나오고 있었다. 팻이 문을 노크하니 얼굴이 쭈글쭈글하고 키가 자그마한 주인이 자물쇠를 열고 우리를 들여보내 주었다. 몹시 불안한 듯 조끼 밑단을 계속 잡아당기고 있었다. 팻이 경찰 배지를 보여 주고 나서 바로 요점을 말했다.
 "며칠 전에 한 손님이 와서 대학 졸업 앨범을 몇 개 사갔죠?"
 팻의 질문에 서점 주인은 온몸을 떨었다. 팻이 질문을 계속했다.
 "판매 장부 가지고 있습니까?"
 "그게, 있다고 해야 할지 없다고 해야 할지……. 거래세 기록이라면 갖고 있지만 책은 갖고 있지 않거든요. 지금 보시는 오래된 재고가 전부인데요."
 "그건 상관없습니다. 그 손님이 어느 책을 가지고 갔는지 기억나세요?"
 주인이 잠시 머뭇거리다 대답했다.
 "아, 아뇨. 하지만 찾아보면 나올지도 모릅니다. 찾아볼까요?"
 주인의 안내를 받아 서점 뒤편으로 가서 흔들거리는 사다리를 타고 책장 꼭대기까지 올라갔다.
 "이런 책은 주문이 별로 안 들어와요. 스무 권 정도 가지고 있었던 것 같은데……. 아, 여기 있네요. 열 권 정도는 팔려 나갔나

봅니다."

열 개라. 잭의 아파트에 세 개가 있었고 팻이 세 개를 갖고 있다. 그러면 네 개는 어디로 간 걸까? 서점 주인에게 물었다.

"이봐요, 그게 어느 학교 졸업 앨범이었는지는 기억납니까?"

주인은 바싹 마른 어깨를 으쓱해 보였다.

"모르겠는데요. 워낙 오래전에 다녀가서요. 적어 놓지도 않았거든요. 한창 바쁠 때 왔길래 책이 어디 있는지 알려 주기만 했더니 그 사람이 직접 올라가서 책을 꺼냈던 기억밖에 안 나는데요."

이래서야 소득이 없었다. 내가 사다리를 흔들자 주인은 떨어질까 봐 벽을 붙잡았다. 내가 주인에게 말했다.

"거기 있는 거 전부 다 가지고 내려와요. 그냥 나한테 던져 줘요. 빨리요. 밤새도록 이러고 있을 수는 없으니까."

주인이 선반에서 책을 꺼내 바닥으로 떨어뜨렸다. 몇 개는 내가 받았지만 나머지는 그냥 바닥으로 내동댕이쳐졌다. 팻의 도움을 받아 그 책들을 테이블에 갖다 놓고 나니 주인이 내려와서 우리 옆에 섰다. 내가 주인에게 말했다.

"이제 장부 좀 가지고 오시죠. 이 책 살 때 서명한 장부가 있을 테니 영수증을 좀 보여 주셨으면 합니다."

"하지만 그게 워낙 오래전 일이라……."

"젠장, 가게를 다 발로 차 버리기 전에 잽싸게 움직이란 말야! 시간 낭비하지 말고!"

내 말에 주인이 겁먹은 토끼처럼 냅다 뛰어갔다.

팻이 내 팔을 잡았다.

"진정해, 마이크. 나는 이 도시의 경찰이고 저 사람은 성실한 납세자란 말야."

"그건 나도 마찬가지야. 나도 납세자라고. 하지만 지금은 빈둥거릴 시간이 없으니까 이러는 거 아냐."

잠시 후 먼지가 수북한 장부를 한 팔 가득 안고 주인이 돌아왔다.

"여기 어딘가에 표시를 해 두었을 겁니다. 지금 찾아볼까요?"

눈치를 보아하니 주인은 우리가 그 장부를 가지고 가 줬으면 하고 바라는 듯했다. 안 그러면 밤새도록 장부를 같이 뒤져야 할 판이니까. 팻도 눈치를 챘지만 머리를 좀 굴렸다. 본부로 전화를 해서 열두 명을 서점으로 불렀다. 10분 뒤 열두 명이 서점에 도착했을 때 무엇을 찾아야 하는지 말해 주고 장부를 떠안겼다.

그 주인이 기록한 장부는 그야말로 개판이었다. 글씨를 거의 알아볼 수가 없었다. 어떻게 액수를 맞추는지 도무지 알 수가 없었으나 어차피 그건 중요한 것이 아니었다. 장부 한 권을 30분씩 들여다보고서 다음 장부를 집어 들었다. 두 번째 장부를 한참 들여다보고 있는데 순찰대원 한 명이 팻을 불렀다.

장부에 적힌 목록 중 하나를 가리키며 말했다.

"경감님께서 찾으시는 게 이거 맞지 않습니까?"

팻이 슬쩍 보더니 말했다.

"마이크, 이리 와 봐."

거기에는 작고한 서적 수집가인 로널드 머피라는 사람의 유품을 처분한 경매인에게서 사들인 책 목록이 모두 들어 있었다.

"바로 이거야!"

그 목록을 테이블로 가져다가 서점에 있는 책과 비교하는 사이 팻은 부하들을 경찰서로 돌려보냈다. 네 권이 빠진 것으로 발견되었다. 하나는 미드웨스트에서 출판된 것이었고 나머지는 동부에 있는 학교에서 출판된 책들이었다. 이제 그 졸업 앨범을 어디선가 구해 오기만 하면 된다.

목록을 팻에게 건네주었다.

"이제 이 책들을 찾아봐. 나는 어디서 찾아야 할지 모르겠으니까."

"알았어. 내가 찾지."

"어디서?"

내가 물었다.

"공공 도서관."

"이 밤중에?"

팻이 나를 보고 씩 웃으며 말했다.

"경찰은 특권이 좀 있거든."

그러고서 다시 전화기를 들더니 몇 군데 전화를 걸었다. 통화를 다 끝내더니 서점 주인을 불러 어질러진 테이블을 가리키며 말했다.

"저걸 치워야 할 텐데 저희가 좀 도와드릴까요?"

주인은 머리를 세차게 저었다.

"아뇨, 아닙니다. 아침에는 시간도 많은걸요. 도움이 되었다니 정말 흐뭇하네요. 다음에 또 필요한 일이 있으시면 언제라도 오십시오."

이 도시에는 착한 시민들도 참 많다. 아마 나중에 딱지 뗄 일이 생기면 당장 팻을 찾을 것이다. 그런다고 도움이 될지는 모르겠지만.

팻이 전화를 한 덕에 일은 아주 쉽게 진행되었다. 도서관에 도착해 보니 벌써 직원들이 기다리고 있었다. 몹시 불안해 보이는 노신사 한 명과 여비서 두 명이었다. 도서관 입구의 회전식 가로대를 지나 들어가자 경비원이 문을 잠갔다.

도서관 내부는 시체실보다 더 으스스했다. 천장이 어찌나 높은지 희미한 전구 불빛으로는 어림도 없었다. 발소리가 복도에 울려 퍼졌다가 다시 메아리쳐 돌아왔다. 그림자가 미칠 때마다 석상이 살아 움직이는 듯 보였다. 마음이 불안할 때 밤중에 이런 곳에 왔다간 기절하기 딱 좋을 것 같았다.

팻이 노신사에게 우리가 무얼 찾고 있는지 말해 주고서 재빨리 움직이기 시작했다. 그 나이 든 사서가 비서들을 건물 어딘가로 보내자 10분쯤 뒤에 졸업 앨범 네 권을 들고 돌아왔다.

열람실 테이블 램프 불빛 아래에 앉아 각자 두 권씩을 맡았다. 책은 모두 네 권이었다. 잭이 가지고 있던 책을 누군가가 가져갔다. 잭의 책은 모두 합쳐 열 권이었지만 책을 훔쳐 간 사람에게 나머지는 아무 소용이 없었던 것이다.

사서가 어깨 너머로 우리가 하는 일을 유심히 지켜보았다. 한 장 한 장 계속 넘겼다. 2학년에 해당하는 부분의 마지막 장을 넘기려던 찰나에 손을 멈췄다. 존 핸슨을 찾았다. 입이 떨어지지 않아 그냥 바라보기만 했다. 존 핸슨의 전신 사진이 그대로 나와 있었다.

팻이 팔을 뻗어 내 손을 툭 치더니 사진 하나를 가리켰다. 팻도 존 핸슨을 찾은 것이었다. 팻도 나만큼이나 빨리 찾았던가 보다. 둘 다 나머지 책 두 권을 가져다가 다시 뒤지기 시작했다. 그리고 둘 다 존 핸슨을 찾았다. 책을 테이블 위에 펼쳐 놓은 채 팻을 붙잡아 일으키며 말했다.
"이리 와."
팻이 내 뒤를 따라 열심히 뛰다가 순찰대에 전화를 하려고 로비에서 멈춰 섰다. 그러고 나서 놀라 서 있는 경비원 옆을 지나쳐 도로변에 주차해 놓은 경찰차로 뛰어 들어갔다. 사이렌 소리를 가장 크게 울리며 차량 사이를 빠져나갔다. 전면에 경찰 트럭이 빨간 불을 깜박거리는 것을 보고 차를 세웠다. 옆길에서 차 한 대가 더 나오더니 우리와 합류했다.

아까 있던 차들이 아직도 거기 있었다. 경찰이 도로 양끝을 막아 놓고 기다리다가 팻과 내가 현관 층층대를 올라가자 그 뒤를 따랐다. 이번에는 굳이 벨을 길게 세 번, 짧게 한 번 누르지 않았다. 철퇴로 자물쇠를 부수고 부서진 문 사이로 대원들이 몰려 들어갔다.

누군가가 비명을 지르자 다른 사람들도 따라서 비명을 울려 댔다. 온통 아수라장이 되었지만 경찰이 1분 만에 상황을 통제했다. 팻과 나는 1층 대기실을 지나 2층 대기실로 올라갔다. 안은 비어 있었다. 대기실 현관문을 뜯어 내고 복도 왼쪽 끝에서 두 번째 방으로 달려갔다.

살짝 건드리기만 했는데도 문이 열리더니 화약 냄새가 코를 찔렀다. 에일린 비커스는 죽어 있었다. 완전히 발가벗겨진 채 침대 위에 누워 멍하니 벽을 바라보고 있었다. 45구경 총알이 심장을 관통한 상태였다.

어쨌거나 존 핸슨을 찾긴 찾았다. 눈 사이에 총을 맞고 피범벅이 된 시체로 침대에 누워 있었다. 벽에도 피가 튀어 있었는데 총알이 들어간 부분은 금이 가 있었다.

   존 핸슨은 그야말로 엉망진창이었다. 존 핸슨, 내가 헬 카인즈라고 불렀던 바로 그 인물이었다.

9장

아무것도 건드리지 않고 그곳을 떠났다. 팻이 휘파람으로 순찰대원을 불러 문 안쪽에서 경비를 서게 했다. 안으로 들어오는 문은 모두 차단했고 모여 있던 사람들도 모두 경찰에게 잡혀 있었다. 다른 경감 두 명과 형사 한 명이 수사에 가담했다. 고갯짓으로 그들에게 신호를 한 뒤 집 뒤편으로 달려갔다.

총격이 일어난 시각과 우리가 도착한 시각은 채 2분 차도 나지 않았다. 살인범은 여기 잡혀 있는 사람들 중에 섞여 있거나 아니면 아직 멀리 달아나지 못했을 것이다. 서둘러 뒷문을 찾았다. 뒷문을 통해 밖으로 나가니 2미터 높이의 울타리로 빙 둘러싸인 작은 마당으로 통했다. 누군가가 풀도 깎아 놓고 깨끗이 치워 놓은 것 같았다. 울타리에도 하얀색 페인트가 칠해져 있었다.

발자국이 없는지 주위를 둘러봤지만 일주일 정도는 아무도 풀밭에 들어온 적이 없는 것 같았다. 누군가가 저 울타리를 넘어갔다면 분명 뭔가 흔적을 남겼을 것이다. 하지만 아무 흔적도 없었다. 지하실 문이 마당 쪽으로 나 있긴 했지만 밖에서 자물쇠가 잠겨 있었다. 건물과 옆집 사이에 나 있는 문도 마찬가지였다. 살인범은 분명 뒷문 쪽으로 나오지 않은 것이다.

작은 부엌 쪽으로 급히 걸음을 옮겨 홀을 지나 쇼룸 쪽으로 갔다. 쇼룸은 그야말로 대단한 곳이었다. 칸막이를 다 뜯어 버리고 한쪽 끝에 무대를 설치해 놓았다. 손님들은 영화관 의자처럼 생긴 푹신한 의자에 앉아 있고 쇼걸들은 무대 위에 빽빽이 서 있었다.

팻이 방 저쪽에서 내가 있는 쪽으로 다가와 숨찬 목소리로 물었다.

"뒷문 쪽은 어때?"

"아무것도 없더라고. 그쪽으로는 안 갔어."

"그럼 살인범은 이 안에 있겠군. 쥐새끼 한 마리도 빠져나갈 틈이 없었거든. 도로는 봉쇄해 놓았고 집 뒤쪽에도 부하들을 몇 명 풀어 놨으니까."

"저기 사람들 있는 데로 가 보자."

팻과 함께 사람들을 모아 놓은 쪽으로 가 보았다. 다들 얼굴을 보이지 않으려 애쓰는 티가 역력했다. 가정의 행복을 깨지 않으려면 내일 이리 뛰고 저리 뛰고 고생 좀 해야 할 사람들이었다. 하나도 빠짐없이 그들의 얼굴을 샅샅이 살펴보았다. 우리가 찾는 사람은 조지 칼레키였는데 제때에 빠져나간 건지 아니면 아예 오지 않은 건지, 그의 얼굴은 보이지 않았다.

그 집 마담도 보이지 않았다.

강력계 형사들이 도착해서 다 함께 에일린의 방으로 갔다. 그 형사들, 와 봤자 뭐 하나 찾지도 못할 거면서 헛수고만 했다. 내 그럴 줄 알았지……. 아래층에서는 여자들이 괴로워하면서 울어 대는 소리와 단호한 어조로 고함을 질러 대는 남자들의 목소리가 들렸다. 높으신 행정관님께서 이 곤란한 상황을 어떻게 빠져나가실지 알 수 없는 노릇이었다. 사진을 찍고 나서 팻과 나는 헬 카인즈의 시체를 유심히 들여다보았다. 내가 연필을 들어 턱을 따라 나 있는 가느다란 선을 가리켰다.

"아주 또렷하지? 안 그래?"

팻이 나를 쳐다보았다.

"정말 또렷하네. 근데 말 좀 해 봐. 이게 누구인지는 나도 알겠는데, 왜 이렇게 된 거지?"

팻의 질문에 대답하면서 감정을 가라앉히느라 애를 먹었다.

"헬은 대학생이 아니었어. 모로 캐슬에서 조지와 함께 찍은 사진을 보고 눈치는 챘지만 어떻게 된 영문인지 감이 잘 안 잡히더라고……. 나중에 알고 보니 이놈이 조달책이었던 거야. 조지가 불법적인 사업에 손을 대고 있다는 얘기는 해 줬지? 처음엔 그냥 파친코나 운영하는 줄 알았는데 알고 보니 이상하더라고. 사창가를 운영하는 조직 폭력단의 일원이었어. 헬은 여자들을 아주 교묘한 수법으로 잡아다가 조지에게 넘기는 일을 했던 거지. 조직에서 헬은 보스 격이었을 가능성도 높다고 봐."

팻이 헬의 얼굴에 나 있는 선을 유심히 살펴보더니 이마의 머리카락 아래에도 그런 선이 몇 개 더 있는 것을 발견했다. 머리카락에 온통 피가 엉겨 붙어 있어서 알아보기가 쉽진 않았다.

내가 말했다.

"이것 좀 보라고. 이 핼이란 놈이 워낙 타고난 동안이긴 했지만 성형 수술도 한몫을 한 거야. 여기 졸업 앨범은 전부 다 다른 대학의 것들이잖아. 이렇게 이 대학 저 대학에 다니면서 주로 지방에서 유학 온 여자들을 낚아챈 거지. 일단 꼬드겨 넘어 오게 한 다음 몸을 팔지 않으면 안 될 상황에 처하게 만들어서 결국 이런 사창가에 굴러 들어오게 만든 거야. 몇 명이나 이런 식으로 넘겼는지 누가 알겠어? 한 군데에서 한 학기 이상은 안 다녔을 게 틀림없다고. 아마 고등학교 기록을 조작해서 대학 입학 허가를 받은 다음 이런 짓을 열심히 하고 다녔겠지. 일단 핼의 손아귀에 잡힌 여자는 폭력 집단 깡패들처럼 조직에서 빠져나오기가 힘들었을 거야."

"대단하군. 정말 대단해."

"꼭 그렇지만은 않아. 사실 내 이론에도 문제가 있거든. 첫 번째 살인 사건 용의자로 실은 핼을 생각하고 있었는데 이제 보니 이 자가 아니었던 거잖아. 어떻게 해서였는지는 몰라도 잭이 핼의 뒤를 캐냈고, 핼은 잭의 아파트에서 졸업 앨범을 보고 잭이 알아냈다는 것을 눈치 챘거나 했겠지. 그래서 이런 일이 일어나기 전에 잭이 오늘 밤 여기를 습격하려 했던 거야. 잭은 핼이 여기 올 거라는 것을 알고 모든 전말이 드러나는 순간에 핼을 잡으려고 했겠지. 잭이 내게 미리 알려 주었더라면 에일린이 이렇게 죽지는 않을 수도 있었을 텐데……."

팻이 벽 쪽으로 걸어가서 주머니칼로 벽에 박힌 총알을 빼냈다. 에일린에게 쏜 총알은 몸을 완전히 관통하지 못하고 몸에 박혀 있었다. 시체 검시관이 그 총알을 빼내느라 애를 먹고 있었다. 마침내 총알을 빼서 팻에게 건네주었다. 불빛 아래서 총알을 자세히 들여다보더니 말했다.

"둘 다 45구경인데? 덤덤탄이고."

그 사실을 굳이 내게 말해 줄 필요는 없었다.

"확실하게 죽일 참이었던 거지."

이를 악 문 채 말을 계속했다.

"이번에도 그때 그놈 짓이야. 살인범은 한 명인 거지. 잭을 쐈던 그 망할 놈! 총알이 전부 다 기가 막히게 일치하잖아. 제기랄! 완전히 사람 죽이는 데 미쳐 있는 놈이군! 창자에, 머리에, 심장에 덤덤탄을 박다니! 내가 밥을 굶는 한이 있더라도 그 미친 자식이 꼭 총알 세례를 받게 하고 말겠어. 우선 칼질부터 해 주고 나서……"

"넌 그런 짓 못해."

팻이 나지막하게 말했다.

시체 검시관이 서둘러 시체를 가지고 나갔다. 팻과 나는 다시 아래층으로 내려와서 경찰들이 사람들의 이름과 주소를 제대로 받아 적고 있는지 확인했다. 밖에 있는 경찰들은 차에 여자들을 태우고 있었다. 경찰 한 명이 팻에게 다가와 경례를 한 뒤 말했다.

"빠져나간 사람은 없습니다."

"알겠네. 몇 명은 계속 여길 지키고 나머지는 골목길과 인근 건물을 수색하게 해. 신원을 똑바로 불지 않는 놈은 전부 다 체포해 버려. 누구든지 예외는 없어. 내 말 알아들었나?"

"네, 경감님."

경찰이 다시 경례를 붙이고서 바삐 사라졌다.

팻이 내 쪽으로 몸을 돌려 물었다.

"여기 마담이라는 여자 말야, 지금 봐도 알아볼 수 있겠어?"
"당연하지. 왜?"
"경찰서에 사창가 운영 혐의가 있거나 유죄 판결을 받았던 사람들 명단이 있는데 한번 봐 달라고. 여자 애들한테서 마담 이름을 받긴 했는데 그게 맞는지 모르겠어……. 여자 애들은 미스 준이라고 부르더군. 손님들 중에는 마담을 아는 사람이 전혀 없었어. 대개 여기서 일하는 여자 애들이 문을 열어 주었다고 하더라고. 뭔가 수상쩍은 손님이 올 때만 마담이 직접 여기로 왔던가 봐."
팻의 말을 막으며 물었다.
"하지만 조지 칼레키는 어쩌고? 내가 원하는 건 그놈인데……."
내 말에 팻이 씩 웃었다.
"수사망을 풀어 놓았으니 걱정 마. 벌써 천 명쯤 되는 내 부하들이 그놈을 찾고 있을 거야. 그만하면 됐나?"
결국 팻의 말을 듣기로 했다. 조지 칼레키를 찾기 전에 먼저 할 일이 있었다. 칼레키가 바로 그 살인범이라고 해도 그 배후에 조직원들이 더 있을 테니 잭에게 총을 쏜 놈만이 아니라 다른 놈들도 모두 잡아들이고 싶었다. 추수 감사절 때의 칠면조 요리를 생각하면 된다. 식사 준비가 다 되어 있어야 하고, 살인범에 비할 수 있는 칠면조 요리는 후식으로 나오는 것이다. 잭이 어떻게 해서 헬을 수하에 두게 되었는지 알았으면 좋으련만. 이제 헬이 죽어 버렸으니 알 길이 없어졌다.
하지만 잭과 헬은 아는 사이였다. 전에 우연히 헬과 만났을 수도 있고 아니면 칼레키가 하는 짓을 수상하게 여기다가 에일린과 만나고서 실마리를 풀어 나갔을 수도 있다. 헬처럼 이런 사업을 오래 벌이는 놈은 언젠가 꼬리가 잡히게 마련이다. 어딘가에 허점이 있을 게 틀림없었다. 잭은 무슨 일을 하든 지체 없이 일을 진행하는 성격이었다. 어디서 존 핸슨을 찾아야 할지 잭도 알아냈을 것이다. 나와 팻이 썼던 방법과 똑같은 방법, 즉 졸업 앨범을 찾아본 것이다.

헬이 잭을 죽였다고 가정한다면 어떻게 잭을 죽였던 총에 맞아서 헬이 죽을 수가 있었을까? 그 총은 워낙 뛰어나서 아무 데서나 쉽게 구할 수 없는 것이었다. 아무래도 헬이 잭을 죽인 것 같지는 않았다. 헬이 그 책을 발견하고 다른 누군가에게 말했을 수도 있다. 그 누군가가 바로 살인범일지 모른다. 살인범은 그 책을 찾고 있었던 것이다. 정말 그럴까? 어쩌면 그저 우연이었을 수도 있다. 어쩌면 살인범은 헬과 별로 깊은 관계가 아닐 수도 있다. 그렇다면 잭은 뭔가 다른 이유 때문에 살해당한 것이고, 그 살인범은 헬과의 관계 때문에 추적당할 가능성이 있다는 것을 알고 책을 가져가 버렸을지도 모른다.

그러면 도대체 어떻게 된 건가? 다시 한 번 거슬러 올라가서 생각해 봐야겠다. 그냥 가만히 앉아서 무슨 일이 일어나기만 기다리다가 그때 가서 행동을 취할 수는 없는 노릇이다. 지금 빨리 생각을 해 봐야 한다. 작은 단서들이 조금씩 나타나기 시작했다. 큰 단서는 아니지만 곧 살인 동기도 드러날 것이다. 아직은 모르겠지만 밝혀낼 거다. 이제 살인범이 아니라 살인 동기를 찾아야 한다.

팻에게 잠 좀 자러 집에 간다고 하니 경찰의 봉쇄망을 통과할 수 있는 통행증을 써 주었다. 길에 서 있던 얼굴색이 붉은 경관에게 통행증을 보여 주고 내 갈 길을 갔다. 택시가 지나가서 잡아타고 잭의 아파트 앞에서 내렸다. 내 차가 아직 아파트 밖에 서 있는 것을 보고 택시에서 내려 차 안으로 들어갔다. 내일은 할 일이 많으니 지금 잠을 좀 자 둘 필요가 있었다.

20분 후 집에 들어가 침대에 누워 담배를 한 개비를 피우고 잠을 청하면서도 계속 생각을 했다. 도무지 결론이 나지 않아 담배를 비벼 끄고 몸을 돌려 누웠다.

다음 날 아침밥을 먹자마자 칼레키의 아파트로 갔다. 예상대로 팻이 나보다 먼저 다녀간 뒤였다. 입구에서 근무 중인 경관에게 팻이 내게 남긴 메시지가 없냐고 물어보니 봉인된 봉투 하나를 건네 주었다. 봉투를 열어 보니 종이 한 장이 나왔다. 팻의 글씨였다.

"마이크, 여긴 아무것도 없어. 가방도 안 싸고 튀었더군."

그리고 그 밑에 큰 글씨로 P라고 사인을 해 놓았다. 메모지를 찢어서 아파트 밖에 있는 휴지통에 던져 버렸다.

날씨는 좋았다. 햇볕은 따뜻했고 거리는 다람쥐처럼 뛰어 다니는 아이들로 가득했다. 모퉁이로 차를 몰고 나가 담배 가게에 잠시 들러서 샬럿의 병원으로 전화를 걸었다. 샬럿은 병원에 없었지만, 대신 센트럴 파크로 오면 만날 수 있다는 메시지를 내 앞으로 남겼다고 비서가 알려 주었다.

지름길로 센트럴 파크까지 가서 주위를 온통 맴돌았다. 한 바퀴를 다 돌고서 67번가에 차를 세워 놓고 다시 공원으로 걸어갔다. 벤치에는 없어서 울타리를 뛰어 넘고 풀밭을 가로 질러 산책로를 살펴보았다. 유모차가 100만 대 정도는 돌아다니는 것 같았다. 도무지 애 엄마 같지도 않은 여자들이 유모차를 끌고 돌아다니고 있었는데 내게 시선을 보내는 여자들도 여럿 있었다.
　땅콩 장수한테서 거스름돈을 받다가 샬럿을 발견했다. 유모차를 몰고 내 쪽으로 다가오면서 내 주의를 끌려고 열심히 손을 흔들어 대고 있었다. 서둘러 그녀 쪽으로 갔다.
　"안녕하세요, 아가씨."
　그녀를 보기만 해도 군침이 돌았다. 오늘은 몸에 딱 붙는 초록색 옷을 입고 있었다. 머리카락이 셔츠 칼라 위에 작은 폭포처럼 흘러내리고 있었고, 그녀의 미소는 햇빛보다도 더 눈이 부셨다.
　"안녕하세요, 마이크 씨. 기다리고 있었어요."
　그녀가 내민 손을 잡았다. 여자 손이라기에는 힘이 너무 셌다. 나는 손을 놓지 않고 내 팔 안쪽으로 끌어당겨 팔짱을 끼게 만든 후 내가 유모차를 몰았다. 그녀가 웃으며 말했다.
　"남들이 보면 세상에서 제일 행복한 신혼부부인 줄 알겠네요."
　"신혼이라고 하긴 좀 그렇죠."
　유모차를 가리키며 말했다. 그녀는 얼굴이 약간 붉어지더니 내 어깨에 머리를 기댔다. 내가 물었다.
　"오늘은 어쩐 일로 병원에 안 가셨죠?"
　"이렇게 날씨가 좋은데 일을 하라고요? 게다가 오늘 두 시까지는 예약 환자도 없고 친구가 일이 좀 있으니 애 좀 봐 줄 수 있겠냐고 했거든요."
　"애들을 좋아하나 보죠?"
　"좋아해요. 이 다음에 여섯 명쯤 낳을 거예요."
　내 입에서 휘파람 소리가 나왔다.

"이런, 그건 좀 심하네요. 제가 그렇게 돈을 많이 버는 사람이 못 되는데……. 애가 여섯이면 먹여 살리기도 힘들겠어요."

"그게 뭐 어때서요? 저도 일을 하는데요 뭐. 그런데 지금 그 말씀, 혹시 제게 청혼하시는 건가요?"

내가 웃으며 대답했다.

"그럴 수도 있죠. 아직 정착을 하지 못했지만 샬럿 양을 보니 그러고 싶은 마음이 드네요."

그대로 이야기를 계속하다간 도대체 어디까지 갈지 모를 판이었다. 다시 사건 이야기로 화제를 돌렸다.

"그런데 샬럿 양, 요즘 조간신문 좀 보셨나요?"

"아뇨. 왜요?"

샬럿이 궁금하다는 듯 바라보았다.

"헬 카인즈가 죽었습니다."

내 말에 그녀는 놀란 듯 입을 벌리며 미간을 찌푸렸다.

"말도 안 돼요."

심지어 숨도 가쁘게 몰아쉬고 있었다. 뒷주머니에서 신문을 꺼내 헤드라인을 보여 주었다. 놀라는 기색이 역력했다.

"세상에, 마이크, 이건 너무 끔찍해요! 도대체 어떻게 된 거죠?"

나는 비어 있는 벤치 쪽을 가리키며 말했다.

"저기 좀 앉을까요?"

샬럿이 시계를 보더니 고개를 저었다.

"안 되겠어요. 조금 있다 베티를 만나야 하거든요. 저기 문 있는 데까지만 데려다 주시면 친구를 만나고 같이 제 병원으로 가서 뭐라도 좀 마시는 게 어떨까요? 가는 도중에 얘기할 수도 있으니까요."

나는 사소한 것 하나 빠뜨리지 않고 지난밤에 있었던 일을 모두 샬럿에게 말해 주었다. 샬럿은 아무것도 묻지 않고 내 말에 귀를 기울였다. 머릿속으로는 심리학적 관점에서 열심히 분석을 하고 있었을 것이다. 이야기를 거의 다 마치려는 찰나에 베티라는 친구가 나타나서 말을 멈춰야 했다. 친구를 소개받아 잠깐 대화를 나누고 나서 베티는 자기 아이를 데리고 갔다.

우리는 베티와 반대 방향으로 움직여 67번가 옆 돌담을 따라 걸었다. 20킬로미터도 채 못 가서 차 한 대가 우리 앞에 섰다. 생각할 틈이 없었다. 차창 밖으로 누군가가 총을 내미는 것을 보고 샬럿 쪽으로 몸을 날렸다. 총알은 허리 높이쯤 되는 벽에 가서 박혔다. 벽에서 튀어나온 돌 파편이 얼굴 위로 쏟아졌다. 두 번째 총알을 발사할 틈은 없었다. 조지 칼레키는 차에 기어를 넣더니 잽싸게 도망쳤다. 완벽한 기회를 놓쳐 버린 것이었다. 주위에는 쫓아갈 차도 없었다. 웬일로 택시 한 대 보이질 않았다.

샬럿을 일으켜 세우고 옷에 묻은 먼지를 털어 주었다. 얼굴이 하얗게 질린 채 떨고 있었지만 목소리는 차분했다. 우리가 쓰러진 줄 알고 유모차 두 대가 우리 쪽으로 달려왔다. 유모차가 오기 전에 벽 아래의 흙 속에서 총알을 집어 들었다. 45구경이었다. 도와주러 온 두 사람에게 고맙다는 인사를 하고서 그냥 넘어진 거라고 설명한 뒤 계속 길을 갔다.

잠시 후 샬럿이 말했다.

"아무래도 위험에 처하신 것 같네요. 누군가가 마이크 씨를 제거하려고 하는 것 같아요."

"저도 압니다. 그게 누군지도 알고요. 바로 우리의 친구였던 칼레키 씨죠."

나는 잠깐 웃은 뒤 말을 계속했다.

"그 사람 겁을 먹었네요. 머지않아 곧 잡힐 겁니다. 곧 끝장이 날 판이거든요. 그렇게 절박한 상황이 아니었으면 이렇게 벌건 대낮에 절 공격하려고 덤비진 않았을 테니까요."

"하지만 마이크, 이건 웃을 일이 아니에요. 하나도 재밌지 않은 걸요."

가던 걸음을 멈추고 그녀의 어깨를 두 손으로 잡았다. 약간 떨고 있는 것을 느낄 수 있었다.

"미안해요. 워낙 총알을 피하는 데 익숙해서 그랬습니다. 자칫하면 당신까지 총에 맞을 뻔했는데……. 제가 집까지 모셔다 드리죠. 옷을 갈아 입으셔야겠어요. 흙이 묻어서 보기에 별로 안 좋네요."

집으로 오는 동안 샬럿은 별로 말이 없었다. 말을 하려다가도 그만두곤 했다. 결국 내가 물었다.

"왜 그러시죠?"

그녀는 인상을 약간 찌푸리며 대답했다.

"칼레키가 탐정님을 제거하려고 하는 이유는 잭이 살해당한 뒤에 탐정님이 꼭 복수를 하겠다는 약속을 했기 때문일까요?"

"그럴 수도 있죠. 제가 보기에는 그게 제일 타당한 이유인 것 같네요. 그런데 그건 왜 물으시죠?"

"혹시 탐정님께서 이 사건에 대해 다른 사람들이 모르는 단서를 알아냈기 때문은 아닐까요?"

잠시 생각한 후 내가 대답했다.

"그건 아니라고 봅니다. 내가 알고 있는 건 경찰도 다 알고 있거든요. 그저 제 개인적인 소견 말고는 전부 다요."

그러고는 한동안 서로 말이 없었다. 아파트에 도착했을 때는 거의 열 시가 다 되어 있었다. 엘리베이터를 기다리지 않고 계단으로 올라가서 벨을 눌렀다. 대답이 없자 샬럿이 열쇠를 찾았다.

"이런, 오늘 가정부가 쉬는 날인 걸 깜빡했네요."

문을 열고 안으로 들어가자 다시 한 번 종이 울렸다.

"전 샤워 좀 하고 있을 테니 뭐 좀 만들어서 드시고 계세요."

샬럿이 커피 테이블 위에 버번 한 병을 놔두고는 얼음과 진저에일을 가지러 부엌으로 들어갔다.

"그러죠. 먼저 전화 좀 써도 될까요?"

"그럼요. 쓰세요."

팻의 전화번호를 돌려 교환원이 전화를 연결해 줄 때까지 기다렸다. 팻이 전화를 받았다.

"팻인가?"

"어, 나야, 마이크. 말해."

"잘 들어. 칼레키는 도망간 게 아니야. 아직도 이 도시 안에 있어."

"그걸 어떻게 알지?"

"좀 전에 날 죽이려고 했거든."

나는 팻에게 자세하게 이야기했다. 내가 이야기를 끝내자 팻이 물었다.

"차 번호는 봐 뒀어?"

"아니. 차종은 구형 캐디였어. 한 1941년 모델쯤? 짙은 파란색에 금속 장식이 많았어. 시내 쪽으로 가던데."

"좋아. 그대로 공고해야겠군. 총알은 가지고 있어?"

"그럼. 이번에도 45구경이야. 탄환 감식반에 조사를 맡기는 게 좋겠어. 덤덤탄은 아니고 그냥 일반 총알이더라. 이따 오후에 갈게."

"그렇게 해. 별일 없으면 계속 여기 있을 테니까. 그리고 한 가지 정보가 더 있어."

"뭔데?"

"카인즈와 비커스라는 여자를 죽인 총알을 조사해 봤거든."

"그것도 다 같은 총에서 나온 건가? 잭을 죽인……."

"맞아. 또 그놈 짓이었어."

"제기랄."

주머니에서 총알을 꺼냈다. 어쩌면 일치할 수도 있고, 아닐 수도 있다. 칼레키가 침대 밑 사물함에 넣어 두고 있던 총 생각이 났다. 그 총은 허가증도 발급된 것이었다. 그때 그 총을 가지고 와서 범인이 쓴 총알과 비교해 봤어야 하는 건데, 그냥 냄새만 맡아 보고서 최근에 발사한 적이 없는 총이라고 단정 지었던 것이 후회되었다.

총알을 종이에 싸서 주머니에 넣고 하이볼을 한 잔 만들었다. 와서 마시라고 샬럿을 불렀더니 자기 있는 데로 가지고 오라고 했다.

잠깐 기다렸다가 들어가거나 노크를 할 수도 있었지만 바로 들어갔다. 샬럿은 완전히 벗은 채로 침대 옆에 서 있었다. 그렇게 아름다운 몸을 보니 몸속에서 피가 끓는 것 같았고 음료수를 든 손이 떨렸다. 상상했던 것보다 더 아름다웠다. 정말 부드러웠다. 나보다 그녀가 더 놀라는 것 같았다. 침대 위에 있는 옷을 집어서 몸을 가렸지만 벌써 부끄러움에 온몸이 붉어진 후였다.

그녀는 거의 나만큼이나 당황한 목소리로 "마이크."라고 말했다. 약간 떨리는 목소리였지만 시선은 내게 고정되어 있었다. 옷을 입는 동안 뒤돌아 서 있다가 다시 그녀 쪽으로 몸을 돌려 음료수를 건네주었다.

둘 다 단숨에 음료수를 마셨다. 그래도 몸속에서 타오르는 불길을 잠재울 수가 없었다. 손을 뻗어 그녀를 바스러지게 안고 싶었다. 옷장 위에 잔을 내려놓았다. 그녀는 내 바로 앞에 가까이 서 있었다. 금방이라도 닿을 듯.

그녀가 갑자기 내 품으로 들어와 내 어깨 위에 얼굴을 묻었다. 그녀의 고개를 뒤로 젖혀 눈 위에 키스한 다음, 벌어진 입술 위에 진하게 키스했다. 내가 너무 세게 안아서 아플 텐데 몸을 빼지 않았다. 입술과 팔과 몸으로 내 키스에 반응을 보였다. 그녀도 몸이 달아올라 내게 최대한 몸을 밀착시켰다.

어깨에 팔을 두르고 손으로 그녀의 머리를 감쌌다. 이런 느낌은 처음이었다. 사랑이라는 감정이 이런 것인 줄 전에는 미처 알지 못했다. 샬럿이 내 입술에서 입을 떼더니 눈을 감은 채 내 팔에 가만히 안겨 있었다. 샬럿이 속삭였다.

"마이크, 당신을 원해요."

"안 돼요."

"그러지 말아요. 제발."

"안 돼요."

"왜 안 된다는 거죠? 왜요?"

"안 됩니다. 당신은 너무 아름다워서 함부로 대할 수가 없어요. 지금은 아니에요. 나중에 적당한 때가 올 겁니다."

그녀를 안고 방 밖으로 나왔다. 그 방에 더 있다간 참지 못하고 일을 저지를 것 같았다. 팔에 안긴 그녀에게 다시 한 번 키스하고 욕실 문밖에 내려놓은 다음 머리카락을 쓰다듬으며 귓가에 대고 말했다.

"이제 들어가서 샤워해요."

샬럿은 나를 향해 미소를 짓고 졸린 눈으로 들어가 조용히 문을 닫았다. 잔을 들고 아쉬운 마음으로 침대를 바라보았다. 어쩌면 내가 멍청한 바보인지도 모르겠다. 그대로 거실로 갔다.

샤워기에서 물 흐르는 소리가 들릴 때까지 기다렸다가 전화기를 집어 전화를 걸었다. 샬럿의 비서가 금세 전화를 받았다.

"아까 전화드렸던 마이크 해머입니다. 친구가 그쪽으로 전화를 하기로 돼 있거든요. 전화가 오거든 제가 어디 있는지 좀 말씀해 주시겠습니까?"

비서가 대답했다.

"그럴 필요 없어요. 벌써 전화가 왔거든요. 공원에 계실 거라고 말씀드렸는데 아직 못 만나셨나 봐요?"

나는 거짓말로 대답했다.

"이제 곧 오겠죠."

미행이 있군. 전화를 끊으면서 혼잣말을 했다. 조지 녀석이다. 나를 쫓아왔다가 놓쳐 버리자 샬럿을 만날 거라고 생각한 것이다.

아주 똑똑한 놈이다.

　음료수를 한 잔 더 만들어 가지고 와서 소파에 팔다리를 뻗고 누웠다. 미행을 당했는데도 눈치 채지 못했다니……. 내가 샬럿을 만날 줄 어떻게 알았는지 도무지 알 수가 없었다. 내 얼굴에 다 씌어 있었을지도 모른다. 사랑에 빠지면 그렇게 된다고들 하니까. 하지만 어떻게 그 자리에 정확히 나타날 수 있었던 거지? 시간과 장소를 정확하게 알아낸 것이 이상했다. 몸을 피하지 못했더라면 정말 큰일 날 뻔했다. 놈은 직접 탄도 거리에서 총을 쏘았다. 아주 약은 놈이다. 기적이 일어나지 않는 한 경찰 검거망에 잡히는 일은 없을 것이다. 몸을 숨길 곳도 아주 많이 알고 있을 것이 틀림없다. 조지는 영리한 녀석이다. 경찰이 칼레키를 잡을 수 있을 것이라는 생각은 이미 접었다. 칼레키는 내 손으로 잡을 것이다. 팻이 무척이나 배 아파 하겠지만.

　샬럿이 욕실에서 나와 얼른 옷을 입었다. 방금 전에 있었던 일에 대해 서로 한마디도 하지 않았지만 둘 다 머릿속에 그 생각뿐이라는 것을 알고 있었다. 샬럿은 자기가 마실 음료수를 한 잔 만들어 가지고 내 옆에 와서 앉았다. 내가 물었다.

"오늘 올 줄 어떻게 알았죠?"

　샬럿이 함박 미소를 지었다.

"마이크, 처음 만난 후부터 계속 올 줄 알고 있었는걸요. 제가 잘못 생각한 건가요?"

"제대로 짐작하셨네요."

"먼저 작업 걸기를 좋아하신다면서요?"

"당신은 다르죠. 서두르고 싶지 않아요."

샬럿이 내 팔에 안겼을 때 병원에 전화한 이야기를 해 주었더니 화가 난 듯 말했다.
"조심하라니까 왜 그랬어요. 칼레키가 전화한 거면 어떡하려고요. 제발 마이크, 조심 좀 하세요. 당신한테 무슨 일이라도 생긴다면 난 아마……."
"아마……. 뭐요?"
"마이크, 제가 당신을 사랑한다는 거 모르시겠어요?"
그녀의 금발 머리를 쓰다듬고서 귓가에 대고 속삭였다.
"그래요. 알아요. 나도 내 마음을 감출 수가 없군요."
"그래요. 당신 마음도 다 보여요."
그녀가 말했다. 우리는 서로를 바라보며 웃었다. 학창 시절로 돌아간 기분이었다. 샬럿이 말했다.
"이제 병원에 가 봐야 하니까 그 전에 하던 일을 마저 끝내죠. 저하고 놀아 주러 여기까지 오신 건 아닐 테니까요. 무슨 일이죠?"
이번엔 내가 놀랄 차례였다.
"그걸 대체 어떻게 알았죠?"
샬럿이 내 손을 어루만지며 대답했다.
"제 직업이 정신과 의사라고 몇 번이나 말씀드렸잖아요. 독심술이 있는 건 아니지만 전 사람들을 연구하고 행동을 관찰하고 그 뒤에 숨겨진 심리가 뭔지 알아맞히는 일을 해요. 관심 가는 사람이라면 특히 더 그렇죠."
마지막 말에서는 수줍은 듯 웃었다. 결국 내가 말했다.
"제가 졌습니다."

담배 연기를 두어 번 내뿜고 말을 계속했다.

"실은 헬 카인즈에 대해 알고 있는 게 있으면 뭐든 다 말해 주셨으면 하는데요."

샬럿은 카인즈의 이름을 듣더니 갑자기 태도가 진지해졌다.

"저도 그 생각을 하고 있었거든요. 그 사람이 의대생이었다는 건 아시죠? 정확히 말하자면 예과생이었죠. 탐정님 말씀을 듣고 보니 그 사악한 범죄 조직에 갖다 바칠 여자들을 꼬드기려고 의대에 다녔던 거 같네요. 보통 그런 방법은 잘 안 쓰지 않나요?"

"사람을 다룰 줄 아는 사람이라면 얼마든지 쓸 수 있는 수법이죠. 여자를 휘어잡으려면 먼저 자기 가족에게서 멀어지게 만든 다음 덫에 걸리게 해야 하거든요. 여자가 한 행동에 대한 증거를 가지고 협박을 하는 거죠. 그러니 그 처지에서 무슨 방법이 있겠습니까? 남자에게 배신당하고 집안에서는 외면당하고 의지할 사람도 없으니 그런 바닥으로 걸어 들어갈 수밖에 없는 거죠. 적어도 숙식은 제공되니까요. 사실 돈도 많이 벌고. 그러니 일단 발을 들여놓으면 나가고 싶어도 못 나가는 겁니다. 그렇게 여자를 길들이기까지 시간이 걸리긴 하지만 워낙 돈벌이가 잘되는 장사거든요. 헬은 이런 방법을 써서 큰 위험 부담 없이 원하는 여자를 얻어낸 거죠."

"무슨 말인지 알겠네요."

샬럿이 내 말을 잠시 생각해 보더니 말했다.

"하여튼 저는 대학 이사회의 초대를 받아 그 학교에 강의를 하러 갔죠. 정신과 학생들의 기록 및 성적을 살펴본 후 몇 명을 연구 조교로 선발했어요. 헬 카인즈도 그중 하나였죠. 공부도 잘했고 항상 빈틈없이 행동했어요. 다른 학생들보다 훨씬 우수했죠. 처음에는 타고난 소질이나 대대로 의사를 배출한 집안 내력 탓이려니 생각했는데, 이제 보니 그 분야에서 워낙 경험을 많이 쌓은 탓이었던가 봐요. 16년이나 사람을 후리고 다녔으니 사람 심리에 대해 배운 것도 많았겠죠."

"그렇겠네요. 학교 밖 생활은 어땠죠?"

"여기 있는 동안은 저희 집에서 세 블록 떨어진 아파트에 살았어요. 학교에 다닐 때는 아마 기숙사에 살았을 거예요. 주말이면 병원에 찾아가 칼레키 씨와 함께 지내곤 했죠. 학교와 관계없는 얘기는 거의 안 하고 공부에만 몰두해 있는 스타일이었어요. 한번은 곤란한 상황에 빠져서 잭이 도와주기도 했죠."

내가 고개를 끄덕였다.

"그 얘기는 헬 본인한테서 다 들었습니다. 사생활은 어땠나요? 당신에게 접근한 적은 없었나요?"

"아뇨. 한 번도 없었어요. 저도 그 사업에 이용하려 했을지 모를 거라는 생각이 드시나 보죠?"

"아뇨. 그럴 리가요."

여기까지 말하다가 그녀가 재미있다는 표정으로 나를 쳐다보아서 잠시 말을 중단했다.

"그런 생각은 안 했습니다. 그런 놈한테 넘어가기에 당신은 너무 현명하니까요. 다만 저는 헬이 도시에 남아 있을 구실을 만들거나 혹은 공부에 도움을 받을 목적으로 당신 곁에 있었을지 모른다고 생각했죠."

"잭을 죽이려고 여기 왔을 거란 생각도 해 보셨나요?"

그 생각도 해 봤다. 실은 하루 종일 그 생각을 하고 있었다.

"그랬을지도 모르죠. 그 생각도 많이 해 봤습니다. 잭은 벌써부터 핼이 하는 짓을 눈치 채고 여기 머물러 있으라고 했을지 모르죠. 잭이 착한 사람이긴 해도 그런 짓은 절대 용납 못하는 성격이거든요. 경찰 일을 그만두었으니 공식 수사는 할 수 없었을 테지만 머리를 짜내서 여기 머물러 있게 만들었을 겁니다."

"그럼 잭을 죽인 건 누구죠? 핼인가요?"

"그걸 알 수만 있다면 두 다리에 한 팔까지 내줘도 아깝지 않겠습니다. 그래도 한 팔은 남겨 두어야죠. 그놈을 쏘아 죽여야 하니까. 머지않아 반드시 알아내고야 말 겁니다."

"그럼 핼과 에일린이라는 여자는 어떻게 된 거죠?"

"둘 다 그 살인범 손에 죽었어요. 제가 보기에 핼 카인즈가 에일린을 죽이러 갔다가 범인 손에 먼저 죽은 것 같아요."

"그게 사실이라면 핼이 에일린을 죽이러 거기 갈 거라는 사실을 잭이 어떻게 알아냈을까요?"

"그게 핵심입니다. 뭔가 이유가 있어서 핼이 거기에 갈 거라는 사실을 잭이 알아냈겠죠. 그렇지 않을까요?"

"그럴 수도 있죠. 아니면 살인범이 거기에 올 거라는 것까지 알았을 수도 있고요. 하지만 그때는 아직 살인범이 살인을 저지르지 않았을 때니까 살인 말고 다른 목적으로 거기에 오는 거였겠죠. 좀 복잡하죠?"

나는 웃으며 대답했다.

"장난이 아닌데요. 하지만 사건이 복잡하게 꼬일수록 결국에는 전말이 드러나게 마련이죠. 동기가 뭐든 간에 여러 사람들이 사건에 개입되다 보면 그럴 수밖에 없죠. 벌써 세 명이 죽었고 한 명은 나를 죽이겠다고 날뛰고 다니는 데다 살인범은 어디선가 우리 모두를 비웃으면서 느긋하게 앉아 있어요. 젠장, 웃게 내버려 두죠 뭐. 오래가지 못할 테니까. 워낙 많은 사람들이 이 사건에 매달려 있으니 뭔가 알아낼 겁니다. 살인이란 숨길 수 있는 종류의 범죄가 아니거든요. 팻이 이 사건 수사에 박차를 가하고 있어요. 나만큼이나 그 살인마를 잡고 싶어하겠지만 그놈은 내 손으로 잡을 겁니다. 이제부터는 팻을 앞질러 갈 거예요. 내 뒤를 바짝 쫓아오게 해야죠. 살인범의 창자에 내 총알을 박는 순간에는 나 혼자 일을 처리할 겁니다. 나와 그 살인마 그리고 총알 하나만 있으면 돼요. 창자의 아주 부드러운 부분에 깔끔하게 총알을 박아 줄 겁니다. 덤덤탄 열 발만큼이나 효과가 좋은 금속 코팅이 된 총알로 박아 줄 생각이에요."

샬럿은 눈을 크게 뜬 채 내 말에 열심히 귀를 기울였다. 마치 범행 자백이라도 듣는 듯한 태도로 내 심리 상태를 분석하려 애쓰면서. 너무 진지하게 듣고 있으니 말을 하기가 무안해서 샬럿을 살짝 치며 말했다.

"이제 보니 제가 영 미친 놈 같죠?"

"아니에요. 전혀 아니에요. 전쟁을 겪은 후부터 이렇게 되신 건가요? 제 말은 그러니까, 언제 이렇게 강한 성격이 되셨냐고요."

"제 기억으로는 원래 항상 이랬는데요. 장난삼아 사람을 죽이는 놈들은 정말 증오합니다. 전쟁에서는 그저 예전에 몰랐던 몇 가지 기술을 배웠을 뿐이죠. 그 덕분에 전쟁터에서 살아남았는지도 모르고요."

시계를 보니 벌써 늦은 시간이었다.

"약속 시간에 맞춰 가시려면 서두르셔야겠는데요."

샬럿이 고개를 끄덕였다.

"병원까지 태워다 주실래요?"

"그러죠. 코트 입고 나오세요."

가능한 한 오래 함께 있으려고 차를 천천히 몰았다. 사건 얘기나 아파트에서 있었던 일 얘기는 하지 않고 사소한 잡담만 나누었다. 파크 애비뉴에 도착해서 차를 세우려는데 샬럿이 말했다.

"언제 다시 볼 수 있을까요?"

"곧 만나게 되겠죠. 내가 어디로 갔는지 알아내려고 오늘 병원으로 전화를 걸었던 그놈이 다시 그런 짓을 하거든 여기 파크 애비뉴에서 만나기로 했다고 전하라고 비서한테 말해 두세요. 그리고 제게 연락하시면 여기서 잠복하고 있다가 그놈을 잡을 수 있을지도 모르니까요. 그놈이 다시 전화하면 아마 당신 비서가 그 목소리를 알아챌 수 있겠죠."

"알겠어요. 체임버스 경관께서 저한테 찾아오면 어떡하죠?"

"그저 총격 사건에 대해서만 진술해 주세요. 전화 얘기는 하지 마시고요. 놈은 저 혼자 처리해야 하니까."

샬럿은 차에서 내리기 전에 몸을 구부려 내게 다시 한 번 키스했다. 그녀의 늘씬한 다리가 모퉁이를 돌아 사라지는 것을 지켜보았다. 예쁜 여자. 그리고 내 여자다. 환호성이라도 지르고 춤이라도 추고 싶은 기분이었다.

뒤에 있던 차가 경적을 울려서 차에 기어를 넣고 도로 쪽으로 차를 몰았다. 두 블록 더 가서 신호등이 빨간색으로 바뀌어 차를 세웠을 때 길 건너편에서 내 이름을 부르는 소리가 들렸다. 옆에 서 있는 차들 때문에 누가 부르는 것인지 볼 수 없었지만 갈색 옷을 입은 사람이 내 차 쪽으로 걸어오는 것이 보였다. 차 문을 열고 태워 주면서 말했다.

"어이, 보보. 잘 있었어? 여기서 뭘 하고 있는 거야?"

보보는 나를 만나서 잔뜩 흥분해 있었다.

"이야! 만나서 진짜 신난다. 나 여기서 일해. 어디 정해진 데가 있는 건 아니고 그냥 여기저기 돌아다니거든."

틀어진 수도꼭지처럼 보보의 입에서 말이 술술 흘러나왔다.

"마이크는 여기서 뭐하고 있는 거야?"

"그냥 시내에 좀 나가려고. 가는 데까지 태워다 줄게. 어디로 가는 중이었어?"

보보가 머리를 긁적였다.

"글쎄……. 일단 시내에 먼저 가야겠다. 커낼가 근처에 편지를 하나 배달해야 하거든."

"좋아. 거기서 내려 줄게."

신호등이 바뀌어서 브로드웨이로 차를 몰아 좌회전을 했다. 보보는 길 가는 여자들에게 손을 흔들어 대고 있었다. 그 기분을 알 만하다. 내가 보보에게 물었다.

"칼레키 씨 얘기 들은 거 없어?"

보보가 고개를 저었다.

"없어. 그 사람 무슨 일이 생겼나 봐. 오늘 어떤 사람이 이제 칼레키 씨 밑에서 일 안 한다고 하더라."

"빅 샘 가게는 어때? 거기서는 무슨 소식 못 들었어?"

"못 들었어. 근데 말야, 저번에 마이크가 그 두 녀석들 때려 준 다음부터는 아무도 나한테 말을 안 걸더라. 내가 마이크한테 이를까 봐 다들 겁먹었나 봐."

보보가 신난다는 듯 킥킥 웃어 댔다.

"나도 무지 힘센 사람인 줄 아나 봐. 주인 아줌마가 그 얘기를 듣더니 나보고 마이크랑 가까이 하지 말래. 웃기지?"

내가 달리 친구가 없겠는가? 항상 이런 식이다. 피식 웃으며 보보에게 말했다.

"그러네. 벌은 잘 키우고 있어?"

"어. 아주 잘 커. 아주아주! 여왕벌도 생겼어. 참, 마이크가 한 말이 틀렸더라. 여왕벌은 왕벌이 필요 없대. 책에 그렇게 나와 있었어."

"그럼 어떻게 벌을 만들지?"

내 말에 보보는 뭐라 대답할지 몰라 했다.

"알을 낳든가 하겠지."

보보가 중얼거렸다.

바로 앞이 커널가어서 보보를 내려 주고 신호등이 바뀌기를 기다리고 있었다. 보보는 작별 인사를 하고 종종걸음으로 길 쪽으로 갔다. 착한 녀석이다. 남한테 해코지할 줄도 모르는 착한 녀석.

10장

팻은 사격장에서 내가 오기를 기다리고 있었다. 제복을 입은 순찰대원이 나를 지하실로 데리고 가서 팻이 있는 곳을 알려 주었다. 점수가 잘 안 나온다며 투덜거리고 서 있는 팻에게 다가가서 어깨를 툭 쳤다.

"잘 안 되나 보지?"

내가 웃으며 물었다.

"미치겠어. 총신을 새로 갈아야 할까 봐."

남자의 형상을 한 움직이는 타깃에 다시 한 발을 더 쏘아 어깨를 맞추었다.

"팻, 대체 뭐가 문제인 거야?"

"젠장, 이래 봐야 쓰러뜨리기밖에 못하잖아."

팻은 완벽주의자였다. 내가 웃자 나에게 총을 건네주었다.

"한번 해 봐."

"난 그건 안 써."

45구경 권총을 꺼내 안전핀을 뒤로 당겼다. 타깃이 일어서더니 사격장 저편으로 움직였다. 총을 손에 쥐었다. 타깃 세 개를 연달아 맞췄다. 팻이 타깃을 정지시키고 머리에 뚫린 구멍 세 개를 바라보았다.

"나쁘진 않네."

이 말을 들으니 팻의 코를 납작하게 해 주고 싶은 기분이 들었다.

"명사수라는 말은 왜 안 하는 건데? 정확히 머리를 맞췄잖아."

"쳇, 너야 허구한 날 연습했을 테니 당연한 거 아냐?"

망할 놈, 자존심은 있어서……. 둘 다 그만 나가려고 총을 주머니에 넣었다. 팻이 엘리베이터 쪽을 가리켰다.

"올라가자. 그 총알 좀 살펴봤으면 싶은데. 가지고 왔어?"

45구경 총알을 꺼내 싸 놓은 포장을 벗겨서 팻에게 건네주었다. 엘리베이터 안에서 팻이 총알을 살펴보았지만 알아볼 수 있을 만큼 자국이 선명하지 않았다. 돌 벽에 부딪친 총알은 사람의 몸을 관통한 총알보다 형체가 더 많이 망가지게 마련이다.

탄환 조사실에는 우리밖에 없었다. 팻이 복잡한 검사 기구 안에 총알을 올려놓는 동안 나는 불을 껐다. 전면에 스크린이 있어서 두 개의 총알을 보여 주고 있었다. 하나는 살인범의 총에서 나온 것이고 다른 하나는 칼레키가 내게 쏜 것이었다. 칼레키의 총알에는 권총 내강에서 나올 때 긁힌 자국이 여전히 남아 있었다. 스크린에 그 선이 확대되어 보였다.

팻이 권총을 여러 각도로 돌리면서 서로 맞는 자국이 있는지 살펴보았다. 하지만 두 총알의 이미지를 겹쳐 놓고 보니 서로 많이 달랐다. 총알을 여러 번 돌려 보고서 기계를 끄고 다시 불을 켰다.

"소용없겠어. 이건 같은 총에서 발사된 게 아니야. 칼레키가 한 짓이라면 다른 총을 썼다고 봐야 해."

"그럴 리는 없어. 첫 번째 살인을 저지른 후에 그 총을 가지고 있었다면 계속 그 총만 썼을 거라고."

팻도 내 의견에 동의하더니 부하들 중 한 명을 불렀다. 총알을 부하에게 건네주면서 사진을 찍어서 서류 파일에 보관해 두게 했다. 함께 자리를 잡고 앉은 다음 내가 팻에게 총격에 대해 자세히 이야기해 주고 카인즈의 죽음에 대한 내 견해도 말해 주었다. 팻은 별로 말이 없었다. 팻은 자기가 생각하는 바를 머릿속에 묻어 두는 성격의 경찰이다. 한 가지도 빠뜨리지 않고 머릿속에 저장해 두었다가 때가 되면 한꺼번에 꺼내는 스타일이었다.

팻 말고도 그런 경찰이 더 있다는 사실에 늘 놀라곤 했다. 제복을 입은 겉모습이 아닌 조직 내부까지 들여다보면 그들 중에 제대로 생각할 줄 아는 사람이 있다는 사실에 놀란다. 일에 필요한 장비도 다 갖추고 있을뿐더러 내부에 연줄도 많다. 행정 처리 때문에 골치를 앓기는 하지만 결정적인 순간에는 권력을 발휘한다. 세상 돌아가는 일이라면 모르는 것이 거의 없다. 물론 내부에 부정부패도 있기는 하다. 하지만 여느 조직이나 다 그러하듯이 경찰에도 팻처럼 돈으로 매수할 수 없는 강직한 사람이 있게 마련이다. 사람을 옭아매는 규칙이니 규정이니 하는 것이 그렇게 많지만 않았더라면 나도 팻과 같은 경찰이 되었을 것이다.

내가 말을 끝내자 팻이 말했다.

"나로서는 더 보태 줄 만한 정보가 없네. 나도 뭘 좀 알려 주면 좋겠는데 말야. 정말 큰 도움이 됐어. 이제 한 가지만 말해 봐. 지금까지는 사실만 얘기했으니 이번엔 네 의견을 좀 알고 싶은데. 누가 이런 짓을 했다고 생각하고 있는 거지?"

"내가 그 질문에 답을 할 수 있었으면 벌써 퀴즈왕이 됐게? 내가 그걸 알았으면 벌써 그놈을 끝장냈겠지. 우리가 모르는 어떤 놈이 한 짓이 아닐까 하는 생각이 들긴 해. 이렇게 많은 사람들이 죽어 나갔잖아. 게다가 칼레키는 총을 들고 설치고 다니고 있고. 어쩌면 그 사람 짓인지도 모르지. 그럴 만한 이유도 있으니까. 아니면 칼레키 뒤에 있는 어떤 놈 짓이거나. 매춘업을 하는 그 조직에서 한 짓일 수도 있어. 아니면 조지가 운영하는 파친코 조직일 수도 있고. 잭이 그걸 파헤쳐 냈을 수도 있지. 아니면 보복 살인일 수도 있고. 헬이 인생을 망쳐 놓은 여자가 한둘이 아닐 테니까. 그중 한 명이 헬이 한 짓을 알아내고 보복을 했을 수도 있잖아. 잭이 헬을 체포하려는 것을 알고 잭을 죽인 다음 헬을 죽인 거지. 입막음을 하려고 옆에 있던 에일린도 죽인 거고. 여자가 한 짓이 아닐 수도 있어. 여자의 오빠나 남동생이나 아버지가 그랬을 수도 있지. 아니면 남자 친구일 수도 있고. 여러 각도에서 생각해 볼 수 있어."

"나도 그 생각은 했어. 내가 보기에 그게 제일 그럴 듯한 생각인 것 같아."

팻이 일어서며 말을 이었다.

"나하고 2층에 좀 가 보지. 만나면 반가워할 만한 친구가 있거든."

친구? 도대체 누구를 말하는 건지 감이 잡히질 않았다. 누구냐고 물어봤지만 웃으면서 기다려 보라고만 하더니 작은 방으로 나를 안내했다. 여자 한 명과 형사 두 명이 있었다. 형사들이 여자에게 질문을 했지만 아무 대답도 듣지 못하고 있었다. 여자는 문 쪽으로 등을 돌린 채 앉아 있어서 앞으로 가서야 누구인지 알아볼 수가 있었다.

뭐? 내 친구라고? 그 여자는 헬과 에일린이 살해당한 유흥업소의 마담이었다.

"팻, 이 여자 어디서 잡아 왔어?"

"별로 멀지 않은 데 있더라고. 새벽 네 시쯤 길거리를 배회하고 있길래 순찰대원이 수상쩍게 여겨서 데려왔더군."

마담 쪽을 바라보았다. 오랫 동안 심문을 받은 터라 멍한 눈을 하고 있었다. 반항이라도 하는 듯한 자세로 풍만한 가슴 위에 팔짱을 끼고 앉아 있었지만, 무너지기 일보 직전인 것을 알 수 있었다. 다가가서 물었다.

"내가 누군지 기억납니까?"

마담은 졸린 눈으로 나를 보더니 말했다.

"네. 기억나요."

"습격했을 때 어떻게 빠져나왔죠?"

"엿이나 먹으셔."

팻이 마담 앞에 의자를 갖다 놓고 앉았다. 내가 무슨 의도로 그런 질문을 하는지 단박에 알아챈 눈치였다. 팻이 조용히 말했다.

"계속 이렇게 대답을 거부하면 살인죄로 기소될 수도 있어."

그 말에 마담은 팔짱을 풀고 초조한 듯 혀로 입술을 축였다. 이번에는 겁을 먹은 듯했다. 그러나 두려움이 사라지자 빈정대듯 말했다.

"당신도 엿이나 먹으셔. 난 아무도 죽인 적 없어."

팻이 대답했다.

"그럴 수도 있겠지. 하지만 그 진범도 당신과 똑같은 방법으로 빠져나갔거든. 당신이 길을 알려 줬다고 밖에는 생각할 수 없지 않겠어? 그렇다면 당신도 공범자라는 소리가 되거든. 아니면 당신이 방아쇠를 당겼을 수도 있고."

"미쳤군!"

처음 그녀를 만났을 때 느꼈던 그 침착함은 온 데 간 데 없었다. 고상함 따위는 내팽개친 모습이었다. 머리카락은 뒤엉킨 데다 피부 결이 불빛에 다 드러나 보였다. 희고 땀구멍이 컸다. 이를 드러내며 침을 꼴깍 삼키더니 더듬듯 말을 계속했다.

"나는……. 나는 혼자 있었어."

"그래도 혐의는 남는데."

여자는 손을 무릎 위에 올려놓았는데 눈에 보일 정도로 떨고 있었다.

"아니야. 난 혼자였어. 경찰이 왔을 때 문가에 있었거든. 무슨 일인지 바로 알 수 있었어. 그래서 출구 쪽으로 뛰어 도망간 거야."

"출구는 어디에 있었지?"

내가 끼어들었다.

"계단 아래. 버튼을 누르면 열리는 출구가 있어."

나는 빠르게 기억을 더듬어 보고 말했다.

"좋아. 그러니까 경찰이 오는 것을 봤다 이거로군. 당신이 계단으로 뛰어갔다면 살인범도 당신을 따라 내려갔을 텐데 그게 누구였지?"

"난 아무도 못 봤다니까! 왜 그냥 내버려 두지 않고 이렇게 못살게 구는 거야!"

여자가 신경 쇠약 증세를 일으키더니 의자에 주저앉아 두 손에 얼굴을 묻었다.

"데리고 나가."

팻이 두 형사에게 지시했다. 팻이 나를 보았다.

"들어보니 어떤 생각이 들어?"

"맞는 말 같아. 우리가 들어오는 걸 보고 도망쳤겠지. 그런데 그 살인범도 운이 좋았던 것 같아. 총격이 있은 지 2분쯤 뒤에 우리가 기습해 들어갔잖아. 방 안은 방음 처리가 되어 있었으니 아무도 총성을 못 들었을 거야. 범인은 손님들 무리에 섞여 있다가 쇼가 끝날 때나 혹은 그 전에 나가려고 했을 거야. 문에 아무도 없었다면. 그런데 우리가 계단을 올라오는 소리를 들은 거지. 그때 마담이 도망치는 것을 보고 계획을 바꾼 거야. 마담에게 들키지 않도록 기다렸다가 마담이 나간 비밀 통로를 이용해 빠져나간 거지. 조사해 보면 보나마나 문이 천천히 닫히게 되어 있을걸? 기억나? 우리가 2층으로 올라갔을 때 다른 사람들이 손님들을 지키고 있었잖아. 길을 막는 데도 시간이 걸렸으니 경찰이 자리를 잡기 전에 빠져나갈 시간이 있었을 거라고. 갑자기 쳐들어 가느라 제대로 계획을 세울 틈이 없었잖아."

결국 내 말이 맞았다. 그 아파트로 다시 가서 비밀 통로를 찾았다. 마담이 말한 바로 그곳에 있었다. 별로 기막힐 것도 없는 통로였다. 벽에 조각된 꽃무늬 한 가운데에 버튼이 있었다. 절연 장치가 부착된 전기 회로에 연결된 16분의 1마력짜리 모터로 작동되는 문이었다. 팻과 함께 통로로 들어갔다. 벽에 갈라진 틈 사이로 들어오는 빛만으로도 앞으로 나아가기에 충분했다. 아파트를 리모델링하면서 만든 것이었다. 3미터쯤 가서 왼쪽으로 돌자 지하로 연결되는 계단이 나왔다. 계단을 내려오니 벽 사이 공간이었고 옆집 지하로 통하는 문이 있었다. 문을 닫아 놓으면 벽의 일부처럼 보였다.

집에 이런 것이 있는 줄 다른 사람들은 분명 몰랐을 것이다. 나머지 조사는 쉬웠다. 지하실 문밖으로 나오니 길로 통하는 공터가 있었다. 거기까지 나오는 데 1분도 안 걸렸다. 손전등을 들고 통로를 지나면서 샅샅이 찾아보았지만 아무 단서도 발견하지 못했다. 사람이 바쁘게 움직이다 보면 뭔가를 떨어뜨리거나 흔적을 남기는 것이 보통이다. 하지만 그런 게 전혀 없었다. 대기실로 돌아와서 담배를 피워 물었다.

"그러게."

"뭐가 그러게야?"

"타이밍은 마이크 자네가 한 말이 맞는 것 같군."

팻이 웃었다.

"그런 것 같지? 카인즈의 과거에 대해 뭐 좀 알아낸 건 없나?"

"지금까지 스물일곱 개 학교에서 보고를 해 왔어. 마지막 학교 말고는 한 학기 이상 다닌 적이 없더라고. 한 달밖에 안 다닌 학교도 많았어. 놈이 학교를 떠날 때면 자퇴하는 여자들이 여럿 있었고. 전부 합해 보니 숫자가 상당하더라. 하루 종일 열두 명의 형사들이 전화기에 붙어 앉아서 조사를 하고 있는데 아직 절반도 채 알아보지 못한 상태일 정도라니까."

헬의 시체에다 대고 욕을 한마디 해 주고서 팻에게 물었다.

"헬의 시체를 조사할 때 주머니에서 뭐 나온 건 없나?"

"별로 없어. 지폐로 오십 몇 달러 정도랑, 잔돈 조금이랑, 운전 면허증하고 자동차 소유 증명서 정도였어. 학교 클럽 카드도 몇 개 있었다. 아주 깨끗하게 정리를 해 놓고 다녔더라고. 그놈 차도 찾았는데 실크 스타킹 한 짝 말고는 아무것도 없더라. 그런데 네가 두 눈 똑바로 뜨고 있었는데 어떻게 들어왔을까?"

나는 담배꽁초를 끄고서 대답했다.

"낸들 알겠어? 혼자 오지는 않았을 거야. 그건 확실해. 베개 같은 것을 재킷 아래에 꾸겨 넣어서 변장을 하고 들어오는 수밖에 없었을 텐데. 아니면……."

순간 아이디어가 번뜩 떠올랐다.

"아, 이제 생각난다. 여섯 명 남짓한 사람들이 들어왔는데 몇 명은 뒤에 가려서 안 보이더라고. 다 같이 계단 아래에 쭉 서 있다가 잽싸게 들어가더라고."

"혼자였어?"

팻이 초조한 듯 대답을 재촉했다.

고개를 저었다.

"모르겠어. 살인자와 함께 왔다니 우습네. 자기가 죽을 줄 알기나 한 건지……."

오후 시간도 다 지나 저녁이 되어 그날 수사는 그쯤에서 접기로 했다. 팻과 헤어져 집으로 차를 몰았다. 사건 때문에 신경이 예민

해져 있었다. 불독에게 물린 채 잠긴 문을 빠져나가는 것 같은 기분이었다.

지금까지 여러 각도에서 수사를 펼쳐 왔지만 아직 한 가지 더 알아내야 할 것이 있었다. 벨르미 자매 중 누구 엉덩이에 딸기 모양의 점이 있는지였다.

저녁을 배달시키고 맥주도 한잔 곁들여 먹은 다음 아홉 시가 거의 다 된 시각에 벨르미의 집으로 전화를 걸었다. 전화를 걸자 부드러운 목소리가 대답했다.

"벨르미 양이신가요?"

"네."

"저, 마이크 해머입니다."

"아!"

여자가 잠시 망설이더니 물었다.

"그런데요?"

"자매 분 중 누구시죠?"

"전 에스더예요. 무슨 일이시죠?"

"잠깐 좀 뵐 수 있을까요? 여쭤볼 게 몇 가지 있는데요."

"전화로 물어보시면 안 될까요?"

"그건 곤란합니다. 그러자면 시간이 너무 오래 걸리거든요. 댁으로 잠깐 올라가면 안 될까요?"

"그러세요. 기다리고 있을게요."

고맙다는 인사를 하고 전화를 끊은 다음 코트를 챙겨 입고 아래층으로 내려가 차에 올라탔다.

에스더는 메리와 판박이였다. 도무지 다른 구석을 찾을 수가 없었다. 처음 두 사람을 만났을 때는 찾아보려고 노력도 안 했다. 아마 성격은 분명 다를 것이다. 메리는 확실히 남자깨나 밝히는 여자였고, 이제 이 여자를 알아볼 차례다.

에스더는 정중하게 나를 맞이해 주었다. 심플한 디자인이 돋보이는 드레스를 입고 있었는데 예쁜 몸매가 드러나 있었다. 메리처럼 이 여자도 선탠을 했고, 운동을 많이 한 듯한 몸매였다. 머리 스타일은 달랐다. 에스더는 최신 유행 스타일로 머리를 틀어 올리고 있었다. 딱 그것 하나가 마음에 들지 않았다. 나는 머리를 틀어 올린 여자를 보면 양동이에 대걸레를 하나 들고 부엌 바닥을 청소할 준비가 되어 있는 것처럼 보였다. 하지만 이 여자는 워낙 미인이라 그런 느낌은 별로 나지 않았다.

전에 메리와 앉았던 소파에 자리를 잡고 앉았다. 에스더가 찬장으로 가서 유리잔과 스카치 한 병을 가져왔다. 얼음을 가져 와서 술을 따르더니 물었다.

"제게 물어보신다는 게 뭐죠?"

"그냥 마이크라고 부르세요. 딱딱한 호칭에는 익숙하지가 않아서요."

나는 공손하게 말해 주었다.

"그러죠."

잔을 들고 함께 소파에 기대앉았다.

"잭과는 얼마나 친한 사이였나요?"

"그냥 친구였어요. 어떤 사람 소개로 알게 된 후 꾸준히 만나면서 친구가 되었지만 가까운 사이는 아니었죠."

"조지 칼레키는요? 그 사람과는 얼마나 친한가요?"

"전혀 친하지 않아요. 그 사람은 마음에 들지 않았거든요."

"언니 되시는 분도 그런 것 같더군요. 그 칼레키라는 사람이 에스더 양에게 접근한 적은 없나요?"

"말도 안 돼요."

그러더니 잠시 뭔가를 생각하다가 말을 계속했다.

"파티가 있던 날 밤 그 사람은 뭔가에 불만이 있는 것 같았어요. 사람들하고 도무지 어울리지 않았죠. 신사 같아 보이진 않았어요. 그 사람 태도에는 상대방에게 반감을 일으키는 뭔가가 있었거든요."

"원래 그런 사람입니다. 전에 사기꾼 짓을 했거든요. 아직도 조직에서 일을 좀 하고 있고요."

에스더가 다리를 꼬는 순간 더는 무슨 질문을 해야 할지 머릿속에 떠오르지 않았다. 왜 여자들은 치마 관리 하나도 제대로 못해서 보는 남자가 이상한 생각을 하게 만드는 것일까? 아마 그래서 짧은 치마를 입는가 보다.

내 시선이 자기 다리에 머무는 것을 보더니 반사적으로 다리를 가리는 동작을 취했지만 이미 다 본 후였다.

"하시던 질문 마저 계속하시죠."

에스더가 말했다.

"실례가 안 된다면 직업이 뭔지 여쭤봐도 될까요?"

답이 뭔지는 이미 알고 있었지만 그냥 뭐든지 물어봐야 할 것 같아서 한 말이었다.

에스더가 장난스럽게 눈을 빛내며 말했다.

"주식 배당 수입이 좀 있거든요. 아버지께서 유산으로 공장 지분을 물려주셨어요. 그런데 그건 왜 물어보시죠? 돈 많은 배우자를 찾으시나요?"

나는 미간을 찌푸리며 대답했다.

"아뇨. 그랬다면 여기 좀 더 자주 왔겠죠. 집은 어떠신가요? 부동산이 상당하지 않으신가요?"

"잔디밭이 4만 평쯤 되고 그 뒤로 숲이 만 평쯤 더 있어요. 수영장으로 둘러싸인 스물두 개짜리 방이 있는 집에는 테니스 코트도 몇 개 있고요. 그 재산을 노리고 제게 사랑을 고백하는 구혼자들도 어림잡아 열댓 명쯤 되죠."

그 말을 들으니 입에서 휘파람이 나왔다.

"근사한 집이 있다는 말은 들었지만 그 정도인 줄은 몰랐군요."

에스더가 목 깊은 데서 울려 나오는 듯한 웃음소리를 냈다. 고개를 뒤로 젖히는 바람에 가슴이 다 들여다보였다. 그녀의 성격만큼이나 쌩쌩한 가슴이었다.

"언제 한번 들러서 보시겠어요?"

마다할 이유가 없었다.

"그러죠. 언제가 좋을까요?"

"이번 토요일에 오세요. 야간 테니스 경기를 보러 손님들이 많이 올 거거든요. 미르나 데블린도 올 거예요. 가엾은 여자이지 뭐예요. 제가 해 줄 수 있는 거라곤 이런 것밖에 없으니. 잭이 죽은 뒤로 상심이 커요."

"그거 좋은 생각이군요. 제가 미르나를 태워다 주면 되겠네요. 미르나 말고 또 제가 아는 사람은 안 오나요?"

"샬럿 매닝도 올 거예요. 물론 만나 보셨겠죠?"

"만났죠."

나는 웃으며 대답했다.

내 말뜻을 알아챘는지 나를 향해 손가락을 까딱까딱 움직이며 말했다.

"와서 엉뚱한 일을 벌일 생각은 하지 마세요."

웃음을 참느라 애를 쓰며 말했다.

"침실이 스물두 개나 된다면서 그런 생각을 안 할 수가 있을까요?"

장난으로 말했다.

에스더의 눈빛에서 웃음기가 사라지더니 갑자기 다른 표정이 되었다.

"왜 제가 마이크 씨를 '제' 손님으로 초대한다고 생각하세요?"

스카치 잔을 커피 테이블 위에 올려놓고서 그녀 옆으로 다가가 앉았다.

"모르겠는데요. 왜죠?"

에스더가 내게 키스를 하더니 등 뒤로 팔을 둘러 나를 꼭 안았다. 나도 그녀에게 몸을 밀착시켜 그녀의 몸을 애무했다. 그녀는 자신의 얼굴을 내 얼굴에 대고 비비면서 내 목덜미에 뜨거운 숨을 내쉬었다. 그녀를 만질 때마다 그녀의 몸이 떨렸다. 그녀는 한 손을 빼더니 옷을 풀기 시작했다. 내가 어깨에 입을 맞추자 그녀 몸의 떨림이 전율로 바뀌었다. 급기야는 내 어깨를 이로 물기 시작했다. 내가 더 꼭 끌어안자 숨을 헉 하고 들이마시는 소리가 들렸다. 내 품 안에서 몸을 비틀며 자기 몸속에 있는 열정을 밖으로 발산하려 하고 있었다.

소파 옆 램프의 전기 코드를 찾아 뽑자 실내가 어두워졌다. 둘 뿐이었다. 주위는 고요했다. 아무 말도 없었다. 말을 할 필요가 없었다. 한두 번 신음 소리가 들렸다. 쿠션이 몸에 닿는 소리와 손톱이 옷자락에 긁히는 소리도 났다. 바지 벨트의 버클을 끄르는 소리와 신발이 바닥에 툭 떨어지는 소리가 났다. 그러고는 숨소리와 촉촉한 키스의 감촉만이 느껴졌다.

침묵이 흘렀다.

잠시 후 내가 다시 불을 켰다. 여자를 이리저리 살펴보고서 웃으며 말했다.

"정말 깜찍한 거짓말쟁이로군요."

그녀가 토라진 목소리로 물었다.

"왜 그런 말을 하시죠?"

"딸기 색 점이 없잖습니까, 메리 양."

메리가 다시 한 번 소리 내어 웃더니 내 머리를 자기 얼굴로 끌어당겼다.

"그 점을 찾으실 줄 알았어요."

"한 대 때려 줘야겠는데요?"

"어딜요?"

"그만두죠. 제가 때리면 너무 좋아하실 것 같네요."

메리가 옷매무새를 가다듬는 사이 소파에서 일어나 스카치를 한 잔 따랐다. 메리가 내게서 스카치 잔을 뺏어 가더니 단숨에 마셔 버렸다. 그만 가려고 일어나 모자를 집어 들면서 물었다.

"토요일 데이트는 여전히 유효한 겁니까?"

"물론이죠. 늦지 마세요."

싱글거리는 표정으로 대답했다.

그날 밤에는 맥주 한 상자를 옆에 놓고 늦게까지 잠을 자지 않았다. 이제 돌고 돌아 마지막 단계에 다다르고 있었다. 여분의 담배 한 갑과 맥주를 옆에 놓고 열려져 있는 창문 옆에 놓인 흔들의자에 앉아 생각을 정리했다. 지금껏 세 명이 살해당했다. 살인범은 아직 잡히지 않았다.

사건 해결에 필요한 것으로 무엇이 있는지 마음속으로 목록을 만들어 보았다. 우선, 잭을 죽게 만든 이유는 무엇이었을까? 졸업앨범? 아니면 다른 어떤 것이 있을까? 헬은 왜 죽은 것일까? 에일린을 겁주거나 협박하거나 죽이기 위해 그 집에 갔던 것일까? 내가 아는 사람이 범인이라면 어떻게 내 눈을 피해 헬을 따라 그 안으로 들어갔을까? 생각해 볼 것도 많고 그럴 듯한 답도 많았다. 어떤 것이 정답일까?

그리고 조지 칼레키라는 인물이 있다. 그는 왜 도망친 것인가? 아무 관련이 없다면 도망칠 이유도 없을 텐데. 왜 나를 쏘려고 한 것일까? 단지 내가 범인을 찾고 있기 때문일까? 그럴 수도 있다. 그럴 가능성도 매우 크다. 바로 그가 내가 찾는 범인일 가능성도 충분히 있었다.

파티에 왔던 사람들 중 잭을 죽일 기회가 없었던 사람은 없다. 하지만 살인 동기는 또 다른 문제다. 누가 그런 짓을 한 것인가? 미르나일까? 내 생각에는 아닌 것 같다. 순전히 심정적인 이유에서다.

샬럿일까? 설마, 그럴 리가 없다. 심정적인 이유임에 틀림없다. 게다가 그녀의 직업은 범죄와는 어울리지 않는다. 그녀는 의사다.

미르나의 병 때문에 잭과 친구가 된 것뿐이다. 살인 동기가 없다.

쌍둥이 자매는 어떤가? 한 명은 남자를 밝히고, 다른 한 명은 아직 보지 못했다. 돈도 많고 내가 알기로는 걱정거리도 없다. 어떻게 짜 맞추어야 말이 될 것인가? 에스더에게 살인 동기가 있었을까? 그녀에 대해 좀 더 알아봐야겠다. 그리고 그 딸기 색 점……. 메리가 잭에게 퇴짜를 맞았던 것일까? 그럴 가능성도 있다. 그녀가 하는 짓을 봐서는 자기 욕망을 주체하지 못했을 것이다. 잭에게 추파를 던졌다가 거절당하고 살인으로 복수한 것일까? 그렇다면 졸업 앨범은 왜 가져간 것일까?

헬 카인즈. 그는 죽었다.

에일린 비커스. 그녀도 죽었다. 이제 와서 뭘 어쩌기에는 너무 늦었다.

범인이 두 명일 수도 있을까? 헬이 잭을 죽이고 그 다음 에일린을 죽인 후 그 방에서 범인에게 자기 총으로 살해당한 것일까? 그럴 가능성도 크다. 다만 격투를 벌인 흔적이 없다는 것이 문제다. 에일린의 벗은 몸……. 손님 맞을 준비를 하고 있다가 옛 애인이 들어오자 놀란 것일까? 왜지? 왜? 왜?

이 모든 사건 뒤에 숨겨진 비밀은 무엇일까? 누가 이런 짓을 한 것인가? 내가 보기에는 칼레키의 아파트에도 잭의 아파트에도 그 해답은 없었다.

또 다른 인물이 있는 걸까?

젠장! 맥주 한 병을 더 마시고 빈 병을 발 옆에 내려놓았다. 생각이 느려지고 있었다. 더는 생각을 할 수가 없었다. 조지 칼레키를 어떻게 이해해야 할지만 알아도 좋을 것 같다. 그가 어떻게 관련되어 있는지가 사건의 중요한 열쇠일 것이다. 내가 보기에 지금 급선무는 그를 찾는 일인 것 같았다. 헬이 살아 있기만 했어도…….

여기서 생각을 끊고 무릎을 탁 쳤다. 제기랄, 어쩌자고 그렇게 단순하게 생각했던 거지! 헬은 도시 밖으로 나가서 수술을 한 것이 아니었다. 헬은 학교에 다니고 있었다. 수술 기록이 남아 있다면 거기에 있을 것이다. 지금 내게 필요한 건 바로 그 수술 기록일지도 모르는 일이다.

최대한 빨리 옷을 입었다. 코트를 입고 주머니에 탄약 한 통을 여분으로 넣은 후 정비소에 전화를 걸어 차를 가져다 달라고 했다.

거의 자정이 다 된 시각이었다. 아래층으로 내려가자마자 졸음에 겨워하는 정비공 한 명이 차를 갖다 댔다. 정비공 손에 1달러를 쥐어 주고 차에 올라탔다. 다행히도 밤이 늦어 길에 차가 없었다. 신호등 몇 개를 통과해서 웨스트사이드 고속도로로 진입한 다음 북쪽으로 차를 달렸다. 팻이 대학이 있는 곳을 알려 주었다. 보통은 시내에서 세 시간 정도 걸리는 거리였지만 그보다 더 빨리 가고 싶었다.

순찰차가 두어 번 따라붙었지만 내 속도를 따라잡지 못하고 뒤처졌다. 무선 연락을 취해 도로를 봉쇄하면 어쩌나 걱정하기도 했지만 그런 일은 일어나지 않았다.

표지판을 보고 길을 찾아 울퉁불퉁한 시골길을 따라가다 보니 길에 패인 부분이 너무 많아 차의 속력이 느려졌다. 그러나 동네가 바뀌면서 길도 바뀌었다. 매끄러운 포장도로가 나와서 그 다음부터는 전속력으로 질주했다.

팍스데일은 8킬로미터 정도 떨어진 곳에 있었다. 표지판을 보니 인구 3만 명의 소도시였다. 야호! 학교는 쉽게 찾았다. 시내에서 북쪽으로 2킬로미터 정도 떨어진 언덕 위에 자리 잡고 있었다. 여기저기 불빛이 보였는데 아마 복도에 켜 놓은 것 같았다. 브레이크를 밟아 자갈길 위에 차를 세우고 캠퍼스를 30미터 정도 차지하고 있는 인상적인 2층 건물로 들어갔다. 저 사람, 분명 군대에 있었던 사람일 것이다. 길옆에 세워진 노란색과 검은색이 섞인 표지판에는 '학과장 러셀 힐바'라고 씌어 있었다.

완전히 깜깜한 집이었지만 그렇다고 주저할 내가 아니었다. 불이 켜지고 문으로 급히 달려오는 발소리가 들릴 때까지 계속 벨을 눌러 댔다. 집사가 입을 떡 벌리고 내 앞에 섰다. 잠옷 위에 작업복 재킷만 걸친 차림이었다. 내가 본 것 중 가장 우스운 꼴이었다. 안으로 들어오라는 말을 기다리지 않고 바로 방으로 들어가다가 밤색 가운을 입은 키가 크고 눈에 띄게 생긴 남자와 거의 부딪힐 뻔했다.

"이게 무슨 일입니까? 누구시죠?"

내가 배지를 내밀자 유심히 쳐다보며 말했다.

"마이크 해머. 뉴욕 수사관. 그럼 당신 구역도 아니잖습니까? 대체 여긴 왜 온 거죠?"

남자가 소리쳤다.

"해럴드 카인즈라는 학생이 여기 있었죠? 그의 방을 보고 싶습니다."

"죄송하지만 그건 안 됩니다. 그 문제라면 저희 구역 경찰이 다루고 있습니다. 이제 제발……."

내가 그의 말을 가로막고 손가락을 빳빳이 세워 그의 가슴을 밀며 말했다.

"이봐, 잘 들어. 바로 지금 이 순간 캠퍼스에 살인자가 돌아다니고 있을지도 몰라. 지금 당신이 정신 차리고 그 방이 어디 있는지 가르쳐 주지 않으면 또 살인을 저지를 수도 있다고. 내 말 못 알아들으면 나한테 얻어맞아서 창자가 밖으로 다 튀어나오는 수가 있어."

학과장이 뒤로 물러서더니 쓰러지지 않으려고 의자 모서리를 움켜잡았다. 얼굴은 백지장처럼 하얘져서 금방이라도 기절할 것처럼 보이더니 중얼중얼 말하기 시작했다.

"전……. 저는 미처 생각을 못했습니다. 카인즈의 방은 동쪽 건물 하층에 있습니다. 방 번호는 107번이고 남동쪽 코너예요. 하지만 이 동네 경찰이 수사를 더 해야 한다면서 방문을 잠가 버렸는데 저한테는 열쇠가 없어요."

"동네 경찰 얘기 따위는 집어치워. 내가 알아서 들어갈 테니까. 불 꺼 놓고 집 안에 가만히 있어. 전화도 걸지 말고."

"하지만 학생들이 있을 텐데요……."

"그건 내가 알아서 할 테니 걱정 마."

그러고는 문을 닫고 나왔다.

밖으로 나와 동쪽 건물이 어디인지 방향을 잡아보았다. 나지막한 직사각형 건물 쪽으로 가 보니 역시 기숙사 건물이 맞았다. 풀밭에 흡수되어 발소리도 들리지 않았고, 무사히 건물 모퉁이를 따라 들어갔다. 내 직감이 틀리지 않았기를, 그리고 내가 너무 늦지 않았기를 마음속으로 빌었다. 가능한 한 그림자 속에 몸을 숨기면서 나무숲 뒤의 벽을 따라 걸어 나갔다.

창문은 바닥에서 어깨 정도 높이에 나 있었다. 모자를 벗고 유리창에 귀를 갖다 대 봤지만 안에서는 아무 소리도 들리지 않았다. 창틀 밑에 손가락을 대고 창문을 위로 밀어 보았다. 아무 소리도 없이 부드럽게 열렸다. 창문 위로 뛰어 들어가 방으로 들어섰다.

조금만 늦게 창문에서 내려왔어도 하마터면 죽을 뻔했다. 방에서 총알 두 발이 날아왔다. 총알은 등 뒤 창문턱에 가서 박혀 내 얼굴 위로 파편을 떨어뜨렸다. 잠시 동안 방 안은 총구에서 내뿜는 붉은 불빛으로 번쩍였다.

코트 속으로 손을 넣어 권총을 꺼냈다. 거의 동시에 서로 총을 쏘았다. 나는 최대한 빠른 손놀림으로 세 발을 쏘았다. 뭔가가 내 재킷을 끌어당기는가 싶더니 갈비뼈가 타는 듯한 느낌이 들었다. 방 저쪽에서 또 한 발의 총성이 울렸지만 이번에는 나를 향해 쏜 것이 아니었다. 방바닥으로 총알이 박히더니 총을 쏜 사내도 바닥에 쓰러졌다.

이번에는 틈을 주지 않았다. 바닥에 쓰러져 누운 사내 위로 몸을 날린 다음, 사내의 손에 들려 있던 총을 발로 걷어차서 방 저쪽으로 던져 버렸다. 그러고 나서 불을 켰다.

조지 칼레키가 죽은 채 쓰러져 있었다. 내가 쏜 총알 세 방이 모두 심장 근처에 박혀 있었다. 비록 그렇게 죽긴 했지만 조지 칼레키는 그곳에 온 소기의 목적만큼은 달성한 것 같았다. 방 한쪽 구석에 아직도 온기가 남아 있는 잿더미가 초록색 금속 상자 안에 담겨 있었다.

11장

 바로 직후에 성난 듯 문을 두드리는 소리가 나더니 밖에서 웅성웅성 떠드는 소리가 들렸다.
 "저리 가서 입 좀 닥치고 있지 못해!"
 내가 소리쳤다.
 "안에 누구요?"
 누군가 물었다.
 "네 삼촌 찰리다. 이제 입 좀 닥치고 잽싸게 학장한테 가서 경찰에 신고나 하라고 전해!"
 밖에 있던 사람들이 자기들끼리 말하는 소리가 들렸다.
 "가서 창문 좀 살펴봐. 문은 아직도 잠겨 있으니까 분명 창문 쪽으로 나갔을 거야. 그래, 그 총을 가져와. 절대 다른 사람들한테는 말하지 말고."
 이 정신 나간 대학생 녀석들! 녀석들이 그 권총을 함부로 만지면 정말 꼭지가 돌아 버릴 만큼 화가 날 것 같았다. 창밖으로 머리를 내밀고 보니 대학생 네 명이 전속력으로 모퉁이를 돌아 뛰어오는 것이 보였다. 나를 보더니 먼지를 자욱하게 일으키며 멈춰 섰다. 22구경 연발총을 들고 있는 머리 큰 녀석 하나를 손짓으로 불렀다.

"이봐, 너, 이리 좀 와 봐."

녀석은 마치 무슨 총검이라도 들고 있는 듯한 자세로 총을 삐죽이 내민 채 창문 쪽으로 걸어왔다. 잔뜩 겁을 먹어 몸이 뻣뻣하게 굳어 있었다. 수사관 배지를 꺼내 녀석의 코앞에 내밀어 주었다.

"이 배지 보이지? 난 뉴욕 경찰이야. 이제 여기서 꺼지라고. 협조할 생각이 있으면 경찰이 여기 올 때까지 캠퍼스 주위에 사람들이 얼씬대지 못하게 막아 주든가. 내 말 알아들었어?"

녀석은 열심히 고개를 끄덕였다. 그만 가도 된다는 말에 다행스러워하는 듯한 눈치였다. 즉각 내 앞에서 사라지더니 여기저기 소리치며 명령을 내리고 다녔다. ROTC나 시키면 아주 잘할 만한 녀석이다. 학장이 병든 말처럼 헉헉거리며 달려 왔다.

"무슨 일이 일어났습니까?"

거의 숨이 넘어갈 듯한 목소리로 물었다.

"방금 제가 이 사람을 쐈습니다. 경찰에 전화하고 학생들이 근처에 들어오지 못하도록 막아 주십시오."

학장이 급히 나가고 방 안에는 나 혼자 남았다. 문밖에서는 계속 웅성웅성하는 소리가 들렸다. 촌 동네 경찰들이 몰려오기 전에 처리해야 할 일이 있었다.

조지를 바닥에 눕혀 놓고 손에 들린 권총을 보았다. 전에 조지의 방을 수색했을 때 봤던, 내 것과 같은 45구경이었다. 개머리판의 긁힌 자국도 알아볼 수가 있었다.

다음에는 초록색 상자를 살펴보았다. 조심스럽게 잿더미를 뒤지면서 안에 무엇이 들어 있었는지 알아보려고 했다. 시커멓게 탄 메모장이 바닥에 깔려 있었지만 손이 닿자마자 바스러져 버렸다. 책을 여러 권 태운 것 같았다. 그 책에 무슨 내용이 적혀 있었는지 알 수만 있다면 백만 달러라도 내주고 싶은 심정이었다.

한 글자도 알아볼 수 없을 만큼 완전히 타 버린 상태였다. 원래 상자가 있던 방바닥을 둘러보았다. 거기에도 잿더미가 약간 떨어져 있었다. 한 조각은 다른 것보다 조금 컸고 타지 않은 부분이 약간 있었다. 위에는 숫자가 연달아 적혀 있었다. 불길을 어떻게 상자 안에 가두었는지 모르겠다. 밖에서 불꽃이 보였을 텐데······.

하지만 곧 그 답을 알아냈다. 깔개 하나가 바닥에 놓여 있었다. 뒤집어 보니 한쪽 면이 검게 그을려 있었다. 반쪽짜리 종이도 붙어 있었다. 살인 재판이 열렸다면 아주 유용하게 쓰일 뻔한 증거였다. 거기 적혀 있는 시내 은행 금고 번호는 범행 동기가 되기에 충분한 증거였다. 금고 번호뿐 아니라 암호까지 적혀 있었다. 열쇠는 은행원이 안전하게 보관하고 있을 것이다.

그러니까 조지가 살인범이었다. 아마 옛날에 그런 범죄를 저지르고 다녔을 거라는 생각을 늘 하긴 했다. 이제 그 증거가 드러난 것이다. 결국 내가 조지를 쏜 것이 정당방위라는 것은 증명된 셈이다. 이런 경우에 대비해서 가지고 다니는 작은 봉투에 타고 남은 재 부스러기를 담고 봉투 위에 내 주소를 적은 다음 그 위에 우표를 붙였다. 이번에는 문으로 나가면 된다. 어깨로 문에 둘러쳐진 테이프를 뜯어 버리고 여섯 명이 좀 넘는 학생들 틈을 뚫고 나왔다. 애들을 멀리 쫓아 버리고서 복도 끝으로 간 다음 우체통을 찾았다. 우체통 속에 봉투를 넣고 경찰이 오기를 기다렸다.

이제서야 윤곽이 잡히기 시작했다. 지금까지는 칼레키가 범죄 조직의 주요 배후 인물이라고 생각했지만 이제 보니 그저 작은 일부일 뿐이었던 것이다. 실세는 헬 카인즈였다. 카인즈의 수법은 여자들을 포섭할 때만큼이나 교묘했다. 고생스러웠겠지만 그럴 만한 가치가 있는 수법이었다. 우선 과거가 의심스러운 놈들을 골라 그 증거를 잡는 것이다. 그 증거를 보관하여 뒷덜미를 잡고서 자기 뜻대로 조종하는 것이다. 불에 타 버린 정보만 입수했다면 세상에서 가장 썩어 빠진 악당들을 소탕할 수도 있을 뻔했다. 이제는 너무 늦어 버리긴 했지만 그래도 실마리는 잡았다. 다른 곳에 복사본이 있을 가능성도 있지만 그럴 확률은 아주 낮을 것이다. 헬은 아마도 그 증거를 각각 다른 상자에 넣어 각기 다른 사람이 보관하게 했을 것이다. 그렇게 함으로써 뭔가 압력을 가해야 할 상황이 발생하면 다른 사람들까지 성가시게 만들지 않으면서 경찰 측에 어떤 상자를 찾아보라고 알려 줄 수 있었을 것이다. 아주 비상한 놈이다. 머리 한번 참 잘 굴렸다.

칼레키를 잡은 것은 기분이 좋았지만 칼레키가 잭을 죽인 살인범은 아니었다. 이런 식으로 나가다간 남아나는 놈이 한 명도 없게 생겼다. 사건 밖에 누군가 제3자가 있다. 분명하다. 죽은 사람들 말고는 아무도 모르는 누군가가 있다.

지방 경찰이 무슨 대통령 취임식이라도 하는 듯 온갖 유세를 다 떨며 도착했다. 안색이 불그스레하니 몸집 좋은 농부처럼 생긴 경찰서장이 권총을 손에 쥔 채 거드름을 피우며 방 안으로 들어오더니 살인 혐의로 즉각 나를 체포했다. 2분 뒤, 내가 악을 쓰며 한바탕 싸움을 벌이고 난 뒤에야 서장이란 놈이 한 발 물러서더니 나를 풀어 주었다. 그래도 서장의 기분은 좀 풀어 줘야 할 것 같아 사설탐정 면허증과 무기 소지 허가증 및 기타 몇 가지 신분증을 보여 주었다.

서장을 설득해서 팻에게 전화를 걸게 했다. 지방 경찰이라는 놈들은 자기 권한 밖에 있는 사람의 권한은 도무지 존중할 줄 모르는 족속들이긴 하지만, 팻이 전화에다 대고 내게 제대로 협조해 주지 않으면 주지사에게 전화를 걸겠다는 협박을 하자 태도가 달라졌다. 서장에게 몇 가지 지시 사항을 전달해 주고 뉴욕으로 떠났다.

돌아오는 길은 훨씬 쉬웠다. 이른 새벽녘 팻의 경찰서 밖에 차를 세우고 나니 잠이 쏟아졌다. 팻이 나를 기다리고 있었다. 어떻게 해서 총격이 벌어졌는지 가능한 한 빨리 설명해 주었다. 팻은 경찰차를 출동시켜 사진을 찍어 오게 한 다음 타 버린 메모장에서 뭔가 더 알아낼 게 없는지 살펴보게 했다.

집에 갈 기분이 아니어서 샬럿에게 전화를 했다. 아침 일찍 약속이 있는지 벌써 일어나 옷을 차려입고 있었다. 내가 물었다.

"내가 갈 때까지 집에서 기다려 줄 수 있겠어요?"

"그럼요. 어서 오세요. 무슨 일이 있었는지 듣고 싶어요."

"15분이면 도착할 겁니다."

그러고서 전화를 끊었다.

하지만 30분이나 걸렸다. 길이 심하게 막혔다. 샬럿이 문을 열어 주었을 때 캐시는 청소를 하는 중이었다. 샬럿이 내 코트와 모자를 받아 주었고 우리는 곧장 소파로 향했다. 한숨을 푹 내쉬며 소파 위에 눕자 샬럿이 와서 허리를 구부리고 내게 키스했다. 너무 지친 나머지 그 키스에 답할 기운도 없었다. 곁에 앉은 샬럿에게 모든 이야기를 다 해 주었다. 샬럿은 열심히 듣다가 이야기가 끝나자 내 이마와 얼굴을 쓰다듬고 물었다.

"제가 도울 일이 있나요?"

"네. 어떻게 하면 남자 밝힘증에 걸리는지 말 좀 해 봐요."

"뭐라고요? 그 여자를 또 만난 거예요?"

샬럿은 화가 나 있었다.

"일 때문에 만난 거예요."

도대체 언제까지 이 대사를 써먹어야 하는 건지…….

내 변명에 샬럿은 그냥 웃어 넘겼다.

"괜찮아요. 이해해요. 질문에 답을 해 드리자면 색정증은 환경 때문에 점차적으로 발전할 수도 있고 아니면 선천적으로 타고난 특징일 수도 있어요. 성욕 과잉이거나 내분비에 문제가 있는 사람들도 있죠. 아니면 유년기에 우울증을 앓다가 성인이 되어 더는 자기 본능을 억누를 필요가 없어지면서 그런 증상을 나타내는 경우도 있고요. 그런데 그건 왜 묻죠?"

샬럿의 질문에는 대답하지 않고 대신 다른 질문을 했다.

"정서적 문제 때문에 사람이 악해질 수도 있습니까?"

"정서적 문제 때문에 사람을 죽일 수도 있냐는 질문인가요? 그냥 일반적으로 말하자면 그렇지는 않다고 봐야겠죠. 억눌린 감정을 해소할 수 있는 방법이 살인밖에 없는 건 아니니까요."

"예를 들면 어떤 방법이 있죠?"

"가령 색정증 환자가 어떤 사람에게 사랑의 감정을 쏟았다가 거절을 당하면 그 사람을 죽이는 대신 자기 감정을 또 다른 사람에게 퍼붓는 수가 많아요. 그 편이 훨씬 더 손쉽고 빠른 해결 방법이거든요. 좋아하는 사람에게 거절당하고 용기를 잃어버렸다가 새로운 사람을 만나 다시 용기를 찾는 거죠. 이해되세요?"

무슨 생각으로 그런 말을 하는지는 알겠는데 그것 말고 뭔가 다른 것이 있을 것 같았다.

"쌍둥이 자매가 모두 색정증 환자가 되는 경우도 있습니까?"

샬럿이 다시 한 번 그 기분 좋은 웃음을 날리며 말했다.

"그럴 수도 있죠. 하지만 이 경우는 아니에요. 아시다시피 제가 그 자매를 잘 알잖아요. 아주 잘 아는 건 아니지만 성격 정도는 알고 있죠. 메리는 도저히 구제 불능이에요. 본인이 너무 즐기고 있죠. 에스더보다 훨씬 재밌게 산다고 볼 수 있어요. 에스더는 메리의 엉뚱한 행동을 많이 보아 왔고 곤란한 문제가 생기지 않도록 도와주는 쪽이에요. 연애 관계는 피하려는 경향이 있죠. 하지만 에스더도 메리처럼 매력 있는 여자예요. 메리가 가지고 있는 외적 특성을 다 갖고 있지만 남자를 밝히지는 않죠. 어쩌다가 남자와 알게 되더라도 자연스러운 관계를 유지하는 편이에요."

내가 졸린 목소리로 대답했다.

"에스더 양을 한번 만나 봐야겠군요. 그런데 이번 주말에 그 집에 가신다면서요?"

"네. 메리가 초대했거든요. 좀 늦을 것 같긴 해도 가긴 갈 거예요. 하지만 끝나는 대로 바로 돌아와야 해요. 탐정님도 거기 가시나요?"

"그렇게 됐어요. 미르나를 태워다 주기로 했거든요. 아직 미르나는 모르니까 전화를 걸어야죠."

"잘됐네요."

그것이 내가 들은 샬럿의 마지막 말이었다. 나는 곧바로 깊은 잠에 빠져들었다.

일어나서 시계를 보았다. 오후 네 시가 거의 다 되어 있었다. 내가 뒤척이는 소리를 듣더니 캐시가 베이컨, 달걀, 커피를 가지고 방으로 들어왔다.

"아침 식사 준비했는데요. 샬럿 양께서 집에 돌아올 때까지 탐정님 잘 모시라고 당부하고 가셨습니다."

캐시가 이를 드러내며 웃더니 가지고 온 음식을 차려 놓고 뒤뚱거리며 방을 나갔다.

허겁지겁 계란을 집어삼키고 커피 세 잔을 깨끗이 비웠다. 그러고 나서 미르나에게 전화를 걸어 토요일 오전 열 시에 태우러 가겠다고 약속했다. 전화를 끊고 샬럿을 기다리는 동안 뭐 읽을 만한 책이 없나 하고 책장을 뒤져 보았다. 소설은 거의 다 읽어 본 것들이라 샬럿의 전공 서적을 살펴보다가 「정신병 치료를 위한 최면 요법」이라는 책을 뒤적거렸다. 무슨 단어가 그렇게 많은지……. 최면 등을 통해 환자를 편안한 상태로 만드는 방법과 치료법이 나와 있었다. 그렇게 하면 나중에는 환자 스스로 자신의 병을 치료할 수 있게 된다는 내용이었다.

배울 수만 있다면 한번 배워 볼 만하겠다는 생각이 들었다. 예쁜 여자의 눈을 들여다보면서 최면을 걸고……. 잠깐! 뭐야, 이런 응큼한 생각을 하다니……. 게다가 굳이 그런 방법을 써야 할 만큼 여자가 궁한 처지도 아니지 않은가! 최면 요법 책은 그만두고 이번에는 사진이 많은 책을 골라 보았다. 제목은 '결혼의 심리학'이었다. 이건 좀 재밌겠군! 어려운 단어만 없었어도 아주 괜찮을 것 같은데……. 이런 내용은 좀 쉬운 말로 쓰면 얼마나 좋아…….

마지막 장을 읽고 있는데 샬럿이 들어왔다. 내 손에서 책을 빼앗아서 보더니 물었다.

"결혼할 생각이라도 있으세요?"

내가 바보처럼 웃으면서 대답했다.

"아직 쌩쌩할 때 빨리 정착해야죠. 젊음이 얼마나 오래갈지 모르니까요."

내 말을 들은 샬럿이 내 얼굴에 키스를 하더니 스카치소다 한 잔을 만들어 왔다. 다 마시고 나서 캐시에게 내 모자와 코트를 가져다 달라고 부탁했다. 샬럿은 내 말에 실망한 표정이었다.

"이렇게 빨리 가셔야 해요? 저녁은 드시고 갈 줄 알았는데……."

"오늘은 안 돼요. 재단사도 만나야 하고 목욕도 해야 하거든요. 이 집에 면도기는 없을 거 아닙니까."

그러고서 코트에 난 총알 자국을 손으로 가리켰다. 총알이 얼마나 아슬아슬하게 비껴갔는지 보더니 샬럿의 얼굴이 약간 하얘졌다.

"혹시……. 다치셨나요?"

"아뇨. 갈비뼈 근처를 스쳐 가긴 했지만 다치지는 않았습니다."

확인시켜 주려고 셔츠를 걷어 올렸다가 다시 내렸다. 바로 그때 전화벨이 울렸고 샬럿이 전화를 받았다.

한두 번 인상을 찌푸리더니 말했다.

"확실해요? 알았어요. 한번 살펴보죠."

전화를 끊고 나서 무슨 일이냐고 물었더니 샬럿이 대답했다.

"환자예요. 치료를 받았는데 이전 상태로 되돌아갔다네요. 일단 안정제 처방을 해 주고 아침에 만나 봐야겠어요."

그러고서 자기 책상으로 갔다.

"그럼 전 이만 가 보겠습니다. 다음에 또 뵙죠. 우선 이발부터 좀 해야 할 것 같네요."

"그러세요."

샬럿이 다가와서 내 허리에 팔을 두르더니 말했다.

"저기 모퉁이를 돌면 이발소가 있어요."

"거 잘됐네요."

샬럿에게 키스하며 말했다.

"빨리 돌아와요."

"걱정 마요."

다행히 이발소는 비어 있었다. 내가 들어갔을 때 남자 하나가 막 이발을 끝내고 의자에서 일어나는 참이었다. 코트를 벗어 옷걸이에 걸고 의자에 앉은 다음 말했다.

"다듬어 주세요."

내 권총을 슬쩍 들여다보더니 목에 보자기를 씌우고 가위질을 시작했다. 15분 뒤 잔 머리털을 털어 내고 로데오 거리의 멋쟁이처럼 말쑥한 모양으로 나와 브로드웨이로 향했다.

그때 사이렌 소리가 들렸다. 경찰차가 내 옆을 지나가는 순간 차창에 기댄 팻의 얼굴을 보고서야 그 소리가 팻의 차에서 나는 것이었음을 알았다. 급한 나머지 나를 알아보지 못한 채 경찰이 교통을 통제해 놓은 사거리를 지나쳐 갔다. 길 저쪽에서는 또 다른 경찰차가 사이렌을 울리며 북쪽으로 달려가고 있었다.

순간 뭔가 있다는 직감이 스쳐 갔다. 조지 칼레키의 뒤를 밟게 만들었던 그런 직감이었다. 이번에도 제대로 맞아 들어가긴 했지만 처음에는 과연 내 직감이 맞는지 알 수가 없었다. 길모퉁이에 서 있던 경찰이 내 쪽을 향해 손을 흔들자마자 경찰차를 따라 렉싱턴가 쪽으로 좌회전을 했다. 앞에는 팻이 타고 있는 차의 하얀색 지붕이 길을 따라 이리저리 움직이는 게 보였다. 잠깐 속력을 줄였다가 옆길로 방향을 틀었다.

이번에는 한 블록 떨어진 곳에 차를 세워야 했다. 경찰차 두 대가 길을 양쪽으로 막아 놓았기 때문이다. 탐정 배지와 신분증을 모퉁이에 있는 순찰대원에게 보여 주었다. 통과 허가를 받고 서둘러 약국 바깥에 사람들이 모여 있는 곳으로 갔다. 팻도 거기에 있었는데 강력반 형사들을 모조리 다 데리고 나온 것 같았다. 사람들 사이를 뚫고 들어가 팻에게 고개를 끄덕였다. 팻의 시선을 따라 인도에 뭉개져 있는 시체를 보았다. 등에서 흘러나온 피가 너덜너덜한 코트를 짙은 적갈색으로 물들이고 있었다. 팻의 허락을 받고 누구의 시체인지 확인하려 얼굴을 돌려 보았다.

입에서 휘파람이 새어 나왔다. 이 녀석, 이제 벌 키우기는 글렀군.

팻이 시체를 가리켰다.

"아는 사람이야?"

고개를 끄덕였다.

"알아. 아주 잘 알지. 이름은 보보 하퍼. 바보긴 해도 아주 착한 녀석이야. 평생 남한테 해가 될 짓이라곤 해 본 적이 없는 놈인데……. 칼레키 밑에서 일했었지."

"45구경에 맞았어."

"뭐라고?"

"한 가지 더 있어. 이리 와 봐."

팻이 나를 약국 안으로 데리고 들어갔다. 뚱뚱하고 키가 작은 점원이 파란색 양복을 입은 남자가 이끄는 형사들을 마주하고 있었다. 이 사람은 나와 잘 아는 사이다. 바로 코앞에서 내가 사건을 망쳐 놓은 적이 있었기 때문에 나한테 감정이 별로 안 좋은 친구였다. 마약 단속반 형사 데일리였다.

데일리가 내 쪽으로 몸을 돌리며 물었다.

"여기서 뭐하는 거야?"

"우리 둘 다 같은 이유로 와 있는 것 같은데?"

"당장 꺼지는 게 신상에 좋을 거야. 사설탐정 따위가 왔다 갔다 하면 방해만 되거든. 어서 꺼져."

"형사님, 잠깐만 실례하겠습니다."

팻이 이런 말투로 얘기하면 모두의 이목이 집중되었다. 데일리는 팻을 존경하고 있었다. 서로 경우는 달랐다. 데일리는 승진운이 없어 힘들게 올라온 반면, 팻은 과학적인 방법으로 수사를 펼쳐 지금의 자리에 올라왔다. 서로의 수사 방법을 인정하지는 않았지만 그래도 데일리는 형사로서 팻의 공로를 인정하고 있었고 그의 의견에 귀를 기울였다.

팻이 말을 이었다.

"마이크가 이번 사건에 워낙 관심이 많답니다. 이만큼 수사가 진전된 것도 이 친구 덕이 컸고요. 형사님께서 양해해 주신다면 이번 사건은 이 친구의 도움을 좀 받았으면 하는데요."

데일리가 나를 노려보더니 그 육중한 어깨를 으쓱했다.

"좋습니다. 그럼 여기 있게 하지요. 증거는 빼돌리지 마쇼."

마지막 말은 나한테 뱉은 것이었다.

지난번 내가 데일리 사건에 개입했을 때 결정적 단서를 나 혼자만 가졌던 적이 있긴 했지만 그 덕분에 거물급 마약상을 잡았다. 데일리는 그 사건을 잊지 않은 것이다.

마약 단속반 반장이 약사에게 소리치는 말에 귀를 기울여 보았다.

"이제 마지막으로 한 번만 더 처음부터 끝까지 이야기해 봐. 더 기억나는 게 있을지도 모르니까."

기진맥진한 약사가 살찐 손을 비틀면서 자기를 노려보고 있는 사람들의 얼굴을 살폈다. 팻의 표정이 그나마 제일 동정적으로 보였던지 팻을 쳐다보며 이야기를 시작했다.

"저는 아무것도 안 하고 그냥 있었어요. 카운터에 있었던 것 같아요. 그런데 이 남자가 들어오더니 처방전대로 약을 지어 달라고 했어요. 무척 걱정스러운 표정이었죠. 겉에 아무것도 안 씌어 있는 부서진 상자 하나를 건네주었어요. 자기가 일을 해내지 못하면 일자리도 잃어버리고 아무도 자기를 믿지 않을 거라고 했어요. 그런데 가지고 있던 상자를 떨어뜨리자 어떤 사람이 그걸 밟아 버렸고 처방전도 길 위에 버려졌죠. 상자 옆으로 이 가루가 새어 나왔어요. 그 가루를 가져다가 맛을 보았죠. 뭔지 바로 알겠더라고요.

테스트를 해 봤더니 역시 제 생각이 맞았어요. 헤로인이었죠. 불법 마약이니까 경찰에 전화를 걸어서 신고를 했죠. 그랬더니 이 남자를 잡아 두고 있으라고 했는데, 이 남자가 깡패면 저를 쏠지도 모르는 거 아닙니까?"

이 부분에서 약사는 말을 멈추더니 몸서리를 쳤다. 그러고 나서 말을 계속했다.

"전 가족도 있는 몸이란 말입니다. 시간을 벌려고 했지만 이 남자가 저보고 서두르라면서 손을 주머니에 넣더라고요. 아마 권총이 들어 있는 것 같았어요. 그러니 어떡합니까? 다른 상자에 붕소산을 담아서 1달러를 받았더니 가지고 나가더라고요. 어디로 가는지 보려고 카운터에서 나왔는데 제가 문까지 가기도 전에 인도 위로 쓰러지더군요. 총에 맞은 거였어요. 완전히 죽었더라고요. 경찰에 다시 전화를 했죠. 그래서 여기 형사님들이 달려오신 거예요."

팻이 물었다.

"누가 뛰어가는 건 못 봤습니까?"

약사는 고개를 저었다.

"없었어요. 길엔 아무도 없었습니다."

"총소리를 들었나요?"

"아뇨. 그게 이해가 안 간단 말씀입니다. 너무 겁이 났거든요. 총을 맞은 자리에서 피가 나는 것을 보고는 약국 안으로 뛰어 들어왔죠."

팻이 자기 턱을 만지며 물었다.

"차는 어땠습니까? 그때 지나가는 차는 한 대도 없었나요?"

약사는 눈을 가늘게 뜨고 기억을 더듬었다. 말을 하려다가 멈추더니 다시 말했다.

"네에. 이제 생각해 보니 한 대가 막 지나갔던 것 같아요. 네. 확실해요. 아주 천천히 달려서 모퉁이를 돌아갔어요."

이 부분에서부터 말이 빨라졌다.

"도로변에 서 있다가 출발하는 것 같았어요. 약국 앞을 지나쳐 갔는데 제가 밖으로 나오니까 사라지고 없더라고요. 겁이 나서 찾아보지도 않았죠."

데일리가 부하 한 명을 시켜 속기로 약사의 말을 받아 적게 했다. 팻과 나는 들을 만한 이야기는 다 들었다. 밖에 있는 시체로 가서 탄환의 각도를 조사해 보았다. 총알이 들어간 각도로 봐서 살인범은 렉싱턴으로 가다가 총을 쏜 것 같았다. 붕소산 봉지는 피로 물든 채 보보의 손 밑에 놓여져 있었다. 주머니를 뒤져 봤지만 아무것도 없었다. 지갑에는 8달러와 도서관 카드만 있었다. 코트 안에는 양봉에 관한 책이 있었다.

팻이 말했다.

"소음기야. 십중팔구 같은 총일 거야."

"내 생각도 그래."

내가 동의했다.

"어떻게 된 일인 것 같아?"

"나도 모르겠어. 칼레키가 살아 있다면 그놈 죄가 더 커지는 건데……. 처음엔 매춘업, 이번에는 마약 아냐. 그러니까 보보가 아직도 칼레키 밑에서 일을 하고 있었다면 말이지. 보보가 이젠 칼레키 밑에서 일하는 걸 그만두었다고 하길래 난 그냥 믿었지. 워낙 단순한 녀석이라 누굴 속일 생각 따윈 안 할 줄 알았거든. 그런데 지금은 모르겠어."

팻과 나는 잠깐 시체를 바라보다가 단 둘이 걸었다. 문득 생각나는 것이 있었다.

"팻."

"어?"

"칼레키가 집에 있다가 누군가의 총에 맞을 뻔했던 일 생각나? 나한테 덮어씌우려고 했잖아."

"생각나지. 그건 왜?"

"그게 잭을 죽인 놈 짓이었거든. 우리가 잡으려는 그놈이 그 총알을 쐈어. 왜일까? 뭐 짚이는 거 없어? 그때 칼레키가 자기 신변을 보호하느라고 시내로 몸을 피했잖아. 그게 바로 칼레키가 왜 살해당했는지에 대한 답일 텐데 말야."

"그건 수사를 더 해 봐야 알 것 같은데? 대답해 줄 만한 사람들은 다 죽어 버렸으니 이거 원······."

내가 웃으며 말했다.

"아냐. 아직 대답해 줄 사람이 있어. 그 살인범은 살아 있을 거 아냐? 놈은 그 이유를 알 거야. 지금 뭐 할 일이라도 있어?"

"이것보다 급한 일이 어딨겠어······. 방금 있었던 총격 사건이야 데일리가 알아서 처리하면 될 테고······. 그런데 왜?"

팻의 팔을 잡고 길을 걸어 내 차가 있는 곳까지 가서 함께 내 아파트로 향했다.

아파트에 도착하니 우편배달부가 아파트에서 막 나오는 참이었다. 우편함을 열어 대학교에서 보낸 봉투를 꺼내 뜯어 보았다.

멍청한 지방 경찰 손에 증거물이 들어가지 않도록 불길에 그을린 증거물 조각을 빼돌려야 했다고 팻에게 설명했더니 잘했다고 했다.

팻은 일 처리 요령을 잘 알고 있었다. 팻이 세 군데 전화를 하고 나서 함께 은행으로 가자 경비원이 우리를 은행장 사무실로 안내했다. 이미 법원에 전화해 쪽지에 적혀 있던 상자를 조사할 수 있는 영장을 받아 둔 터였다.

그 상자 안에 모든 것이 있었다. 조지 칼레키를 열두 번도 넘게 사형시킬 만한 증거였다. 내 손으로 놈을 죽인 것이 천만다행이라는 생각이 들었다. 정말 천하에 몹쓸 놈이다. 내가 혐의를 두고 있었던 것보다 훨씬 더 많은 범죄에 손을 대고 있었다. 상자 안에는 수표 복사 사진, 편지, 원본 문서, 그 밖에도 조지 칼레키를 갖가지 혐의로 잡아 넣을 수 있는 숱한 물증이 있었다. 하지만 그뿐이었다. 이제 조지가 무슨 짓을 했는지 알아봤자 재판을 할 수도 없는 상황이었다. 핼 카인즈는 마음만 먹으면 떼돈을 벌 수 있는 범죄의 고리 속에 조지를 옭아매고 있었다.

팻이 증거물을 두 번 정도 살펴보더니 큰 봉투에 모두 담아 서명을 했다. 밖으로 나와서 내가 물었다.

"저 쓰레기는 다 어떻게 할 거야?"

"꼼꼼히 살펴봐야지. 저 수표들, 뒷면에 서명은 안 돼 있지만 그래도 추적할 수 있을지 몰라. 넌 어때?"

"가려던 집에나 가야지. 왜? 뭐 달리 할 일 있어?"

팻이 웃었다.

"두고 봐야 알겠지. 너한테 따라 잡힐까 봐 이 얘기는 안 하려고 했는데, 너도 정정당당하게 플레이를 했으니 나도 한 가지 알려 주지."

그러더니 주머니에서 메모지를 꺼냈다.

"여기 아는 이름이 있는지 한번 들어봐."

팻이 목청을 가다듬었다.

"헨리 스트렙하우스, 칼멘 실비, 델마 B. 뒤발, 버지니아 R. 레임즈, 콘래드 스티븐스."

여기서 팻이 읽기를 멈추고 기대에 찬 표정으로 쳐다보아서 내가 대답했다.

"스트렙하우스와 스티븐스는 감방살이를 했던 놈들이고, 다른 사람들은 모르겠는데? 뒤발이라는 여자 이름은 사교 모임 명단에서 한 번 봤던 것도 같긴 하지만."

"물론 본 적이 있는 이름이지. 마이크 너도 별 도움이 안 되는 듯하니 그냥 내가 말해 줄게. 여기 적혀 있는 이름은 전부 시립 요양소나 사립 요양소에 있는 사람들이야. 마약 환자들이지."

"그랬군. 그런데 이게 어떻게 나온 명단이지?"

"마약반에서 보고해 줬어."

"그래. 거기서 이런 일을 맡고 있는 건 아는데, 서류에는 나와 있지 않았다는 게 우습네. 아, 알겠어! 단속반에서도 마약 출처는 못 알아냈지? 아닌가?"

팻이 쓴웃음을 지으며 말했다.

"데일리도 그걸 알아내고 싶어하는데 아직 못 알아냈지. 감옥에 처넣겠다고 협박까지 해 봤는데도 아무도 출처를 불지 않아서 말이야. 게다가 놈들 중에는 협박으로 정보를 얻어 내기가 어려울 만큼 높은 데 연줄이 있는 경우도 있어. 하지만 이거 한 가지는 알아냈지. 그 물건은 뭐가 뭔지 아무것도 모르는 덜떨어진 놈을 통해 운반되었어."

한숨이 절로 나왔다.

"보보로군!"

"맞아. 놈들한테 보보의 시체를 보여 주고 확인 정도는 받을 수 있을 거야. 어쩌면 놈이 죽은 것을 보고서는 입을 더 꾹 다물지도 모르지만."

"젠장, 게다가 요양소에 들어가 있는 동안에는 다그칠 수도 없는 노릇 아냐! 법대로 처리해야 하니까……. 팻, 분명히 뭔가 있어. 분명해. 이 모든 사건들이 서로 얼마나 긴밀하게 연결되어 있는지를 좀 보라고. 처음에는 별 관련이 없는 줄 알았지만 그게 아니야. 보보와 칼레키……, 헬과 칼레키……, 헬과 에일린……, 에일린과 잭……. 지금 우리가 파헤치고 있는 사건은 워낙 여러 가지가 서로 한꺼번에 맞물려 있거나 아니면 서로 연쇄 반응을 일으키고 있는 거야. 잭이 처음 시발점이었고 그래서 살인범이 잭을 제거했지만 그것 때문에 뭔가 다른 사실을 또 은폐해야 할 상황에 부닥친 거지. 거기서부터는 악순환의 연속이었을 거고. 제기랄, 이거 정말 보통 사건이 아니잖아!"

"네 말이 맞아. 그리고 우리가 바로 그 한가운데에 서 있는 거고. 이제 어떻게 하면 좋겠어?"

"낸들 아나. 그래도 이제 빛이 조금 보이네. 몇 가지 단서가 조금씩 맞물려 들어가고 있어."

"뭔데?"

"지금은 뭐라고 말을 못하겠어. 그냥 사소한 것들이야. 어쨌거나 이런 짓을 저지를 수밖에 없는 엄청난 동기가 있는 건 분명해."

"마이크, 아직도 나보다 먼저 사건을 해결하려고 경쟁하고 있나?"

"당연하지! 이제 우리 둘 다 결승선까지 거의 다 온 것 같긴 하지만, 이거 영 땅이 질퍽해서 만만한 일은 아닐 것 같아. 뭘 좀 알아내려면 단단한 기반이 있어야 하는데 말야."

팻을 바라보며 웃었다.

"팻, 넌 아무리 애써도 날 이길 수는 없을 거야."

"뭘로 내기할까?"

"저녁때 스테이크 사기."

"좋아."

그러고 나서 우리는 헤어졌다. 팻은 택시를 잡아타고 경찰서로 다시 들어갔고 나는 내 아파트로 갔다. 바지를 벗다가 지갑이 있는지 만져 보고서야 잃어버린 것을 알았다. 이거 보통 일이 아니다. 지폐가 200달러 정도 들어 있었는데 그게 없어지면 큰일이었다. 다시 바지를 입고 밖으로 나가 차 안을 뒤져 보았지만 없었다. 생각을 해 보았다. 이발소에 떨어뜨렸을 수도 있긴 하지만 지폐로 계산을 하고서 받은 잔돈이 바지 옆 주머니에 고스란히 남아 있지 않은가. 젠장.

차를 몰고 남쪽으로 달려 샬럿의 아파트로 갔다. 로비 문이 열려 있어서 그대로 걸어 들어갔다. 벨을 두 번 눌렀지만 대답이 없었다. 하지만 누군가 분명 안에 있기는 했다. 누군가가 「스와니강」이라는 노래를 부르는 소리가 들렸기 때문이다. 문을 두드렸더니 캐시가 열어 주었다.

캐시에게 물었다.

"무슨 일입니까? 이제 벨이 안 울리나요?"

"쉿! 조용히 해 주세요. 아마 그런 것 같네요. 들어오시죠. 들어오세요."

안으로 들어가니 샬럿이 나를 맞으러 달려 나왔다. 얼룩진 작업복에 고무장갑을 끼고 있었다. 샬럿이 웃으며 말했다.

"어머, 정말 빨리 오셨네요. 아이, 좋아라!"

그러더니 팔을 벌려 나를 안고 키스해 달라는 듯 고개를 내 얼굴 쪽으로 기울였다. 캐시가 하얀 이를 드러낸 채 웃으며 우리를 바라보고 있었다.

내가 캐시에게 자리를 피해 달라고 말하자 사라져 주었다. 키스를 받은 샬럿은 한숨을 내쉬며 내 가슴에 머리를 기댔다.

"오래 있다가 가실 거죠?"

"안 돼요."

"왜죠? 이렇게 오셨잖아요."

"지갑 찾으러 온 거거든요."

샬럿과 함께 소파로 가서 쿠션 뒤를 뒤져보았다. 찾았다. 그 망할 물건이 여기서 자는 사이에 뒷주머니에서 빠져나왔던가 보다.

"이제 제가 돈을 훔쳤다고 고소하실 건가요?"

샬럿이 토라진 듯 말했다.

"바보."

그렇게 말하고서 샬럿의 금발 머리에 입 맞추어 주었다.

"이런 옷을 입고 뭘 하고 있는 거죠?"

작업복을 가리키며 내가 물었다.

"사진 현상하고 있었어요. 보실래요?"

샬럿이 나를 암실로 데리고 가서 불을 껐다. 어두워지자 붉은색 불빛이 싱크대로 쏟아졌다. 샬럿이 사진 현상기에 필름 몇 장을 넣은 후, 금속 의자 팔걸이에 손이 묶인 채 고통스러운 표정을 짓고 앉아 있는 남자의 사진을 인화했다. 천장의 조명을 켜고 사진을 들여다보았다.

"이게 누구죠?"

"병원 환자예요. 사실 헬 카인즈가 시립 병원의 자선 병동에서 데리고 와서 우리 병원에서 치료를 받게 했던 환자죠."

"그런데 이 사람 무슨 문제라도 있는 겁니까? 잔뜩 겁먹은 얼굴인데요?"

"보통 최면이라고들 하는 상태예요. 원래는 환자가 긴장을 풀고 자신감을 갖게 하는 거죠. 이 환자의 경우는 도벽 증세가 있었어요. 길에서 거의 굶어 죽기 직전인 상태로 발견되어 시립 병원으로 이송되기 전까지만 해도 그런 증세가 있는 줄은 몰랐죠. 정신 상태를 검진해 보니 유년기에 모든 것을 잃고서 도둑질을 하지 않으면 살 수 없는 지경에 이르렀더군요. 친구를 통해 이 남자에게 직업을 구해 주고 왜 그 사람이 그런 지경에 이르게 됐는지를 설명해 줬죠. 일단 자기 상태를 파악하고 나니 그걸 극복할 수 있게 됐어요. 지금은 아주 잘 살고 있죠."

사진을 다시 선반에 놓고 암실을 둘러보았다. 여길 꾸미느라 돈 꽤나 썼을 것이 분명했다. 이렇게 돈이 많이 드는 취미를 가진 여자를 부인으로 두려면 지금보다 돈을 얼마나 더 벌어야 하는 것인지……

샬럿이 내 마음을 읽기라도 한 듯 웃으며 말했다.
"결혼하면 이건 다 그만두고 사진관에 가서 현상하려고요."
"아뇨. 괜찮아요. 이 정도쯤이야."
내 대답을 들은 샬럿이 나를 꼭 끌어안았다. 얼마나 키스를 세게 했던지 입이 아플 지경이었다. 샬럿이 숨이 멎지 않은 것이 다행일 만큼 그녀를 꼭 안았다.
팔짱을 낀 채 함께 문까지 갔을 때 샬럿이 물었다.
"오늘 밤 데이트 어때요? 어디로 갈까요?"
"나도 모르겠는데요. 영화나 보든가."
"그거 좋겠네요."
내가 문을 열었다. 열면서 문 뒤에 달려 있는 차임벨을 가리키며 물었다.
"왜 이게 소리가 안 나죠?"
"아, 그거요."
샬럿이 카펫 밑으로 발가락을 밀어 넣으며 대답했다.
"캐시가 여기를 진공청소기로 청소했거든요. 그럴 때마다 전기 코드를 빼놓더라고요."
나는 몸을 숙여 전기 코드를 다시 플러그에 꽂았다.
"그럼 여덟 시쯤 만나죠."
문을 나서며 내가 말했다. 샬럿은 내가 계단을 내려가서 더는 모습이 보이지 않을 때까지 지켜보았다. 그러곤 내게 키스를 날려 보내고 문을 닫았다.

12장

 양복점 주인이 내 코트에 난 총알 자국을 보더니 화를 냈다. 아마 단골손님을 잃을 뻔했다는 데 화가 난 모양이다. 제발 조심하라고 당부를 하더니 다음 주까지 수선해 놓겠다고 했다. 다른 옷가지들을 주워 들고 집으로 갔다.
 문을 여니 전화벨이 울리고 있었다. 옷가지를 의자 등받이에 걸어 놓고 수화기를 집었다. 팻이었다.
 "마이크, 보보 하퍼를 살해한 탄환 조사 보고서가 방금 나왔어."
 "말해 봐."
 흥분되는 순간이었다.
 "같은 총알이야."
 "그럼 그렇지! 다른 건 없어?"
 "있지. 여기 칼레키의 총도 갖고 있거든. 그런데 그 총은 마이크 너에게 쏜 총알에만 맞더라고. 총에 적힌 일련번호를 추적해 봤더니 남부에서 판매한 거야. 중간에 두 사람을 더 거치고서 3번 가에 있는 전당포까지 흘러 들어갔다가 거기서 조지 K. 마스터스라는 남자 손으로 들어갔더라고."

그렇게 해서 조지가 그 총을 갖게 된 것이었다. 그 총에 대한 기록을 찾을 수 없었던 것이 당연했다. 칼레키는 미들네임이거나 성(姓)이었던 것이다. 팻에게 고맙다는 말을 남기고 전화를 끊었다. 그런데 칼레키는 도대체 왜 그 이름을 쓴 것일까? 본명을 쓰다가는 과거에 저질렀던 범죄가 들통 날 수도 있기 때문이 아니었을까? 어쨌든 은행 금고 상자에서 발견한 증거물에 대해 팻이 뭘 좀 알아내야 이 질문도 풀릴 것이다. 죽은 사람을 심문할 수는 없는 노릇이니까.

밥을 먹고 샤워를 한 다음 옷을 입는데 또 전화벨이 울렸다. 이번에는 미르나였다. 내일 아침에 가능하면 좀 더 일찍 데리러 와 줄 수 없느냐는 전화였다. 그래도 괜찮을 것 같아서 그렇게 하겠다고 말해 주었다. 아직도 슬픔에서 벗어나지 못한 듯한 목소리였다. 내가 이렇게 곁에서 도와줄 수 있어서 다행이었다. 시골로 드라이브를 가다 보면 기분이 좋아질지도 모르는 일이다. 가엾은 여자······. 뭔가 기분을 돋구어 줄 만한 것이 필요할 것이다. 한 가지 걱정되는 것은 잭을 잊으려고 다시 마약에 손을 대지나 않을까 하는 점이었다. 미르나는 똑똑한 여자다. 슬픔을 극복할 방법은 마약 말고도 다른 방법이 얼마든지 있다. 언젠가 좋은 남자를 만나 정착하면 잭은 그저 추억으로 남을 것이다. 인간이란 원래 그런 존재다. 아마 인간에게는 그게 최선일 것이다.

샬럿이 아파트 앞에서 나를 맞아 주었다. 내가 오는 것을 보더니 한 시간은 기다린 것처럼 종종걸음을 치며 다가와 화난 듯 말했다.

"마이크, 늦었잖아요. 5분이나 늦은 거 알죠? 왜 늦었어요?"

그녀의 말에 웃음이 났다.

"그렇게 다그치지 마요. 길이 막혀서 늦었어요."

"변명 한번 그럴 듯하네요. 난 또 어디서 남자 밝히는 여자랑 시시덕거리고 있나 보다 했죠."

이런, 귀여운 악마 같으니!

"그런 말 관두고 얼른 차에 타요. 꾸물거리다간 극장에 자리가 안 남아나겠어요."

"어디로 가는데요?"

"당신만 괜찮다면 '범인 찾기' 류의 스릴러물이나 봤으면 싶은데……. 새로운 범인 색출 방법을 배울까 싶어서요."

"좋아요. 가시죠, 콜롬보 형사님."

결국 2킬로미터쯤 떨어진 스템가 근처에 작은 극장 하나를 찾아 들어가 두 시간 반 동안이나 앉아서 스위스산 치즈만큼이나 구멍이 숭숭 뚫린 듯 내용이 엉성한 추리 영화 한 편에, 동시 상영작으로 눈보라 치는 날 롱아일랜드의 기차만큼이나 사건 전개가 느려터진 서부 영화까지 봤다.

어찌나 지루했던지 극장 밖으로 나서는 순간 엉덩이에 물집이라도 잡힌 것 같은 기분이었다. 샬럿이 샌드위치나 먹으러 가자고 해서 길거리 가판대로 가서 달걀 프라이가 들어간 토스트 하나를 사 먹고 뭘 좀 마시러 술집으로 갔다. 내가 맥주를 시켰더니 샬럿도 같은 것을 주문해 내가 눈살을 찌푸리며 말했다.

"그러지 말고 뭐든 마시고 싶은 걸로 시켜요. 당신 마시고 싶은 거 사 줄 만한 돈은 있으니까."

샬럿이 웃었다.

"무슨 소리예요. 난 맥주가 좋아요. 원래 잘 마시는걸요."

"그래요? 거 참 다행이네요. 당신이란 여자는 도무지 알 수 없는 사람이군요. 취미는 사치스러운데 술은 맥주를 마신다니……. 그러고 보니 데리고 살기에 그렇게 버거운 여자는 아닐지도 모르겠네요."

"걱정 말아요. 살림이 어려워지면 언제라도 다시 돈 벌러 나갈 준비가 되어 있는 여자니까요."

"아뇨. 내 마누라는 절대 일 안 시킵니다. 집에 고이 모셔 놓아야 안심이 되거든요."

샬럿이 맥주를 테이블에 내려놓더니 짓궂게 나를 바라보며 말했다.

"나한테 청혼한 적도 없는 거 알아요? 내가 탐정님을 받아들여 줄지 아닐지 어떻게 아시죠?"

그녀의 손을 잡아 내 입술에 갖다 대며 말했다.

"좋소이다, 왈가닥 아가씨. 우리 결혼할까요?"

샬럿이 웃음을 터뜨렸다. 그러다가 눈에 눈물이 맺히더니 내 어깨에 얼굴을 기대며 말했다.

"그래요. 결혼해요. 사랑해요."

"나도 사랑해요. 자, 맥주 한 잔 더 하죠. 내일 밤 쌍둥이 자매의 파티에서 살짝 빠져나와 계획을 세우죠."

"키스해 줘요."

근처에 앉아 있던 남자 몇 명이 곁눈질로 훔쳐보고 있었지만 개의치 않았다. 서두르지 않고 천천히 그녀에게 키스했다.

"반지는 언제 줄 거예요?"

샬럿이 물었다.

"곧 줄게요. 이번 주나 다음 주 중에 들어올 수표가 몇 개 있으니까 티파니에 가서 하나 고르죠. 어때요?"

"좋아요. 진짜 좋아요. 정말 행복해요."

맥주잔을 다 비우고 하나를 더 시켜 마신 다음 자리를 나왔다. 나가려는 참에 우리를 훔쳐보던 놈들이 "이봐, 어이!" 하며 부르는 소리가 들렸다. 잠깐 샬럿이 끼고 있던 팔짱을 풀고 녀석들에게 가서 두 놈의 머리를 조롱박처럼 손에 쥐고 서로 박치기를 시켰다. 둘 다 의자에 앉아 있었는데 거울에 비친 놈들의 눈이 보였다. 꼭 마노 구슬 네 개가 나란히 박혀 있는 것 같았다. 바텐더가 나를 보고 있다가 입을 떡 벌렸다. 바텐더에게 손을 흔들어 준 다음 샬럿을 데리고 밖으로 나왔다. 뒤에 남은 두 녀석은 의자에서 떨어져 술집 바닥에 고꾸라져 있었다.

"와! 꼭 보디가드 같아요."

샬럿이 내 팔을 꼭 잡았다.

"그런 말 말아요."

멋쩍은 듯 웃으며 말했지만 기분은 썩 괜찮았다.

캐시가 잠들어 있어서 까치발을 하고 소리 나지 않게 살며시 집 안으로 들어갔다. 샬럿이 손을 뻗어 차임벨 소리를 막았는데도 잠깐 캐시의 코 고는 소리가 멈췄다. 잠시 몸을 뒤척이느라 그랬던지 다시 코 고는 소리가 들렸다.

샬럿이 코트를 벗고 물었다.

"뭐 좀 마실래요?"

"아뇨."

"그럼 뭐 필요한 거 없어요?"

"당신."

다음 순간 그녀는 내 팔에 안겨 키스를 하고 있었다. 흥분한 그녀의 가슴이 뛰는 게 느껴졌다. 있는 힘을 다해 그녀를 꼭 끌어안았다.

"말해 줘요, 마이크."

"사랑해요."

그녀가 내게 다시 키스했다. 그녀를 밀어내고 모자를 집어 들었다.

"오늘은 여기까지. 나도 남자거든요. 한 번만 더 키스했다간 결혼식 날까지 기다리지 못할 거 같네요."

샬럿이 웃으며 다시 한 번 내 품에 안겨 키스를 하려고 했지만 내가 그녀를 막았다.

"제발, 마이크."

"안 돼요."

"그럼 당장 결혼해요. 내일."

웃음이 났다. 이렇게 사랑스러울 수가.

"내일은 안 되지만 곧 하죠. 나도 더는 못 참겠으니까."

내가 문을 여는 동안 샬럿이 차임벨을 소리 나지 않게 붙잡았다. 그녀에게 가볍게 키스하고 살짝 문밖으로 빠져나갔다. 사무실로 갔다가는 제대로 잠도 못 잘 거라는 것을 알았다. 벨다가 이 이 야기를 들으면 사무실 지붕을 뜯어서 던져 버릴 것이다. 벨다에게 말하긴 정말 싫었다.

여섯 시에 알람 시계가 울렸다. 요란한 시계 소리를 끄고 일어나 앉아 기지개를 켰다. 창밖을 내다보니 햇빛이 환히 빛나고 있었다. 날씨가 정말 좋았다. 반쯤 먹다 남은 맥주병이 침대 맡 테이블에 놓여 있어서 한 모금을 마셨다. 꼭 보리차처럼 김이 다 빠져서 맛이 맹맹했다.

감자 요리를 태워 버렸지만 맛은 괜찮았다. 커피도 제법 맛이 좋았다. 다음 달이면 아침마다 기막히게 예쁜 금발 머리 여자와 마주 앉아 아침을 먹고 있을 것이다. 샬럿이라면 얼마나 근사한 아내가 될까!

전화를 걸었더니 미르나도 벌써 일어나 있었다. 여덟 시까지 준비를 끝내 놓겠다면서 나보고 늦지 말라고 당부했다. 그러겠다고 약속하고 샬럿에게 전화를 했다.

"여보세요. 잠꾸러기 씨."

샬럿이 하품을 하며 말했다.

"탐정님 목소리도 아침에 들으니 별로 똑똑한 사람 같지가 않은데요?"

"그래요? 난 똑똑한 사람 맞는데……. 뭐 하고 계셨습니까?"

"잠 좀 자려고요. 어젯밤에 탐정님이 그렇게 가 버리고 나서 세 시간 동안이나 잠이 안 오지 뭐예요. 멀쩡히 눈 뜬 채로 침대에 누워 있었어요."

그 말을 들으니 기분이 좋았다. 샬럿이 내게 물었다.

"벨르미의 집에는 몇 시에 올 거죠?"
"일이 빨리 끝나 주지 않으면 저녁이나 되어야 도착하겠죠. 그래도 경기에는 늦지 않을 거예요. 누가 선수로 나오죠?"
"잊어버렸어요……. 메리와 에스더가 데리고 온 근사한 남자 두 명이겠죠. 올 때까지 기다릴게요. 빨리 와요."
"알았어요."
샬럿이 전화에 대고 키스를 했다. 나도 답례 키스를 하고 전화를 끊었다.
벨다는 아직 출근하지 않았을 시각이라 집으로 전화를 걸었다. 전화를 받자 불 위에서 베이컨이 지글지글 익는 소리가 들렸다.
"여보세요. 벨다, 나 마이크야."
"어머, 이렇게 이른 시각에 웬일이세요?"
"중요한 데이트가 있거든."
"사건과 관계된 건가요?"
"글쎄……. 그렇다고 볼 수도 있겠지. 잘 모르겠어. 아무튼 꼭 가야 해. 팻이 전화하거든 벨르미 양 집으로 연락하라고 해 줘. 번호는 팻이 알고 있을 거야."
처음에는 대답이 없었다. 내가 뭘 하고 다니는 건지 생각하는 것 같았다. 마침내 벨다가 말했다.
"알았어요. 아무튼 몸조심하세요. 안 계신 동안 제가 뭐 할 일은 없나요?"
"아냐, 됐어."
"그런데 이번에는 얼마나 가 있다 오실 거죠?"
"아마 월요일까지 있을 것 같아. 아닐 수도 있고."

"알겠어요. 나중에 보죠. 그럼 들어가세요."

나도 잘 있으라는 인사를 짧게 하고서 전화를 끊었다. 벨다에게 샬럿 이야기를 하기가 어찌나 싫은지! 제발 벨다가 울지 않았으면 좋겠다. 젠장, 산다는 것이 다 이런 건지……. 벨다는 그저 운이 없었던 것이다. 샬럿이 나타나지만 않았다면 벨다와 맺어졌을 것이다. 정말 그러고 싶었는데 다만 그럴 만한 시간적 여유가 없었던 것뿐이었다. 이런, 젠장.

미르나의 집으로 가 보니 벌써 옷을 차려입고서 기다리고 있었다. 가방을 싸 놓은 것을 보고 내 차에 실었다. 얼굴이 별로 좋아 보이지는 않았다. 눈 밑에 아직도 기미가 껴 있었고 광대뼈도 좀 튀어나와 있었다. 하늘색 모직 코트 아래 꽃무늬가 새겨진 새 드레스가 미르나를 돋보이게 하고는 있었지만, 자세히 들여다보면 얼굴이 상해 있는 것을 알아챌 수가 있었다.

잭에 대한 이야기는 하고 싶지 않았다. 그래서 날씨 등 사소한 신변잡기들만 늘어놓았다. 내가 칼레키를 죽였다는 신문 머리기사를 벌써 읽었을 게 분명한데도 그 이야기는 피하려 했다.

날씨는 좋았다. 도시 밖으로 나오니 길이 시원하게 뚫려 있었고 그저 75킬로미터 정도의 적당한 속력으로 차를 몰았다. 그렇게 달려야 고속도로 순찰차와 부딪칠 일이 없다. 아이들이 아침 일찍부터 야구 시합을 벌이고 있는 공터를 몇 개 지나쳤다. 작은 통나무집들을 지나칠 때 미르나의 눈에 눈물이 고이는 것을 보았다. 마음이 아팠다. 그녀는 견디기 힘들어했다.

자연스럽게 화제를 그날 밤에 있을 테니스 시합으로 돌려서 잭에 대한 생각을 잊게 해 주려고 했다. 얼마 안 가서 벨르미의 집 안으로 들어섰다. 너무 일찍 온 게 아닌가 생각했는데 막상 가 보니 벌써 스무 명이 넘는 사람들이 도착해 있었다. 차들이 맨션 한편에 줄 지어 주차되어 있었고 쌍둥이 자매 중 한 명이 나와 우리를 맞이해 주었다. 두 자매 중 누구일까 어리둥절해하고 있는데 그녀가 말했다.

"겁쟁이 아저씨 오셨네요?"

"안녕하세요, 메리 양."

미소를 지으며 인사를 건넸다. 어깨가 드러나는 끈 달린 윗도리에 다리가 다 드러나는 짧은 반바지를 입고 있었다. 둘 다 몸에 꽉 끼는 옷이라 몸매가 적나라하게 드러났는데 본인이 그것을 모를 리 없었다. 그녀의 다리에서 눈을 뗄 수가 없었다. 집으로 걸어 들어가는 동안에도 계속 자기 몸을 내게 밀착시켰다.

거기서 그만 멈춰야 했다. 미르나를 나와 메리 사이에서 걷게 해서 방패막이 구실을 하게 하자 메리가 큰 소리로 웃음을 터뜨렸다. 집에 도착하자 가정부를 불러 미르나를 접대하게 한 다음 내 쪽으로 몸을 돌려 말했다.

"운동복은 좀 가져 오셨어요?"

"네. 하지만 제가 할 만한 스포츠는 저 칵테일 바에나 있을 것 같은데요?"

"정말 못 말린다니까……. 가서 편한 바지로 갈아입고 오세요. 뒷마당에서 골프 경기가 있을 거예요. 같이 테니스 시합을 할 파트너를 찾는 사람들도 많고요."

"제발 이러지 마세요. 전 운동 신경이 둔하답니다."

메리가 내게서 좀 떨어져 서더니 머리부터 발끝까지 나를 쭉 훑어보았다.

"제가 보기엔 운동 잘하게 생기셨는데요."

"무슨 운동이요?"

농담 삼아 물었다.

"침대에서 하는 운동요."

그녀의 눈빛을 보니 농담이 아니었다.

메리와 나는 옷을 가지러 차로 갔다. 집 안으로 다시 돌아오자 네 기둥에 커튼이 달린 침대가 놓인 큰 방으로 나를 안내했다.

내가 문을 닫을 때까지도 기다릴 수가 없었던가 보다. 자기 몸을 내게 던지더니 입을 벌렸다. 이런, 집주인을 실망시킬 수야 없는 노릇이지 않은가. 그래서 그녀에게 키스했다.

그러고 나서 그녀에게 말했다.

"옷 갈아입는 동안 저리 좀 가 계세요."

메리가 입을 삐죽 내밀며 말했다.

"왜요?"

메리를 내보내려고 말했다.

"이봐요. 난 여자 앞에서는 옷 못 갈아입습니다."

"전엔 안 그런 것 같던데 언제부터 그렇게 됐죠?"

메리가 짓궂게 물었다.

"지난번엔 실내가 어두웠죠. 게다가 지금은 시간이 너무 이르지 않습니까."

그녀를 달래 보려 애쓰며 말했다.

그런데도 그녀는 또 그 섹시한 미소를 지었다. 그녀의 눈이 나에게 자기 옷을 벗겨 달라고 애원하고 있었다.

"좋아요. 겁쟁이 아저씨."

그녀가 문을 닫고 나간 뒤 목청 높여 웃는 소리가 들려왔다.

밖에서 사람들이 온통 야단법석을 떨고 있어서 창밖으로 머리를 내밀고 무슨 일이 있는지 살펴보았다. 바로 밑에서 체격이 왜소한 남자 둘이 머리카락을 쥐어뜯으며 싸우고 있는 사이 다른 네 명이 그들을 말리고 있었다. 대단한 곳이구먼. 두 남자는 흙바닥으로 뒹굴더니 한두 대 주먹이 더 오고 갔다. 나는 웃음이 났다. 같잖은 놈 둘이서 누가 잘났나를 놓고 겨루는 꼴이라니……. 싱크대에서 물 한 바가지를 받아다가 두 녀석의 금발 머리 위에 부어 주었다.

싸움은 거기서 끝났다. 둘 다 새된 비명 소리를 내지르더니 일어나서 사라졌다. 모여 있던 사람들이 내게 아우성을 쳤다. 이건 정말 웃기는 개그다.

아래층으로 내려가니 메리가 나를 맞았다. 담배를 피우며 현관을 서성이고 있었다. 바지와 트레이닝 윗도리를 입고 나와서 메리에게 인사를 건넸다. 미르나도 테니스 라켓을 다리 사이로 흔들며 우리가 있는 곳으로 왔다. 나와 단둘이 있지 못하게 돼서 실망한 기색이 메리의 얼굴에 역력했다. 메리가 내게 팔짱을 낀 채 우리 세 사람은 다같이 잔디밭으로 나갔다. 잔디밭까지 다 가기도 전에 메리의 판박이 자매가 선수들 사이에서 걸어 나와 우리에게 손을 흔들었다. 에스더 벨르미다.

이 여자도 입에 군침이 돌 만한 미인이었다. 나를 즉시 알아보더니 힘주어 악수를 했다. 매너 좋으면서 깍듯한 여자였다. 에스더는 언니와 다르다던 샬럿의 말이 무슨 뜻이었는지 알 것 같았다. 하지만 둘 사이에 적개심이나 질투심 같은 건 없어 보였다. 에스더에게도 그녀를 따르는 추종자들이 있었다. 도저히 그 이름을 다 기억할 수 없을 만큼 많은 사람들에게서 소개를 받은 뒤 메리가 나를 테니스 코트로 끌고 갔다.

테니스는 내가 할 만한 종류의 운동이 아님을 메리도 곧 인정했다. 10분 정도 땀나게 테니스를 친 뒤 공을 상자에 주워 담고 라켓을 바닥에 내려놓았다. 내가 땀을 식히는 사이 메리는 검게 그을린 다리를 앞으로 꼰 채 내 옆에 앉았다.

"왜 여기서 이렇게 시간 낭비를 하고 있는 거죠? 침실이 훨씬 더 좋은데."

대단한 여자다.

"성격도 급하시네요. 동생과는 어쩜 그렇게 다른 겁니까?"

메리가 짧게 웃더니 말했다.

"어쩜 비슷할지도 모르죠."

"무슨 뜻이죠?"

"아녜요. 제 말은 에스더도 밝힐 만큼 밝힐 줄 아는 애란 말이에요. 그 애도 처녀는 아니거든요."

"그걸 어떻게 알죠?"

메리가 키득거리며 웃더니 무릎에 손을 얹으며 말했다.

"제 동생은 꼬박꼬박 일기를 쓰거든요."

"제 생각엔 당신 일기장이 훨씬 더 두꺼울 것 같은데요."

"하하, 그럼요."

그녀의 손을 잡아 벤치 밖으로 끌어내며 말했다.

"이리 와 봐요. 바가 어디 있는지 가르쳐 줘요."

집까지 깔려 있는 판석 길을 따라가 창문 겸용 문을 통해 집 안으로 들어갔다. 바가 있는 트로피 룸은 우승컵과 메달로 가득 채워져 있었고, 벨르미 자매가 골프 경기에서 스키 점프에 이르기까지 갖가지 종목에서 우승한 기념으로 만든 판넬과 사진으로 장식되어 있었다. 확실히 적극적인 자매인가 보다. 신기한 것은 이 두 자매가 공공연히 알려지기를 싫어한다는 사실이었다. 이 여자들이 남편을 찾고 있는 중이라는 소문이 어디서 나온 것인지 궁금했다. 만족을 줄 만한 남편을 찾고 있다면 또 모를까.

결국 메리가 날 포기한 것 같았다. 나를 바텐더에게 남겨 놓고 어디론가 가 버리자 바텐더는 만화 잡지를 읽다가 내 잔이 빌 때마다 새로 술을 부어 주었다.

몇 번인가 누가 와서 말을 걸기도 했지만 별로 오래 머물러 있지 않았다. 미르나도 한 번 와서 몇 가지 재미난 이야기를 해 주고 갔다. 다른 아가씨들 몇 명도 처음 보는 얼굴이 신기했는지 와서 말을 건네다가 바 안으로 따라 들어온 남자 친구 손에 이끌려 나가 버렸다. 웬 호모 녀석도 한 명 와서 비위를 건드리는 바람에 번쩍 들어다가 밖으로 내던져 버렸다. 그 모든 일들이 그저 지루하게만 느껴지기 시작했다. 샬럿이 어서 와 주었으면 싶었다. 메리도 근사한 여자이긴 하지만 샬럿에 비하면 새발의 피다. 메리는 할 줄 아는 거라곤 섹스밖에 없는 여자였다. 물론 샬럿이라고 그 점에서 뒤지는 것은 전혀 아니었지만, 샬럿은 그 이상을 가진 여자였다.

간신히 바텐더 몰래 바에서 빠져나와 혼자 쉴 수 있는 방으로 갔다. 거기서 평상복으로 다시 갈아입고 침대에 누웠다. 이제야 정상인이 된 기분이었다.

생각보다 술기운이 강하게 돌았다. 정신을 잃은 건 아니었지만 금세 곯아 떨어졌다. 정신을 차려 보니 누군가가 흔들어 깨우고 있었다. 올려다보니 세상에서 가장 예쁜 얼굴이 나를 내려다보고 있었다. 눈을 다 뜨기도 전에 샬럿이 내게 키스하더니 머리를 쓰다듬었다.

"이렇게밖에 환영 인사를 못해 주나요? 문에서 두 팔 벌린 채 기다리고 있을 줄 알았는데."

"오셨습니까, 예쁜 아가씨."

샬럿을 끌어당겨 침대 위에 눕히고 키스를 했다.

"지금 몇 시죠?"

내 질문에 샬럿이 시계를 보았다.

"일곱 시 반이네요."

"이런 세상에! 거의 하루 종일 잤군!"

"그런 것 같네요. 이제 옷 입고 내려와서 저녁 먹어요. 미르나도 보고 싶어요."

함께 일어난 다음 샬럿을 먼저 내보내고 세수를 한 뒤 코트의 주름을 폈다. 이제 그럭저럭 봐줄 만하다 싶어서 아래층으로 내려갔다. 메리가 나를 보더니 오라고 손짓을 했다.

"오늘은 제 옆에 앉으세요."

메리가 내게 말했다.

손님들이 밀려 들어오기 시작했고 내 이름이 적힌 카드가 눈에 띄었다. 샬럿은 어쨌든 내 바로 앞에 앉게 되어 있었다. 그러자 기분이 한결 나아졌다. 메리가 테이블 밑으로 이상한 짓만 하지 않는다면 그럭저럭 기분 좋은 자리가 될 것 같았다.

샬럿이 웃으며 앉고 미르나가 그 옆에 앉았다. 애피타이저를 먹으며 둘은 열심히 이야기를 나누었고 이따금 비밀스러운 농담을 주고받으며 웃기도 했다.

내가 아는 사람이 있나 싶어서 테이블을 둘러보았다. 낯익은 사람이 한 명 있긴 했지만 누군지 기억이 나지 않았다. 키가 작고 비쩍 마른 남자였는데 짙은 회색 플란넬 양복을 입고 있었다. 대화 상대라고는 맞은편에 앉은 뚱뚱한 여자뿐이었다. 떠드는 소리가 하도 커서 그 둘이 무슨 이야기를 하는지 한마디도 들리지 않았지만 내 쪽을 몇 번 훔쳐보는 것을 알아챌 수 있었다.

한번은 내 쪽으로 고개를 완전히 돌리게 되었는데 그때 그가 누군지 알아보았다. 지난번 마담 준의 아파트를 습격하던 날 보았던 남자들 중 한 명이었다.

"저 끝에 앉아 있는 남자는 누구죠?"

포크로 남자 쪽을 가리키며 메리에게 물었다.

메리가 그를 보더니 대답했다.

"아, 하먼 윌더예요. 우리 집 담당 변호사죠. 우리 재산을 대신 투자해 주는 사람이기도 하고요. 저 사람은 왜요?"

"그냥 궁금해서요. 아는 사람 같더라고요."

"아마 그럴 거예요. 개인 변호사 일을 시작하기 전에는 최고의 형사 사건 변호사였거든요."

"아, 그렇군요."

그러고 나서 나는 다시 음식을 먹기 시작했다. 샬럿이 테이블 밑에 있는 내 발을 찾아 자기 발가락으로 툭툭 쳤다. 테이블 아래

잔디밭은 달빛을 받고 있었다. 완벽한 밤이다. 저녁 식사가 어서 끝났으면 좋겠는데.

메리가 속이 뻔히 보이는 말을 건네며 나와 대화를 해 보려고 애를 쓰고 있었다. 샬럿의 눈에서 불이 붙는 듯하더니 내게 윙크를 하고 메리의 말을 재빨리 가로막았다. 나와 샬럿 사이에 뭔가 있다는 것을 눈치 챈 듯 메리가 내 귀에 대고 속삭였다.

"오늘 밤에 대단한 걸 선물할게요. 저 여자가 가고 나서요."

팔꿈치로 메리의 갈비뼈를 쳤더니 비명을 내질렀다.

저녁 식사가 끝날 무렵 테이블 끝 쪽에 앉아 있던 손님 한 명이 의자에서 일어났다. 곧 웅성대는 소리가 나더니 테니스 선수 두 명이 일어나 우유 잔으로 승리를 기원하는 건배를 했다.

간신히 샬럿 쪽으로 가서 미르나와 샬럿을 데리고 테니스 코트로 나왔다. 꽤 많은 차들이 집으로 들어오고 있었다. 아마 테니스 경기만 보도록 초대받은 이웃 사람들인 것 같았다. 햇볕에 구워진 진흙 위로 투광 조명이 켜져 있었고 내가 오후에 자고 있는 사이 누군가가 관람석도 설치해 놓았다.

자리를 놓고 경쟁이 좀 벌어졌는데 우리는 자리를 잡지 못했다. 샬럿과 미르나가 경기장 옆 풀밭 위에 손수건을 펼쳐 놓고 앉았고 우리 뒤쪽으로 여섯 줄 정도 되는 사람들이 줄지어 앉을 때까지 기다렸다. 제대로 된 테니스 경기를 보기는 이번이 처음이었지만, 이렇게 많은 사람들이 테니스 경기를 좋아할 거라고는 생각지 못했다.

휴대용 확성기에서 안내 방송이 몇 번 나오더니 선수들이 자리를 잡았다. 그러고 나서 경기가 시작되었다. 경기 자체보다도 관중석에 앉은 사람들의 머리가 한 무더기의 원숭이 떼마냥 테니스 공이 움직이는 대로 일제히 움직이는 모습을 보는 편이 훨씬 더 재미있었다.

선수들은 꽤 훌륭했다. 땀을 비 오듯 흘리면서도 녹초가 되도록 계속 공을 쫓아다녔다. 가끔 훌륭한 플레이를 보여 주면 관중들이 환호성을 올렸다. 높은 벤치에 앉은 심판이 점수를 불러 주었다.

미르나가 계속 손으로 머리를 누르더니 세트가 바뀌는 사이 잠깐 휴게실에 가서 아스피린을 좀 먹고 와야겠다고 샬럿과 내게 말하고 나갔다.

미르나가 나가자마자 메리가 들어와 내 옆에 앉더니 또 나를 유혹하기 시작했다. 샬럿이 뭐라고 한마디해 주기를 기다렸지만 샬럿은 그저 웃기만 하면서 내가 알아서 하게 내버려 두었다.

메리가 샬럿의 어깨를 치며 말했다.

"이 남자 몇 분만 빌려 주면 안 될까요? 소개할 사람들이 좀 있어서요."

"그러세요."

샬럿이 내게 장난스럽게 윙크하더니 토라진 척했다. 하지만 내가 갈 데 없는 자기 남자라는 것을 샬럿은 알고 있었다. 이제 샬럿은 아무것도 걱정할 것이 없었다. 사실 나는 메리의 목을 졸라 버리고 싶은 심정이었다. 그저 샬럿 옆에 앉아 있는 것만으로도 좋았으니까.

메리와 나는 사람들 사이를 헤집고 나와 숲 쪽으로 걸어갔다.

"소개할 사람들이 있다더니 다들 어디 있는 겁니까?"

내가 물었다.

메리의 손이 어둠 속에서 내 손을 더듬다가 대답했다.

"바보 같은 소리 마세요. 그저 잠시라도 탐정님과 단둘이 있고 싶었을 뿐이에요."

"이봐요, 메리. 이래 봤자 소용없어요. 지난번에는 제가 실수한 겁니다. 샬럿과 나는 약혼한 사이예요. 당신과 바람을 피울 수는 없다고요. 그건 우리 둘 다에게 못할 짓이지 않습니까."

메리가 자기 팔을 내 팔 아래에 감으며 말했다.

"아, 하지만 나와 결혼할 필요는 없어요. 난 결혼은 하고 싶지 않거든요. 그냥 즐기기만 하면 돼요."

이런 여자한테 뭘 어떻게 할 수 있겠는가?

"이봐요. 당신 참 좋은 사람이고 나도 당신을 무척 좋아하긴 하지만 이러면 나로서는 아주 곤란해진다고요."

메리가 내 팔을 놓았다. 이제 우리 둘은 나무 아래에 있었고 주위는 칠흑처럼 캄캄했다. 메리의 얼굴 윤곽조차 거의 알아볼 수가 없을 정도였다. 얼마 전까지만 해도 환히 빛나던 달이 구름 뒤로 숨어 버린 후였다. 나는 계속 메리에게 말을 하며 나에게 그만 추근대라고 설득했지만 메리는 대답이 없었다. 어둠 속에서 노랫가락을 나지막이 흥얼대기만 할 뿐이었다.

이제 지쳐서 더는 설득할 기운도 없다 싶어졌을 때 메리가 말했다.

"내가 더는 귀찮게 하지 않겠다고 약속하면 마지막으로 딱 한 번만 키스해 줄 수 있어요?"

한숨을 내쉬며 내가 대답했다.

"좋아요. 하지만 딱 한 번만입니다."

그러고 나서 팔을 뻗어 그녀를 안고 키스를 하려는 순간 충격적인 일이 벌어졌다. 그 조그만 악마가 어둠 속에서 옷을 모두 벗은 것이었다.

그 키스는 마치 용암과도 같았다. 도무지 그녀를 밀어낼 수가 없었고 이젠 저항할 생각도 사라진 상태였다. 메리는 마치 그림자처럼 내게 달라붙어서 몸을 비틀며 나를 끌어당겼다. 100미터쯤 떨어진 곳에서 들리는 테니스 경기를 관람하는 사람들의 환호성 소리가 적막처럼 멀게 느껴지면서 내 귀에서 신음하는 메리의 목소리만 들릴 뿐이었다.

자리로 돌아와 보니 경기는 거의 다 끝나 있었다. 입에서 립스틱 자국을 지우고 옷에서 먼지를 털어 냈다. 메리가 자기 동생을 보더니 체면을 차리느라 잠시 내 곁에서 떨어졌다. 덕분에 군중들 있는 데로 도망갈 기회가 생겼고 곧장 샬럿을 찾았다. 샬럿은 내가 떠난 그 자리에 그대로 앉아 있었다. 하지만 이제 앉아 있는 것이 지루해진 듯했다. 샬럿과 어떤 키 큰 젊은이가 함께 콜라를 마시고 있었다. 그 모습을 보니 화가 났다.

세상에. 나란 놈도 참 대단하지. 방금 그런 짓을 해 놓고 이제 와서 샬럿에게 질투를 느끼다니……. 샬럿을 부르자 내게로 왔다.

"어디 있었어요?"

"내 명예를 지키기 위해 싸우다 왔지."

나는 거짓말을 했다.

"보기에도 그런 것 같네요. 어떻게 빠져나왔어요? 물어봐도 돼요?"

"걱정 마요. 그런데 시간이 좀 걸렸네요. 계속 여기 있었던 겁니까?"

"네. 남편이 다른 여자와 외출한 다음에도 집에 앉아서 기다리는 착한 아내처럼 가만히 앉아 있었죠."

샬럿이 웃었다.

테니스 경기 종료를 알리는 고함 소리가 집에서 들리는 비명 소리와 함께 들려왔다. 그 비명 소리 때문에 관중들의 환호성 소리가 일시에 조용해졌다. 비명 소리는 계속 반복해서 울려 나오다가 점점 작아져서 낮은 신음 소리가 되었다.

샬럿의 손을 놓고 집으로 뛰어갔다. 바텐더가 백지장처럼 하얘진 얼굴로 문간에 서 있었다. 거의 말도 못한 채 손만 들어 계단을 가리켰다. 한 걸음에 두 칸씩 서둘러 뛰어 올라갔다.

첫 번째 문은 휴게실 문이었다. 작은 무도장만큼이나 큰 휴게실이었다. 가정부가 바닥에 웅크리고 앉아 있었다. 그 뒤에 미르나가 총알로 가슴을 관통당한 채 누워 있었다. 마치 자신을 보호하려는 듯 손으로 가슴을 움켜쥐고 있었다.

맥박을 살펴보았다. 이미 죽어 있었다.

아래층에서는 손님들이 잔디밭을 가로질러 뛰어오고 있었다. 바텐더에게 문을 닫으라고 소리친 후 전화기를 들어 문지기를 찾았다. 문지기에게 문을 닫고 아무도 나가지 못하게 하라고 이른 다음 전화를 끊고 아래층으로 달려갔다. 정원사라고 생각되는 작업복 차림의 남자 세 명을 붙잡고 뭐 하는 사람들이냐고 물었다.

한 명은 정원사라고 대답했고 또 한 명은 집을 돌보는 수리공이었고 나머지 한 명은 그의 조수였다.

"여기 총이 있습니까?"

세 사람이 고개를 끄덕이더니 수리공이 말했다.

"서재에 엽총 여섯 개와 30구경 권총 하나가 있습니다."

내가 명령했다.

"가서 그 총들 전부 가지고 오세요. 위층에서 살인 사건이 일어났는데 범인은 아마 저 밖 어딘가에 있을 겁니다. 집 안을 수색해 보고 도망가려는 사람이 있으면 쏘아 버리세요. 알아듣겠습니까?"

정원사가 뭐라고 말대꾸를 하려다가 내가 수사관 배지를 내보이자 다른 사람들과 함께 서재로 달려가 1분 만에 총을 가지고 왔다.

손님들은 현관에 모여 있었다. 밖으로 나가 두 손을 들고 조용히 하라는 신호를 보냈다. 무슨 일이 일어났는지 말해 주자 몇 명은 비명을 질렀고 여러 사람들이 불안한 듯 이야기를 주고받았다. 모두가 공포감에 사로잡혔다.

다시 한 번 손을 들고 말했다.

"여러분 스스로를 위해서도 여기서 나가지 않는 게 좋을 겁니다. 밖으로 나가려는 사람이 있으면 사살하라는 명령을 받고 주위에 배치된 사람들이 있습니다. 경기 중에 함께 있었던 사람을 찾아서 알리바이를 준비해 두도록 하십시오. 없는 알리바이를 꾸며 내지는 마십시오. 어차피 들통이 날 테니까요. 지시 사항을 즉시 전달할 수 있도록 현관에 계십시오."

얼굴이 하얗게 질린 샬럿이 들어와서 물었다.

"누구죠?"

"미르나예요. 가엾은 아가씨, 이제 더는 근심할 것도 없게 되어 버렸지 뭡니까. 죽었어요. 살인범은 분명 등잔 밑 어딘가에 있을 테고요."

"제가 할 일은 없나요?"

"있죠. 가서 벨르미 자매를 좀 데리고 와요."

샬럿이 벨르미 자매를 데리러 간 사이에 바텐더를 불렀다. 사시나무 떨 듯하며 내게 왔다.

"여기 누가 들어왔죠?"

"아무도 못 봤는데요. 여자 한 명이 들어오는 걸 보긴 했지만 다시 나오는 건 못 봤죠. 2층에 죽어 있는 바로 그 여자요."

"계속 여기 있었습니까?"

"네. 계속 있었어요. 술 마시러 들어오는 손님들 때문에 자리를 뜨면 안 되거든요."

"뒷문 쪽은 어떻습니까?"

"잠겨 있어요. 들어오는 길은 이 문뿐입니다. 저 여자 말고는 아무도 안 들어왔어요. 그런데 저 여자는 죽어 있고요."

화가 난 나머지 내가 고함을 질렀다.

"똑같은 소리 자꾸 반복해서 할 겁니까? 묻는 말에 대답만 해요. 잠깐이라도 자리를 떠난 적이 있습니까?"

"없습니다. 딱 한 번 자리를 비우긴 했지만 그때에도 1초도 채 안 돼서 돌아왔는걸요."

"뭐라고요?"

이 녀석은 겁을 먹은 표정이었다. 자기한테 책임이 돌아올까 봐 겁을 먹은 것이다.

"그러지 말고 말해 봐요."

"잠깐 뭘 마시러 갔다 왔어요. 그냥 맥주만 가지고 왔는

내가 심판한다 233

데……. 벨르미 양께는 말하지 마세요."

"젠장."

그 정도면 살인범이 들어오기에 충분한 시간이었다.

"갔다 오는 데 얼마나 걸렸죠? 잠깐. 저기 가서 맥주 좀 가지고 와 봐요. 얼마나 걸리는지 봅시다."

바텐더가 맥주를 가지러 간 사이에 시간을 쟀다. 15초 뒤에 맥주 한 병을 들고 다시 돌아왔다.

"아까도 지금처럼 빨리 갔다 왔습니까? 잘 생각해 봐요. 맥주를 여기서 마셨나요, 아니면 저기서 마시고 왔나요?"

"여기서 마셨습니다."

바텐더가 간단히 대답하더니 바닥에 놓인 빈 병을 가리켰다. 바텐더에게 움직이지 말라고 소리친 다음 집 뒤로 달려 나갔다. 이 집은 두 구획으로 나누어져 있었는데 이곳은 다른 구획에 속한 부분이었다. 들어오는 길은 바로 통하는 창문 겸용 문과 뒷문뿐이었다. 아니면 다른 구획으로 통하는 연결 문이 하나 있었다. 창문은 잠겨져 있었다. 뒷문도 마찬가지였다. 두 구획 사이의 쌍둥이 문은 굳게 잠겨 있었다. 다른 입구가 있는지 살펴보았지만 전혀 없었다. 그렇다면 살인범은 이 집 안 어딘가에 아직 갇혀 있을 게 분명했다.

재빨리 계단을 올라갔다. 가정부가 의식을 회복하고 있어서 일어나도록 도와주었다. 얼굴이 하얗게 질린 채 숨쉬기도 곤란해하고 있었다. 그래서 맨 위 계단에 앉혀 놓고 있는데 샬럿이 쌍둥이 자매와 함께 들어왔다.

가정부는 질문에 대답을 할 만한 상태가 아니었다. 샬럿에게 빨리 팻 체임버스에게 전화해서 이리 부르라고 소리쳤다. 그러면 팻이 알아서 경찰들도 부를 것이었다. 메리와 에스더가 올라와서 가정부를 데리고 아래층으로 내려가 의자에 앉았다.

살인 사건이 일어난 방으로 들어가서 문을 닫았다. 범인의 지문이 지워지지 않을까 하는 걱정 따위는 하지 않았다. 내가 쫓고 있는 살인범은 지문을 남기는 법이 없는 놈이니까.

미르나는 하늘색 코트를 입고 있었다. 왜 그걸 입고 있는지는 알 수 없었다. 저런 코트를 입기에는 너무 따뜻한 밤이었다. 전신 거울 앞에 몸을 반으로 접은 채 누워 있었다. 상처를 자세히 들여다보았다. 이번에도 45구경이었다. 바로 그 살인범의 총이다. 무릎을 꿇고 총알을 찾는데 양탄자 위에 뭔가가 떨어져 있는 것이 보였다. 하얀 가루였다. 누가 그 가루를 손으로 집으려고 한 듯 카펫 털이 헝클어져 있었다. 주머니에서 봉투를 꺼내 가루를 조금 담았다. 시체를 만져 보았다. 아직도 온기가 남아 있었다. 이런 기온에서라면 사후 강직이 금방 일어나지는 않을 터였다.

미르나는 두 손을 꼭 잡고 있어서 내 손가락이 들어갈 틈조차 없었다. 상처를 덮으려고 코트를 꽉 잡았던지 손톱 밑에 모직 섬유가 끼어 있었다. 끔찍한 살인이긴 해도 그 자리에서 즉사한 것 같았다. 고통도 느끼지 않은 죽음.

코트 밑을 만져 보았더니 옷감 사이에 총알이 끼어 있었다. 범인은 여기에 있다. 이제 그를 찾기만 하면 된다. 왜 미르나를 죽였는지는 도무지 알 수 없었다. 미르나도 나만큼이나 사건과 관련이 없는 인물인데……. 동기가 뭘까? 동기가 뭐지? 도대체 무슨 동기가 있어서 이렇게 많은 사람들이 죽어 나간단 말인가? 살인범에게 당한 사람들을 봐서는 단서를 찾을 수가 없었다. 모두 서로 전혀 다른 사람들이었다.

잭이라면 또 모르겠다. 잭은 살인에 휘말릴 만한 소지가 있지만 미르나는 아니다. 보보만 해도 그렇다. 보보가 이 사건의 일부일 거라고는 도무지 상상할 수가 없었다. 도대체 살인 동기가 무엇이 었을까? 그래, 마약⋯⋯. 보보는 마약을 운반했다. 하지만 그 배후는 누구일까? 보보는 이미 죽어 버렸으니 그 물건을 누구한테 서 받았는지, 혹은 어디로 가는 물건이었는지 말해 줄 수 없는 처지였다.

죽은 사람에 대한 예우의 표시로 문을 조용히 닫았다. 에스더 벨르미가 계단 아래에 있는 의자에 가정부를 앉혀 놓고 위로해 주고 있었다. 메리는 위스키를 마시고 있었는데 손을 떨고 있었다. 충격이 컸던 모양이다. 반면 에스더는 아주 침착했다. 샬럿이 얼음주머니를 가지고 와서 가정부의 머리에 갖다 대었다.

"그 사람, 이제 얘기 좀 할 수 있는 건가?"

샬럿에게 물었다.

"그런 것 같아요. 부드럽게 잘 대해 주세요."

가정부 앞에 무릎을 꿇고 앉아 그녀의 손을 어루만졌다.

"기분은 좀 나아졌습니까?"

가정부가 고개를 끄덕였다.

"다행이군요. 그럼 질문 몇 가지만 드리겠습니다. 그리고 나면 푹 쉬셔도 좋습니다. 누가 들어오거나 나가는 것을 보셨나요?"

"아뇨. 저는 청소하느라 집 뒷마당에 있었어요."

"총소리가 들렸나요?"

그것도 못 들었다고 대답했다.

저쪽에 있는 흑인을 불렀다.

"당신은요? 무슨 소리가 들렸나요?"

"아뇨. 아무 소리도 안 들렸는데요."

두 사람 다 총소리를 못 들었다면 그 45구경 권총에 아직도 소음기가 장치되어 있는 것이 틀림없다. 만약 살인범이 그걸 가지고 있다면 반드시 찾아낼 것이다. 그런 장비는 워낙 커서 감추기가 힘들기 때문이다.

다시 가정부에게 물었다.

"2층에는 왜 갔죠?"

"옷 정리 좀 하려고요. 아가씨들께서 침대 위에 온통 옷을 어질러 놓으셨거든요. 그때 그 시, 시체를 봤어요."

가정부는 손으로 얼굴을 감싸고 조용히 흐느꼈다.

"이제 한 가지만 더 대답해 주시면 됩니다. 혹시 뭐 만진 물건이 있습니까?"

"아뇨. 그냥 기절했어요."

"샬럿, 이분을 침대로 모셔다 드려. 잠이 들 만한 게 뭐 없나 한 번 찾아보고. 충격이 컸던 것 같아."

샬럿과 에스더가 거의 끌다시피 해서 정부를 침대로 데려갔다. 메리 벨르미는 계속 술만 퍼마시고 있었다. 오래 서 있지도 못할 것 같았다. 바텐더를 구석으로 데리고 갔다.

"난 지금 위층으로 올라갈 거야. 내 허락 없이 아무도 들여보내거나 나가게 해선 안 돼. 알았어? 내 말 안 들었다간 너도 감옥에 갈 테니 알아서 해."

그 밖에는 더 할 말이 없었다. 바텐더는 알아듣지도 못할 대답을 더듬듯 내뱉고서 앞문을 잠그고 빗장을 채웠다.

살인범이 지금 여기 어딘가에 있을 것이다. 위층 창문으로 나가지 않았다면 앞문으로 나갔을 것이다. 다른 곳은 모두 단단히 잠겨 있었다. 하지만 바텐더가 맥주를 가지러 간 잠깐 사이에 누군가가 여기로 들어왔다. 그 시간이면 살인범이 들어오기에는 충분하지만 바텐더에게 들키지 않고 다시 밖으로 나가기에는 부족하다. 바텐더가 누굴 봤는데 절대 말하지 말라는 협박을 받은 거라면 내가 알아챘을 것이다. 맹세컨대 바텐더가 한 말은 사실이었다. 게다가 만약 바텐더가 정말 살인범을 보았다면 살인범은 자기 정체가 드러날까 봐 바텐더도 죽였을 것이다.

계단 맨 위에 올라서서 보니 복도가 T자 모양으로 갈라져 있었다. 한쪽 복도에 있는 문은 다 열려 있었는데 알고 보니 모두 손님 방이었다. 창문이 열리는지 확인해 보았다. 잠겨 있었다. T자 모양으로 갈라진 복도를 여기저기 다 돌아다니며 어디에 출구가 있는지 찾아보았다. 살인범이 나타나기를 바라고 기다리며 손에는 권총을 들고서 방이란 방은 전부 다 뒤지고 조사해 봤다.

맨 마지막으로 살인이 일어난 방까지 왔다. 여기가 살인범이 빠져나간 곳이다. 창문이 쉽게 열려서 창문 밖 5미터 아래 판석이 깔린 길을 내려다보았다. 여기서 뛰어 내렸다면 아마 지금쯤 제대로 걷지도 못할 것이다. 특히 저런 돌판 위로 떨어졌다면 다리가 부러지고도 남을 만큼 높았다. 창문 밑으로 건물을 빙 둘러싼 좁다란 받침판이 있었다. 벽에서 20센티미터 정도 튀어나온 데다 먼지 하나 없이 깨끗했다. 성냥불을 켜고 콘크리트 받침판 위에 발자국이 남아 있는지 찾아보았지만 전혀 없었다. 아무 흔적도 없었다. 정말 미쳐 버릴 듯 답답한 심정이었다.

그 20센티미터 정도 되는 공간조차도 사람이 걸어 다니기에는 너무 좁았다. 내가 직접 한번 시도해 보았다. 받침판 위에 서서 벽을 마주보고 걸었다가 다음에는 벽에 등을 대고도 걸어 보았다. 어떻게 해 봐도 금방 떨어질 것만 같았다. 이 위로 걸어가려면 진짜 운동선수가 아니고는 불가능할 것 같았다. 몸속에 고양이의 피가 흐른다면야 또 모를까……

방 안으로 들어와 창문을 닫고 다시 복도로 들어갔다. 복도 양 끝에 나 있는 창밖으로 땅이 보였다. 처음에는 안 보였는데 머리를 내밀고 보니 창문 가까이 벽 속에 화재 탈출용 사다리가 붙어 있었다. 이거 참, 제대로만 했으면 아주 근사했겠군. 살인범은 미르나를 죽인 뒤 창문으로 빠져나가 받침판을 걸어 탈출용 사다리까지 갔다는 말이 된다. 이젠 아예 살인범이 아닌 서커스 곡예사를 상상하고 있는 셈이 되어 버렸다. 젠장, 갈수록 머리만 더 복잡해졌다.

아래층으로 내려와 메리가 들고 있던 술잔을 빼앗은 뒤 의자에 편히 앉혔다. 너무 취한 나머지 완전히 망가져 있었다.

30분이 지나도록 어떻게 된 일인지 갈피를 못 잡고 있는데 밖에서 뛰어오는 발소리가 나서 바텐더에게 문을 열게 했다.

팻과 그의 부하들이 지방 경찰 몇 명의 안내를 받아 들어왔다. 출입 금지 테이프를 어떻게 뚫고 들어왔는지 나로서는 알 길이 없었다. 즉시 2층으로 올라와서 내가 얘기해 주는 자세한 상황을 들었다.

이야기가 끝나자 팻은 몸을 숙여 시체를 살펴보았다. 지방 경찰서 시체 감식반원이 들어오더니 미르나의 사망 사실을 공식적으로 확인하고 보고서를 작성했다.

"죽은 지 얼마나 된 거야?"

팻의 질문에 감식반원은 잠시 망설이다가 말했다.

"날씨가 더워서 정확한 시간을 집어내기는 어렵습니다만 대충 두 시간쯤 된 것 같습니다. 부검을 해 보면 더 정확한 결과가 나오겠죠."

두 시간이면 꽤 정확한 계산이었다. 내가 집 밖 숲 속에 메리 벨르미와 있는 사이에 일어난 일이니까.

팻이 내게 물었다.

"전부 다 여기 있는 거야?"

"그럴 거야. 에스더한테 손님 명단을 달래서 한번 살펴봐. 담장과 문에 경비를 세워 놨거든."

"알았어. 내려가자."

팻이 사람들을 모두 별채에 있는 큰 방으로 데리고 갔다. 마치 통조림 속 정어리처럼 사람들을 가득 집어넣어 놓았다. 에스더에게서 손님 명단을 받은 팻이 이름을 읽어 내려갔다. 이름이 호명된 사람은 하나씩 자리에 앉았다. 아무도 빠져나간 사람이 없는지 확인하기 위해 경찰들이 자세히 주시하고 있었다. 모인 사람들이 절반 정도 자리에 앉고 나서 팻이 '하먼 와일더'를 불렀다.

대답이 없었다. 팻이 다시 한 번 이름을 불렀다. 그래도 대답이 없었다. 한 명이 어디론가 사라진 것이다. 팻이 경찰 한 명에게 고갯짓을 하자 경찰이 전화기로 달려갔다. 그때부터 추적이 시작되었다.
 여섯 명을 더 부르고 나서 '찰스 셔먼'을 불렀다. 세 번을 더 불러도 대답이 없었다. 들어본 적이 없는 이름이었다. 에스더에게 다가갔다.
 "셔먼이란 사람은 누구죠?"
 "와일더의 비서예요. 경기 중에 봤는데……"
 "지금 여긴 없는 것 같군요."
 에스더에게 들은 정보를 팻에게 전해 주고 셔먼이라는 이름도 경찰차와 경찰서에 전했다. 팻은 계속 명단을 읽어 내려갔다. 명단을 다 읽었는데 아직도 스무 명이 서 있었다. 초대받지 않은 채 들어온 사람들이었다. 어딜 가도 이런 사람들은 있다. 그날 밤 그 집에 들어온 사람들은 250명이 넘었다.
 팻이 경찰 한 명당 일정 수의 손님을 배당하고 내게도 몇 명을 배당했다. 나는 현장에 있었기 때문에 그 집에서 일하는 사람들, 쌍둥이 자매, 샬럿, 그 외 열 명을 맡았다. 팻 자신은 불청객들을 맡았다. 팻은 담당 경찰을 다 배정하자마자 모인 사람들을 조용히 시키고 목청을 가다듬은 뒤 말했다.
 "여기 계신 분들은 모두 살인 혐의를 받고 있습니다. 물론 여러분 모두가 범인은 아니라는 것은 압니다. 이름이 호명되면 여기 있는 경찰에게 보고를 해 주시기 바랍니다. 각자 따로 보고하셔야 합니다. 저희가 원하는 건 알리바이입니다. 사건 당시 경기장에서 누구와 있었는지, 어디에 있었는지 말씀해 주셔야 합니다."
 그러고 나서 시계를 확인하더니 다시 말을 이었다.
 "두 시간 50분 전 알리바이입니다. 옆에 누가 있었는지 증언할 수 있다면 해 주십시오. 그렇게 하면 자신의 알리바이까지도 성립할 수 있습니다. 반드시 사실만을 말씀하셔야 합니다. 확실하지 않은 것은 절대 말하지 말아 주십시오. 위증 사실은 반드시 발각하겠습니다. 이상입니다."

나는 내가 맡은 손님들을 모아 현관 밖으로 데리고 나갔다. 우선 집안일을 하는 사람들부터 시작했다. 모두들 함께 있었기 때문에 서로의 알리바이를 확인해 주었다. 그중 열 명은 파티 전문가로 그날 고용된 사람들이었다. 그들의 진술도 받아 두었다. 메리는 나와 함께 있었으니 제외시켰다. 에스더는 거의 내내 심판관 옆에 있었고 다른 사람들도 이 사실을 확인해 주었다. 사람들을 내보내고 에스더는 술에 취해 반쯤 정신이 나간 언니와 남았다. 마지막으로 샬럿을 남겨 두었다가 함께 현관으로 나갔다.

"이제 당신 차례네요. 어디 있었죠?"

"어쩜 그렇게 뻔뻔하게 물어볼 수가 있는 거죠? 당신이 가 버리고 난 자리에 그대로 있었잖아요."

"화내지 말아요. 나도 갇혀 있었던 거니까."

샬럿에게 키스하자 샬럿이 말했다.

"괜찮아요. 어차피 그건 다 용서할 거니까. 이제 제가 어디 있었는지 말씀드리죠. 잠깐 동안 필즈라는 친절한 젊은 남자와 콜라를 마시다가 나중에는 나이 든 아저씨와 농담 따먹기나 했죠. 그 아저씨 이름은 모르겠는데, 명단에 없는 불청객 중 한 명이었어요. 역삼각형 턱수염을 기르고 있더군요."

누군지 생각날 것 같았다. 이름은 없이 그냥 '역삼각형 턱수염'이라고만 적어 놓았다. 방으로 걸어가는 내내 샬럿이 내 옆에 꼭 붙어 있었다. 경찰관들이 진술 내용을 확인하는 동안 팻은 명단을 정리하고 있었다. 같이 있던 사람의 이름이 헷갈려서 잘못 말한 부부가 하나 있긴 했지만 그것도 곧 제대로 확인되었다.

알리바이가 없는 사람은 한 명도 없었다. 와일더와 셔먼이 도망갔다는 것도 이해가 안 되는 일이었다. 두 사람 다 다른 손님에 의해 알리바이가 확인되었기 때문이다. 팻도 나도 미칠 노릇이었다. 팻은 마음을 좀 진정시키고서 부하들에게 거기 있던 모든 사람들의 이름과 주소를 받아 두라고 지시하고, 손님들에게는 언제든 연락할 수 있도록 멀리 가지 말 것을 당부했다.

팻의 말이 맞았다. 그렇게 많은 사람들을 모두 한곳에 모아 놓는다는 건 사실상 거의 불가능했다. 아직도 가망 없는 추적을 하고 있는 것 같았다.

거의 모든 차들이 일시에 파티장을 빠져나갔다. 살인 현장을 망가뜨리면 안 되기 때문에 팻이 경찰 한 명을 시켜 손님들에게 코트를 나눠 주도록 했다. 나도 샬럿의 코트를 가지러 샬럿과 함께 2층으로 올라갔다. 경찰이 하얀색 늑대 털 칼라가 달린 하늘색 코트를 꺼내 와서 내가 샬럿에게 입혀 주었다.

메리는 아직 밖에 있어서 작별 인사도 하지 못했다. 에스더는 여전히 침착한 모습으로 아래층에서 손님들을 배웅하고 있었는데 심지어 초대받지 않고 온 손님들에게도 친절하게 대했다.

에스더와 악수를 나누고 조만간 다시 만나자는 말을 남긴 뒤 샬럿과 함께 그곳을 떠났다. 샬럿이 차를 가져오지 않고 기차를 타고 왔기에 같이 내 차를 타고 집으로 출발했다.

우리 둘 다 별로 말이 없었다. 파티장에서 멀어질수록 점점 더 화가 났다. 어찌 이렇게 일이 엉킬 수가 있는 것인지! 마치 잭에게서 시작해서 잭으로 끝나는 고리 같았다. 살인범은 결국 잭의 연인인 미르나에게까지 돌아온 것이다. 미친 짓이다. 범죄 패턴을 도무지 종잡을 수가 없었다. 내가 설정했던 범죄 동기는 완전히 틀린 것이었다. 내 설정에는 미르나를 도무지 끼워 맞출 수가 없었다. 옆에서 흐느끼는 소리가 들려 돌아보니 샬럿이 눈물을 훔치고 있었다. 그녀의 눈물을 충분히 이해할 수 있었다. 샬럿은 미르나를 좋아했으니까.

샬럿을 내 품으로 끌어당겨 꼭 안아 주었다. 샬럿에게 이번 일은 악몽과도 같은 사건이었을 것이다. 나는 죽음을 수차례 목격해서 익숙해져 있지만 샬럿은 그렇지 않았다. 검찰 수사망이 와일더와 셔먼을 잡아들이면 뭔가 답이 보일지도 모른다. 이유 없이 괜히 도망가는 사람은 없는 법이니까. 외부인, 그들이 문제의 열쇠다. 와일더와 셔먼 중에 이 사건의 음모와 연루되어 있는 사람이 있을까? 그럴 가능성이 매우 높다. 경찰들이 제일 잘하는 일이 인간 사냥이니, 분명 잡아들일 수는 있을 것이다. 절대 놓치면 안 된다! 도망치게 놔두느니 차라리 죽여 버리는 편이 낫다. 이젠 내가 아니라 누가 잡더라도 상관없다. 명예 따윈 집어치웠다. 정의만이 있을 뿐이다.

샬럿의 집 앞에 차를 세우면서 생각을 멈췄다. 시계를 보니 자정이 훨씬 지난 시각이었다. 샬럿 대신 문을 열어 주었다.

"잠깐 들어갈래요?"

"오늘은 안 돼요. 집에 가서 생각할 게 좀 있어서."

"알겠어요. 대신 굿나잇 키스해 줘요."

샬럿의 내민 얼굴에 키스를 해 주었다. 얼마나 사랑스러운 여자인지……. 이 전쟁이 끝나고 샬럿과 결혼하면 정말 행복할 것만 같았다.

"내일도 볼 수 있을까요?"

나는 고개를 저었다.

"안 될 거예요. 시간 되면 전화할게요."

"제발 시간 좀 내 봐요. 내일 못 보면 화요일까지 못 본단 말예요."

"월요일에 무슨 일이라도 있어요?"

"에스더와 메리가 시내로 돌아온다고 해서 같이 저녁 먹기로 했거든요. 에스더는 당신이 생각하는 것보다 훨씬 더 긴장해 있어요. 메리는 금방 극복하겠지만 에스더는 그렇지 않을 거예요. 여자들이란 어려운 일이 닥치면 약해진다는 거 당신도 알잖아요."

"알았어요. 혹시 내일 못 만나면 월요일에 전화하고 화요일에 만나죠. 그날 반지 맞추러 가도 좋고요."

이번에는 길게 키스하고 샬럿이 건물 안으로 사라질 때까지 뒤에서 지켜보았다. 생각할 것이 많았다. 너무 많은 사람들이 죽었다. 일이 더 커질까 걱정이 되었다. 지금 당장 뭔가 수를 쓰지 않으면 안 된다. 차고에 차를 주차시키고 2층 침실로 올라갔다.

13장

　일요일은 그야말로 꽝이었다. 아침부터 빗줄기가 세차게 내리치더니 시계 알람 소리가 귀를 때렸다. 주먹으로 시계를 내리치고 욕을 해 댔다. 일찍 일어날 필요가 없는 날인데도 자동으로 알람이 울리도록 설정해 놓았기 때문이다.
　일요일만큼은 샤워도 면도도 필요 없었다. 평소처럼 속옷 차림으로 돌아다니며 토스트를 구워 먹었다. 설거지를 하면서 거울에 비친 내 모습을 보니 정말 더럽고 지저분한 얼굴이었다. 이런 날은 최대한 추한 몰골을 하고 있게 된다.
　다행히 냉장고에 맥주가 가득 있었다. 2리터짜리 맥주 하나와 유리잔과 담배 한 갑을 의자 옆 테이블에 올려놓았다. 그러고 나서 현관문을 여니 신문이 바닥으로 쏟아져 들어왔다. 신문 더미를 차근차근 살펴보면서 재미있는 것들만 따로 분리해 내고 지루한 뉴스 면은 휴지통에 던져 버린 다음 하루를 시작했다.

신문을 대충 읽고 나서는 라디오를 켜고 방 안을 걸어 보았다. 재떨이란 재떨이는 전부 다 꽉 차서 흘러넘치기 직전이었다. 뭐 하나 제대로 돼 있는 것이 없는 것 같았다. 이따금씩 의자에서 몸을 뒤집으며 두 손으로 머리를 감싸고 생각을 해 보려고 애를 썼다. 하지만 무엇을 해 봐도 항상 '막다른 길'이라는 똑같은 답만 나올 뿐이었다. 미치겠군!

뭔가가 나올 것도 같았다. 그건 알고 있었다. 하지만 뭔지 감을 잡을 수가 없었다. 머릿속 한 구석에서 작은 단서가 스멀스멀 피어오르면서 자기를 좀 알아봐 달라고 몸부림치는 것이 느껴졌지만 그럴수록 그 단서를 차단하는 벽이 더 높게 쌓아 올려지는 것만 같았다.

느낌에 의존할 일이 아니었다. 사실을 잡아야 한다. 어떤 작고, 사소한 사실……. 도대체 그 사실은 무엇일까? 그 사실이 문제의 답이 될 수 있을까? 뭔가가 나를 아주 불편하게 하고 있었다. 맥주를 좀 더 마셔 봤다. 아니야. 아니야. 아니야. 아냐……. 아냐……. 아냐……. 아냐……. 답이 나오지 않았다. 사람의 머리란 도대체 어떻게 만들어져 있는 걸까? 너무 복잡한 구조를 가지고 있는 나머지 사소한 사실 따위는 수많은 지식의 미로에서 길을 잃게끔 만들어져 있는 걸까? 왜지? 내 머리를 늘 따라다니는 그 망할 놈의 '왜'라는 질문! 모든 것에 '왜'라는 질문이 따라다녔다. 분명 이유가 있기는 있다. 하지만 그걸 어떻게 끄집어낸단 말인가! 빙 돌려서도 생각해 보고 핵심을 관통하는 생각도 해 봤다. 심지어 그냥 잊어버려 보기도 했다. 하지만 아무리 노력을 해도 그럴수록 좌절감만 깊어져 갔다.

시간이 가는 줄도 모르고 있었다. 마시고, 먹고, 그러다 보니 밖은 어두워져 있었다. 불을 켜고 맥주를 좀 더 마셨다. 몇 초, 몇 분, 몇 시간이 흘렀다. 싸우고 또 싸워 봤지만 번번이 지기만 했다. 그래도 또 다시 싸워 봤다. 사소한 한 가지 사실. 그게 무엇일까? 도대체 무엇일까?

어느새 냉장고는 텅 비어 버렸고 더는 마실 것도 없어진 나는 침대에 기진맥진한 채 누웠다. 도무지 문제가 깨지지를 않았다. 그날 밤에는 살인범이 나를 비웃는 꿈을 꾸었다. 살인범의 얼굴은 볼 수 없었다. 그 살인범이 잭과 미르나 그리고 나머지 피해자들을 사슬에 묶어 끌고 다니는 사이, 나는 양손에 45구경 권총을 든 채 살인범을 잡으려고 좁다란 유리벽 사이를 부질없이 뛰어 다니고 있었다. 내가 그렇게 소리 지르고 욕설을 퍼붓는 동안 살인범은 총도 들지 않은 채 악마처럼 웃고 있었다. 하지만 유리벽은 절대 깨지지 않았고 나는 밖으로 나갈 수가 없었다.

입에서 쓴맛을 느끼며 잠을 깼다. 양치질을 해도 그 맛이 가시지 않았다. 창밖을 내다보았다. 월요일이 밝았지만 일요일보다 나아진 것은 아무것도 없었다. 비는 양동이로 퍼붓는 듯이 내리고 있었다. 더는 집구석에 웅크리고 있을 수가 없어서 면도를 하고 옷을 입은 다음 레인코트를 걸치고 외식을 하러 나갔다. 집에서 나간 시각은 열두 시, 식사를 끝낸 시각은 한 시였다. 술집에 들러 하이볼을 계속 주문했다. 그러다가 다시 시계를 보니 거의 여섯 시였다.

그때 주머니를 뒤져 담뱃갑을 찾았다. 손에 봉투 하나가 잡혔다. 젠장, 내 정강이를 내 발로 차 버리고 싶은 심정이었다. 바텐더에게 제일 가까운 약국이 어딨냐고 물어보니 모퉁이를 돌면 있다고 가르쳐 주었다.

약국 문을 막 닫으려는 참이었지만 간신히 안으로 들어갔다. 봉투를 꺼내 그 정체불명의 물질을 테스트해 줄 수 있냐고 물었다. 약사는 마지못해 해 주겠다고 대답했다. 함께 봉투 속에 있던 가루를 종이 위에 털어 낸 다음 약사가 가루를 가지고 약국 뒤쪽 제조실로 들어갔다. 오래 걸리지는 않았다. 거울 앞에서 넥타이를 고쳐 매고 있는데 약사가 돌아와서는 의심스러운 눈초리로 내게 봉투를 내밀었다. 그 위에는 딱 한 단어가 적혀 있었다.

헤로인.

다시 거울을 보았다. 얼음처럼 차게 피가 식은 듯한 얼굴이 나를 바라보고 있었다. 동공도 확대되어 있었다. 거울. 거울과 그 한 단어. 봉투를 거칠게 주머니 안으로 꾸겨 넣은 후 약사에게 돈을 건네주었다.

말이 나오지 않았다. 몸속에서 뭔가가 끓어올라 몸이 차가워졌다 더워졌다 하는 듯한 느낌이었다. 목구멍이 그렇게 좁지 않았다면 분명 고함을 내질렀을 것이다. 이제서야 알아내다니! 시간 낭비라고 할 수는 없었다. 여기까지 오기 위해서 그만한 시간은 희생할 수밖에 없었기 때문이다. 행복했다. 정말 행복했다. 어쩜 이렇게 행복할 수가 있는 것인지! 이유야 알고 있었지만 그래도 어떻게 이렇게까지 행복할 수 있는 것일까! 결국은 팻을 이겼다. 팻은 그 이유를 몰랐고, 오직 나만이 그걸 알고 있었다.

이제서야 살인범이 누구인지 알아냈다.

그리고 나는 행복했다. 다시 술집으로 들어갔다.

마지막으로 담배 한 모금을 빨아들이고 꽁초를 시궁창에 던져 버린 다음 방향을 돌려 아파트로 들어갔다. 아파트 입구의 문이 꽉 닫혀 있지 않아서 들어가기가 쉬웠다. 엘리베이터를 탈 필요도 없었다. 시간은 충분했다. 계단을 올라가면서 마지막 피날레가 어떻게 장식될지 궁금해했다.

문이 잠겨 있긴 했지만 예상했던 일이었다. 가지고 다니던 만능 열쇠로 문을 열었다. 빈집에서 느낄 수 있는 이상한 적막감이 감돌고 있었다. 불을 켤 필요도 없었다. 내부 구조는 충분히 잘 알고 있었다. 가구가 어디에 있는지도 머리에 다 들어 있었다. 두 개의 벽 사이 모서리에 위치한 무거운 의자 위에 앉았다. 의자 뒤 테이블 위에 놓인 고무나무의 나뭇잎이 목뒤에서 바스락 소리를 냈다. 나뭇잎을 치우고 쿠션에 몸을 깊숙이 눕혀 편안한 자세를 취한 뒤 총집에서 45구경 권총을 꺼내 안전핀을 제거했다.

그리고 살인범을 기다렸다.

그래, 잭, 이거야. 이제 끝이야. 여기까지 오느라고 먼 길을 돌아왔지만 결국은 해냈어. 이젠 누가 그런 짓을 했는지 알아냈어. 어떻게 일이 이렇게 풀릴 수가 있는 건지……. 참 우습지? 그 모든 단서를 돌이켜 보니 마지막 열쇠로 열 때까지 계속 헛다리만 짚고 있었지 뭔가. 결국 그 마지막 단서를 잡아내긴 했지. 이렇게 냉혈 동물 같은 살인마에게는 그런 결정적 단서가 치명적인 독이거든. 범인의 계획은 훌륭했어. 하지만 결국 그 자체로 허점을 남기고 나는 머리를 굴려 문제를 해결해 낸 거야. 정말 숱하게 많은 기회를 놓치긴 했지만 결국에는 논리적인 해답을 찾아내고야 말았어. 사실 논리적이라고는 할 수 없고, 운이 좋았던 것뿐이지만 말야. 잭, 내가 했던 약속 기억나? 살인범을 찾으면 네가 총을 맞은 바로 그 자리에 쏴 주겠다고. 창자 속에 들어 있던 저녁 식사거리가 밖으로 다 쏟아져 나오게 해 주겠다고. 반드시 죽일 거야. 하지만 쉽고 빠르게 죽이진 않겠어. 몇 분은 걸릴 거야. 그게 누구든지. 잭, 반드시 그 살인범을 처치하겠어. 의자도, 밧줄도 필요 없어. 그저 창자에 한 발을 쏘면 폐에서 공기가 빠져나가고 몸에서 생명이 빠져나가겠지. 피를 많이 흘리게 할 필요도 없어. 다만 그 살인범이 내 발치에서 죽어 가는 것을 보며 내가 약속을 지켰다는 사실에 기뻐할 거야. 그놈은 그렇게 고통스럽게 죽어야만 해. 아주 고통스럽고 끔찍하게. 작고 밀폐된 방 안에서 소음기가 장착된 45구경 권총이 발사되는 소리를 팡파르처럼 울리고 말겠어. 그래, 잭, 살인범이 누구든 그렇게 죽게 될 거야. 자네가 죽은 것과 똑같은 방식으로. 나는 범인이 누구인지 알아. 몇 분 뒤면 범인이 여기로 들어와 이 의자에 내가 앉아 있는 것을 보겠지. 아마 범인은 죽이지 말아 달라고 애원을 하거나 아니면 나까지 죽이려고 할지도 모르지. 하지만 나는 쉽게 죽는 사람이 아니야. 모든 수법을 다 알고 있거든. 게다가 지금 내 손에는 권총이 들려 있어. 그리고 기다리고 있지. 기다리고 있는 거야. 일을 끝내기 전에 살인범이 땀을 흘리게 만들어 주겠어. 그리고 모든 일이 어떻게 일어난 건지 자백하게 만들 거야. 내가 범인을 제대로 잡았는지 확인할 수 있도록. 어쩜 그 살인범에게 나를 속여 넘길 기회를 한 번쯤 줄지도 모르지. 그러지 않을 가능성이 더 크긴 하지만. 나는 증오할 때는 무섭게 증오하고 방아쇠를 당길 때는 빠르게 당기지. 그래서 사람들이 나를 무서워하는 거야. 그래, 잭, 이젠 거의 다 끝났어. 이제 기다리기만 하면 돼. 기다리기만 하면 되는 거라고.
 문이 열렸다. 불이 켜졌다. 내가 의자에 너무 깊숙이 앉아 있어서 샬럿은 나를 보지 못했다. 벽 거울 앞에서 모자를 벗었다. 그리고 내 다리가 의자 밖으로 뻗어 나와 있는 것을 보았다. 화장을 했는데도 얼굴에서 핏기가 가시는 것이 보였다.

 그래, 잭, 샬럿이야. 그 아름다운 샬럿. 그 사랑스러운 샬럿. 개를 좋아하고 공원에서 아기를 유모차에 태우고 산책하던 샬럿. 잭 네가 으스러지도록 품에 안고 입 맞추고 싶어했던 샬럿. 뜨겁고, 생기 넘치고, 벨벳처럼 부드럽고, 만지면 바로 반응을 보이는 몸을 가진 샬럿. 살인마 샬럿.

 샬럿은 나를 보며 미소를 지었다. 억지로 짓는 웃음인 것을 알아보기에는 너무나 자연스러웠지만, 나는 억지웃음인 것을 알았다. 그리고 내가 안다는 것을 그녀도 알았다. 내가 왜 여기에 있는지도 알았다. 45구경 권총이 그녀의 배를 향해 똑바로 겨누어져 있었다.
 입이 웃고 눈이 웃더니 나를 만나 기쁜 듯한, 정말 반가운 듯한 표정을 지었다. 언제나 그랬던 것처럼. 이 말을 할 때는 거의 얼굴에서 빛이 나는 것처럼 느껴지기까지 했다.
 "마이크, 당신 오셨군요! 이렇게 와 있으니 정말 기뻐요. 전화하겠다고 하고 안 해서 걱정했거든요. 어떻게 들어왔죠? 아 참, 캐시는 문단속을 잘 못하지. 오늘은 캐시가 쉬는 날이에요."
 샬럿이 내게로 다가오며 말했다.

"제발 그 끔찍한 총 좀 치워요. 무섭단 말예요."
"물론 그렇겠지."
내가 말했다.
샬럿은 내 얼굴을 빤히 바라보며 내게서 몇 미터 떨어졌다. 눈살을 찌푸리고 있었다. 눈빛은 혼란에 찬 듯했다. 내가 아닌 다른 사람이라면 분명 그녀가 연기를 하고 있다는 것을 알아채지 못했을 것이다. 세상에, 어찌 저렇게 연기를 잘할 수가! 샬럿 같은 사람은 없었다. 연기는 완벽했고, 각본과 연출까지 직접 맡은 데다 모든 배역을 혼자서 소화해 내고 있었다. 타이밍도 정확했고 표정 하나하나, 말 하나하나, 모두 믿을 수 없을 만큼 완벽한 경지였다. 지금 이 순간에도 나를 속일 수 있을 만큼 훌륭한 연기였지만 나는 천천히 고개를 저었다.
"샬럿, 그래 봤자 소용없어. 난 다 알고 있거든."
샬럿의 눈이 커졌다. 나는 내심 미소를 지었다. 지금 저 여자의 머릿속은 두려움에 떨고 있을 것이다. 내가 잭에게 했던 약속을 기억해 내고 있겠지. 잊어버렸을 리가 없다. 누군들 잊을 수 있겠는가. 나 마이크 해머는 한번 한 약속은 언제든지 반드시 지키는 사람이니까. 이번에 한 약속은 범인을 잡겠다는 것이었고, 바로 저 여자가 범인이었다. 그리고 내가 한 약속은 범인의 배에 총알을 박아 주겠다는 것이었다.
샬럿은 소파 테이블로 가더니 상자에서 담배 한 개비를 꺼내 차분한 손놀림으로 불을 붙였다. 바로 그 순간, 저 여자가 빠져나갈 수를 생각해 냈다는 것을 알 수 있었다. 그래 봤자 소용없다는 얘기를 하고 싶지는 않았다. 총은 단 한 순간도 그녀를 놓치지 않고 겨누고 있었다.

샬럿이 입을 열었다.

"하지만……."

내가 말을 막았다.

"아니, 됐어. 내 말 잘 들어. 여기까지 잡아 내는 데 오래 걸리긴 했지만 결국은 잡아 냈지. 어제만 해도 당신이 정말 범인이면 어쩌나 두려웠지만 지금은 아니야. 이젠 기쁘기만 해. 이렇게 기뻐 보긴 정말 오랜만이야. 범행 방법이 너무 잔인해서 처음엔 사람 죽이는 재미에 미친 정신병자의 짓이거나 전혀 모르는 사람의 소행일 거라고 생각했지. 당신은 운이 좋았어. 도무지 서로 연결되는 요소가 없는 것 같았거든. 복잡한 일들이 너무 많았어. 여기서 저기로 사건이 갑자기 튀는 바람에 어떻게 된 노릇인지 영문을 알 수 없었지만 결국 모두 다 한 가지 동기에서 비롯된 일이었지. 잭은 경찰이었어. 경찰을 싫어하는 사람은 항상 있게 마련이지. 특히 자기 뒤를 캐는 경찰이라면 더더군다나 싫을 거고. 하지만 잭은 당신이 잭에게 총을 겨누고 잭의 창자를 향해 방아쇠를 당기기 전까지 자기가 누구 뒤를 캐는지조차 몰랐어. 내 말이 맞지?"

샬럿은 가엾은 표정으로 가만히 서 있었다. 두 눈동자에 눈물이 맺히더니 뺨 위로 흘러내렸다. 너무나 가엾고 애처로웠다. 나에게 그러지 말라고, 내 말이 틀렸다고, 내가 어떻게 틀렸는지 말하려고 하는 것 같았다. 그녀의 눈에는 간청과 애원의 빛이 가득했다. 그러나 나는 말을 계속했다.

"처음엔 당신과 헬이었지. 아니, 당신 혼자였다고 해야겠군. 당신 직업 때문에 생긴 일이니까. 물론 돈은 많이 벌었지. 하지만 당신 욕심을 다 채울 만큼 많지는 않았어. 당신은 부와 권력을 원하는 여자야. 돈을 쓰고 싶어서가 아니라 그저 돈을 갖는 데서 기쁨을 느끼는 여자였지. 남자가 약한 존재라는 사실을 여러 번 느껴 봤겠지? 그래서 당신은 두려웠던 거야. 남자에게 기대고 싶어하는 여자의 본능을 잃어버렸으니까. 당신은 두려웠고, 그래서 당신의 은행 예금을 늘릴 방법을 찾아냈어. 절대 잡히지 않을 방법, 하지만 아주 더러운 방법이었지. 세상에 그보다 더 더러운 방법이 없을 것 같은, 그런 방법."

샬럿의 눈에서 슬픔이 가시고 대신 다른 무언가가 그 자리를 차지했다. 이제 올 것이 오고 있었다. 그게 무엇인지는 알 수 없었지만 분명 다가오고 있었다. 마치 아름다움과 신뢰와 믿음을 발산하는 순교자처럼 곧고 반듯하게 서 있었다. 그녀가 고개를 약간 돌렸을 때 그녀에게서 군인의 모습을 보았다. 치마 벨트로 조여진 복부는 군살 하나 없이 평평했다. 팔을 양옆으로 힘없이 내리고 손을 잡아 달라는 듯이, 더는 얘기하지 말고 키스해 달라는 듯이 나를 바라보았다. 올 것이 오고 있었지만 여기서 멈출 수는 없었다. 샬럿의 입에서 어떤 말이 나왔다간 내 약속을 영영 지키지 못할 것 같았다.

"당신 환자들은 돈도 많고 자만심도 대단했어. 당신은 출중한 능력과 아름다운 외모와 끊임없는 연구로 그런 환자들을 끌어들일 수 있었지. 바로 그거였어. 환자들을 접대해 주고 정신적 좌절감을 치료해 주었지. 마약을 써서. 정확히 말하자면 헤로인이지.

당신이 처방을 내리고 조제해서 환자들을 중독자로 만들었고, 환자들은 당신에게서만 그 약을 얻을 수 있었기 때문에 계속 당신에게 돈을 바친 거야. 아주 훌륭했어. 정말 훌륭했지. 병원을 이용해 당신에게 필요한 모든 것을 얻을 수 있었으니까 말야. 어떻게 마약을 공급받았는지는 모르겠지만 그건 나중에 차차 밝혀지겠지. 그러다가 헬 카인즈를 만난 거야. 처음엔 순수한 만남이었지만, 원래 뭐든 처음엔 다 그렇게 시작하는 거 아니겠어? 그래서 답을 알아내느라 고생을 했지. 당신은 헬이 그렇고 그런 사업을 할 거라고는 의심하지 않았어. 그렇지? 그러다가 어느 날 헬을 최면 실험의 대상으로 삼기로 했던 거 아냐? 바보처럼 헬은 당신의 제안에 응했지. 자기 목적을 달성하자면 그렇게 할 수밖에 없었으니까. 헬이 최면에 걸린 사이 당신은 헬의 모든 더러운 면을 알아 버린 거야. 그땐 헬이 제대로 걸렸다고 생각했겠지. 당신이 무얼 알아냈는지 헬에게 말하고 당신의 계획에 헬을 끼워 맞추기로 한 거야. 하지만 당신은 속았지. 헬은 대학생이 아니었거든. 성인이었어. 자기 일은 자기가 알아서 처신할 수 있는 성숙하고 치밀한 머리를 가진 성인 말이야. 그리고 헬은 이미 당신이 무슨 짓을 하고 있는지 다 알아채고 있었고 그걸로 당신을 조종하려 한 거야. 결국 당신은 곤경에 처하고 말았지. 당신 책장에 '정신병 치료 요법으로서의 최면' 이라는 책이 있었던 거 생각나나? 손때가 많이 묻었더군. 당신이 그 방면에 대해 잘 알고 있을 거란 생각이 들었지만 어제까지만 해도 그게 이번 사건과 관련이 있을 줄은 몰랐지."

샬럿은 이제 내 바로 앞에 서 있었다. 샬럿의 행동을 보는 순간 뜨거운 불꽃이 내 몸에서 타오르는 것 같았다. 샬럿이 두 손으로 자신의 허리를 만지더니 천천히 위로 올라와 가슴을 감쌌다. 블라우스 자락을 더듬더니 얼마 안 가 버튼을 하나씩 풀기 시작했다.

"당신과 헬은 서로 긴밀한 관계를 유지하면서 서로에게서 벗어날 기회를 노렸지. 하지만 그러기엔 위험 부담이 너무 많았어. 그때 잭이 끼어든 거지. 잭은 명민한 사람이었어. 머리가 있는 사람이었지. 물론 잭의 도움으로 헬은 당신의 덫에서 빠져나왔지만 그러는 사이 잭은 의심을 품게 됐고, 사업을 돕는 척하면서 실은 헬의 뒤를 캐고 있었던 거야. 결국 헬이 무슨 짓을 하고 있는지를 알아내고 우연히 에일린을 만나 그 사실을 확인받았지. 에일린을 통해 쇼가 벌어질 거란 얘기를 들었고, 그 모든 계획이 헬의 머리에서 나온 것이기 때문에 잭도 헬이 그 쇼에 나타날 거란 사실을 알게 된 거야. 그 전에 잠깐 이야기를 과거로 돌려 보지. 잭은 어떤 일로 주중에 당신을 만나려고 했어. 그건 당신이 내게 직접 말해 준 사실이지. 아니, 잭은 당신을 의심하지는 않았어. 당신은 학교와 병원을 통해 헬과 연결되어 있었기 때문에 헬의 행동을 당신이 감시할 수 있을 거라고 생각했지. 하지만 파티가 있던 날 밤, 당신은 잭이 모아 놓은 졸업 앨범을 보고 잭이 왜 그 사람들을 파티에 초대했는지 알아 버린 거야. 그리고 헬의 정체가 드러나면 당신의 정체도 함께 폭로될까 봐 겁이 났지. 그래서 다시 잭의 집으로 돌아간 거야. 가정부가 잠든 사이에 문에 달린 차임벨을 살짝 떼어 놓고 들키지 않게 조심하면서 집을 나섰어. 그러고는 잭의 집 안으로 들어가서 잭을 침실로 끌어들인 거야. 잭에게 총을 쏘고 잭이 죽어 가는 모습을 지켜보았지. 잭이 자신의 총을 향해 몸을 끌고 가는 동안 당신은 죽음에 직면한 인간의 심리를 연구했어. 사건 전말을 얘기하면서 잭이 포기할 때까지 계속 의자를 조금씩, 조금씩 뒤로 당겼지. 그리고 집으로 간 거야. 일이 그렇게 된 거지. 내 말이 맞지? 아니, 대답할 필요는 없어. 어차피 이미 다 끝난 일이니까."

블라우스 버튼은 모두 열려 있었다. 천천히, 아주 천천히 스커트에서 블라우스 자락을 빼냈다. 실크 블라우스가 모직 치마를 스치는 소리가 희미하게 났다. 그러고 나서 블라우스 커프스 버튼을 땄다. 어깨를 살짝 추켜올리자 블라우스가 어깨에서 미끄러져 바닥으로 떨어졌다. 브래지어도 없었다. 예쁜 어깨였다. 살갗 속에 숨겨진 근육의 부드러운 곡선이 온몸을 감싸고 있었다. 아름다운 목선 위로는 흥분의 물결이 맴돌고 있었다. 가슴은 단단하고 매혹적이었다. 부드러우면서도 탄탄한 가슴이었다. 정말 예쁜 여자다. 젊고, 멋있고, 도발적이었다. 고개를 흔드니 금발 머리카락이 반짝이며 아래로 흘러내렸다.

"하지만 잭의 아파트에서 가져온 졸업 앨범에 에일린에 대한 메모가 적혀 있었지. 에일린의 사진도 헬의 사진과 함께 들어 있었고. 살인이 거기에서 끝나지 않을 것임을 알고 하나의 살인을 또 다른 살인으로 은폐할 방법을 모색한 거야. 헬에게 당신이 찾아낸 졸업 앨범 얘기를 해서 에일린을 협박하러 보내 놓고 헬을 따라 들어갔지. 그리고 쇼가 진행되는 사이 두 사람을 다 죽인 거야. 범죄 조직이 사창가를 계속 운영하려면 살인 사건을 은폐하고 조직에서 시체도 알아서 처리해 줄 거라고 생각했겠지. 당신은 바로 그날 그 장소에 있었어. 나와 팻이 그렇게 빨리 도착하지만 않았어도 누군가가 당신 대신 그 문제를 처리했겠지. 우리가 그 사창가에 기습해 들어갔을 때 마담이 도망가는 모습을 보고 당신도 따라갔는데 마담은 그걸 전혀 몰랐어. 그렇지? 정말 더럽게 운이 좋았지. 우연의 일치와 행운의 여신이 줄곧 당신과 함께 했으니 말이야. 팻도 나도 그날 밤 당신의 알리바이를 조사해 볼 생각은 못 했지만 그랬더라도 그럴듯한 거짓말을 지어냈을 게 분명해. 조지 칼레키도 빼놓을 수 없지. 조지는 당신의 정체를 알아냈어. 헬이 술에 취해 다 불어 버렸겠지. 그래서 그날 밤 파티에서 조지가 당신에게 퉁명스럽게 대했던 거야. 조지는 걱정도 되고 헬에게 화도 났던 거지. 헬이 당신에게 자기가 모든 사실을 알고 있다고 말했기 때문에 당신이 그 사람을 처치하려고 했다가 놓친 거야. 당신 뜻대로 일이 풀리지 않은 건 그때뿐이었지. 그래서 조지는 시내로 집을 옮기고 경찰의 보호를 받으려 했던 거야. 하지만 조지는 그 모든 이유를 경찰에 말할 수는 없었어. 당신은 여전히 안전한 상태였지. 조지는 내게 암시를 줘서 당신이 자신을 처치하기 전에 내가 먼저 당신을 잡기를 바랐어. 그리고 헬이 죽은 다음, 우리가 공원을 걷는 사이 조지가 총을 겨누었을 때 그 총은 내가 생각했던 것처럼 나를 향한 것이 아니었어. 조지가 원한 건 당신이었지. 나를 미행하면 당신을 만날 거라고 생각했던 거야. 먼저 당신을 죽이지 않으면 다음 차례는 자기라는 것을 알았던 거지. 조지는 이 일에서 빠져나가고 싶었지만 그 전에 헬이 모아 둔 증거를 손에 넣으려고 했어. 그렇게 하지 않고 증거가 경찰 손에 넘어가기라도 하면 교수형을 당할지도 모르는 판국이었으니까. 엿 같은 상황이었지. 내가 먼저 조지를 잡았어. 조지가 내게 총을 쏘지만 않았다면 나도 조지를 죽이지는 않았을 거고 조지의 얘기를 들을 수 있었을 텐데 말야. 놈이 사건 전모를 전부 다 밝히는 꼴을 보고 싶었는데……. 또 한 번 행운의 여신은 당신 편을 들었지."

샬럿의 손가락이 스커트 지퍼로 미끄러져 내려갔다. 지퍼를 내리고 버튼을 풀었다. 스커트가 다리 아래로 떨어졌다. 스커트 밖으로 다리를 빼기 전에 입고 있던 속치마를 아래로 밀었다. 천천히……. 그 모습을 지켜보자니 이전에 느껴 보지 못했던 짜릿한 느낌을 맛볼 수 있었다. 그러고 나서 발가락으로 치마와 속치마를 한꺼번에 옆으로 밀었다. 길고, 우아하고, 미끈하게 선탠을 한 다리였다. 끝내 주는 다리다. 부드러운 곡선으로 이루어진 탄탄한 다리였다. 스타킹을 신지 않아도 돋보이는 금빛 다리였다. 군살 없이 밋밋한 배에서 시작해서 허벅지 너머까지 이어지는, 현실에는 있을 것 같지 않고 상상 속에서나 볼 수 있을 것 같은 아름다운 다리였다. 예쁜 송아지 같으니……. 영화에 나오는 다리보다 더 포동포동했다. 매혹적인 다리다. 이제 남은 것은 속이 비치는 팬티뿐이었는데 샬럿은 타고난 금발이라는 걸 알 수 있었다.

"그러고 나서는 보보 차퍼였지. 보보까지 죽일 계획은 아니었어. 그건 사고였지. 하필이면 보보가 전에 조지 칼레키 밑에서 일을 했기 때문이었어. 보보는 자기 일을 자랑스러워했지. 심부름도 하고 편지도 전달하고 바닥 청소도 하면서 당신 동네에서 일을 했어. 푼돈이나 벌자고 일하는 단순한 백치였지만 행복한 녀석이었지. 개미 한 마리도 죽일 줄 모르고 취미로 벌을 키우는 녀석이었어. 그러던 어느 날 당신 소포를 떨어뜨린 거야. 그 소포는 처방된 약이었지. 보보는 자기 일자리를 잃을까 봐 겁이 났고, 그래서 약국에 가서 약을 다시 처방하려 했지만, 당신이 당신 환자에게 보내려던 그 약은 알고 보니 헤로인이었어. 하지만 그 사이 환자가 당신에게 전화를 해서 배달부가 도착하지 않았다는 말을 했어. 그날 당신은 아파트에 있었지. 기억나나? 내가 머리를 자르러 간 사이 서둘러 차를 타고 보보가 갈 만한 길을 뒤따라가서 보보가 약국에 들어가는 것을 보고 기다렸다가 나오는 순간 쏴 버린 거야. 그래도 당신 알리바이는 성립됐지. 캐시가 집에 있었는데 당신이 나가는 모습을 보지도, 소리를 듣지도 못했거든. 암실에 있는 척한 거지. 원래 암실에 있을 때는 아무도 방해하지 않으니까. 차임벨을 떼 버리고 나갔다가 캐시 모르게 다시 돌아온 거야. 하지만 서두르느라 차임벨을 다시 연결하는 것을 잊어버렸어. 그래서 나중에 내가 연결했지. 그것도 기억나나? 지갑을 찾으러 당신 아파트로 다시 돌아왔는데 그때 당신은 집에 있었어. 완벽한 알리바이지. 그때까지도 당신이 범인일 거란 생각은 못했어. 하지만 조금씩 생각을 좁혀 들어가기 시작했지. 사건을 연결해 주는 범행 동기가 있다는 것을 알았거든. 팻은 마약 중독자 명단을 가지고 있어. 언젠가 그 사람들이 치료되면 당신 죄를 증명할 만한 뭔가를 알아낼 수 있었을 거야. 다음 차례는 미르나였지. 미르나가 죽은 것도 사실은 사고였어. 미르나를 죽일 생각도 없었거든. 하지만 죽여야만 했지. 내가 테니스 경기 도중 자리를 떴을 때가 기회였어. 미르나가 파티장을 빠져나갈 경우 어떤 결과가 초래될지 당신이 알아챈 게 언제였을까? 분명 그 직후였겠지. 보보의 경우처럼. 당신은 참 놀라운 머리를 가졌어. 어떻게 그럴 수 있는지는 몰라도 모든 상황을 순식간에 판단해 내는 능력이 있거든. 보보가 어떤 생각을 할지, 무슨 일이 벌어질지 알았던 것처럼 미르나의 경우도 바로 간파해 낸 거야. 정신과 의사니까 가능한 일이겠지. 당신이 벨르미 자매의 집에 도착했을 때 나는 잠들어 있었어. 당신 코트는 미르나의 코트와 색깔은 같지만 모피 칼라가 달린 것이었지. 그리고 여자들한테는 살짝 다른 사람의 옷을 입어 보는 나쁜 버릇이 있다는 것도 당신은 알고 있었던 거야. 코트 주머니에 헤로인이나 헤로인 부스러기가 들어 있었기 때문에 그런 위험을 무릅쓸 수는 없었겠지. 그 헤로인을 하면 와일더와 찰스 셔먼에게 전달하려 했겠지. 그리고 그 헤로인을 받았기 때문에 두 사람은 도망을 친 거고. 그런데 당신이 한발 늦었어. 미르나가 당신 주머니에서 그걸 발견했거든. 미르나는 그 가루가 무엇인지 단박에 알아봤지. 왜 아니겠어? 잭을 만나기 전까지만 해도 헤로인 없이는 못 살던 여자인데……. 미르나가 손에 헤로인을 들고 있는 것을 보고 총으로 쏴 버린 거야. 그러고 나서 미르나가 입고 있던 당신 코트를 벗겨 다른 코트와 함께 침대 위에 얹어 놓고 바닥에 쓰러져 있는 미르나의 시체에 미르나의 코트를 입힌 거지. 코트에 화약 자국을 만드는 것도 간단했을 거야. 총알 끝의 노우즈를 제거해서 미르나의 시체에 대고 공포탄처럼 쐈겠지. 미르나의 몸을 관통한 총알은 코트에 살짝 떨어뜨려 놓은 거고. 당신 코트는 벌써 태워 버렸나? 분명 그랬겠지. 화약 자국이 남아 있었을 테니까. 하지만 당신 코트에서 나온 하늘색 섬유 몇 가닥이 미르나의 손톱에 남아 있었지. 그 섬유 가닥과 거울이 결정적 단서였어. 치밀한 당신도 그 섬유 가닥과 헤로인은 깜박 잊었던 거야. 여자가 거울 앞에 서 있을 때는, 특히 옷이 가득한 방에서라면 그 이유야 한 가지밖에 없는 건데 말야. 그나저나 당신 운 좋은 건 정말 알아줘야겠어. 하필 바텐더가 마실 것을 가지러 잠깐 자리를 비운 사이에 들어왔으니 말야. 하지만 나가는 모습을 들킬 수는 없었지. 살인을 저지른 후였으니까. 그래서 인간 파리처럼 건물 둘레의 받침판을 타고 화재용 비상 사다리까지 걸어간 거야. 나는 몸집이 커서 못했지만 당신이라면 가능했겠지. 신발을 벗었겠지? 그래서 시멘트에 긁힌 자국 하나 안 남았을 테고. 사람들이야 한창 테니스 경기를 즐기는 중이었으니 당신이 자리를 떴다가 다시 돌아온 걸 아무도 알아채지 못했겠지. 일종의 집단 심리지. 안 그래? 하지만 배심원이 당신에게 유죄 판결을 내릴 가능성은 없을 거야. 내 추리는 정황에 의존한 거니까. 당신은 알리바이도 완벽하거든. 순진한 사람, 그러니까 가령 캐시처럼 순진한 사람이라면 그냥 사실이라고 믿어 버릴 만큼 완벽한 알리바이지. 그러니 내가 대신 유죄 판결을 내려 주겠어. 그리고 나중에 가서 법정 재판 따위에 방해받지 않고 슬슬 사실을 풀어내 보면 되겠지. 정황 증거를 깨서 배심원들이 믿지 않게 만들 만큼 머리 좋은 변호사 걱정 따윈 안 해도 돼. 이미 답이 다 나왔는데 재판 때문에 시간을 낭비할 필요는 없잖아? 그렇게는 하지 않겠어. 이젠 내가 배심원이자 판사야. 그리고 내겐 지켜야 할 약속도 있고. 당신이 아름답긴 하지만 그리고 당신을 진심으로 사랑할 뻔했지만 나는 당신에게 사형 선고를 내리겠어.

샬럿이 잠자리 날개 같은 실크 팬티에 엄지손가락을 걸어 넣더니 아래로 끌어내렸다. 그러고는 욕조에서 나오는 것처럼 우아한 동작으로 다리를 팬티에서 빼냈다. 샬럿은 완전히 나체였다. 애인에게 몸을 내맡기는 여신과 같은 자태였다. 이제 두 팔을 벌린 채 내 쪽으로 걸어왔다. 부드럽게 혀로 입술을 핥아서 촉촉해 보이게 만들었다. 그녀 몸에서 나는 체취는 기분 좋은 향수 같았다. 천천히 한숨을 내쉬는 순간 샬럿의 가슴이 떨렸다. 내 목을 감으려 두 팔을 뻗은 채 샬럿이 키스하려고 몸을 앞으로 구부렸다.

45구경 권총이 발사되는 소리가 방을 흔들었다. 샬럿이 휘청하며 한 걸음 뒤로 물러섰다. 도무지 믿을 수 없다는 눈빛이었다. 그러고는 느린 동작으로 총알이 박혀 들어간 벗은 배 위로 보기 흉하게 피가 흘러내리는 것을 내려다보았다.

나는 그녀 앞에 서서 총을 주머니에 찔러 넣었다. 몸을 돌려 내 뒤에 있는 고무나무 화분을 보았다. 화분이 놓여진 테이블 위에 소음기가 그대로 장착된 총이 있었다. 저 예쁜 팔이라면 충분히 총에 닿을 수 있을 것이었다. 키스받기를 기다리던 샬럿의 얼굴이 이제는 내 머리를 날릴 때 튀어나올 피를 기다리고 있었다. 샬럿이 바닥에 쓰러지는 소리를 듣고 몸을 돌렸다. 이제 그녀의 눈에는 죽음 직전 단말마의 고통이 어려 있었다. 고통과 놀라움의 표정이 섞여 있었다.

샬럿이 숨을 몰아쉬며 말했다.
"어떻게 나, 나한테 이럴 수가 있죠?"
그녀의 숨이 멎기 직전, 이 말 한마디를 해 주었다.
"별로 힘들지도 않더군."

미키 스필레인: 이번에는 내 식대로 복수한다

해설──맥스 앨런 콜린스

마이크 해머 시리즈를 읽는 것이 이번이 처음이라면 그야말로 부러운 일이다. 지금 미국 추리 소설의 결정판을 손에 잡은 당신은 추리 소설 사상 가장 터프한 주인공으로 알려진 사설탐정 마이크 해머를 그 맛이 한결 떨어지는 영화나 텔레비전 드라마 버전이 아닌 탄탄하고 박진감 넘치는 원작 소설로 만나 볼 수 있기 때문이다. 미키 스필레인의 문장은 개성이 뚜렷하면서 읽는 이를 흥분시킨다.

아주 오랜만에 마이크 해머 시리즈를 다시 읽는 독자라면 스필레인이라는 저자가 그저 재미있는 이야기꾼만이 아닌 독특한 문체를 가진 작가로 몰라볼 만큼 변모한 데 놀랄 것이다.(사실 스필레인은 '저자'라고 불리기보다 '작가'라고 불리고 싶어하며 자신이 '작가'라는 사실에 자부심을 느끼고 있다.) 작가로서 스필레인은 대쉬엘 해머트나 레이먼드 챈들러 같은 극소수의 일류 작가 명단에 끼어도 손색이 없다.

이제부터 문학적인 관점에서 미키 스필레인을 평가하고 마이크 해머라는 등장인물이 단순히 미키 스필레인이 창조해 낸 오락거리나 대중 문화의 한 요소 이상의 의미가 있는 캐릭터임을 설명해 보겠다. 우선 작가 개인에 관한 부분부터 이야기를 시작할까 한다. 스필레인의 작품이 성공을 거둔 주요 원인은 이야기를 풀어 나가는 타고난 재능이며, 이는 스필레인을 하나의 개인으로 이해해야만 파악할 수 있는 부분이기 때문이다.

마이크 해머 시리즈는 사무실로 찾아온 의뢰인으로부터가 아니라 친구가 살해당하는 사건에서 이야기가 시작한다. 물론 마이크 해머는 직업 탐정이다. 남들이 알아주는 것보다 훨씬 더 유능한 탐정이다. 그러나 소설에서 마이크 해머는 처음부터 끝까지 탐정이라기보다 복수의 화신으로 그려지고 있다.

스필레인의 소설, 특히 마이크 해머 시리즈는 예외 없이 개인적인 복수극을 중심축으로 한다. 해머라는 인물은 (스필레인이 말했듯이) '심리적 상태'로서 외모에 대한 묘사는 '크고 못생겼다.' 정도가 전부다. 스필레인은 해머라는 인물을 생동감 있게 묘사했고, 작품이 출판된 이래 지난 50년 동안 여러 영화 제작자들이 이 인물을 영화 스크린에 부활시키려고 시도했다. 하지만 소설에서처럼 살아 있는 인물을 만들어 내지는 못했다.

『내가 심판한다』라는 작품의 경우에도 '나'라는 일인칭 화자에 초점이 맞춰져 있다. 해머라는 주인공의 독특하지만 자연스러운 목소리를 통해 작가 스필레인은 주인공의 심리와 독자의 심리를 일치시키면서 직접적이고 친밀한 스타일로 해머의 이야기를 독자에게 전달한다. 초창기 비틀스처럼 스필레인도 작품 제목에 일인칭 대명사를 사용하는 것이 화자의 심리 상태를 강조하는 효과가 있음을 알았던 것이다.

내가 미키 스필레인의 마이크 해머 시리즈를 읽기 시작한 것은 열세 살 때였는데, 지금도 스필레인의 소설을 읽을 때마다 그 나이로 되돌아가는 느낌이다. 1960년경 여름 방학 때 가족들과 여행을 가던 중 어느 마을 서점에 들러 카운터에 앉아 있는 점원에게 마이크 해머 시리즈 중 하나인 『어느 고독한 밤』을 한 권 달라고 했던 때가 지금도 생생하게 기억이 난다.

"이 책을 읽을 나이가 된 거니?"

점원이 몸이 묶인 채 벌거벗고 있는 여자가 그려진 책 표지에 시선을 던지며 물었다.

"저 열여섯 살이에요."

거짓말로 대답했다.

그랬더니 점원은 어깨를 으쓱하고는 내가 내민 35센트를 받았다. 그때 지불한 35센트 동전과 내 나름의 판단으로 그 후 평생 마이크 해머의 팬이 되었다.

그전에 벌써 해머트와 챈들러의 작품을 읽었는데, 스필레인도 이들과 어깨를 나란히 할 만한 작가라고 생각했다. 지금도 그렇게 생각하고 있어서 가끔 곤란한 상황에 놓이기도 한다. 다른 사람들이 지난 40여 년간 이 시대의 뛰어난 작가 중 하나로 꼽히는 스필레인의 열렬한 지지자로 나를 점찍어 왔기 때문이다. 미키 스필레인에 대해 서슴없이 높이 평가하다가 다른 이와 언성을 높여 싸운 일도 있었다. 주먹다짐까지 할 뻔한 적도 여러 번이었다. 내 작품에 스필레인의 색채가 묻어 있다는 이유로 무시당하고 배척당하기도 했다. 스필레인이 독자에게 많은 사랑을 받은 만큼(그처럼 독자의 마음에 가까이 다가와 독자를 사로잡은 추리 소설 작가도 없었다.) 그를 가차 없이 깔아뭉개는 축들도 있었다.

그렇지만 1918년 3월 9일 브루클린에서 태어난 미키 스필레인은 누가 뭐라고 해도 20세기 추리 소설사에서 가장 영향력 있는 작가 중 한 명임이 분명하다. 50년 동안 비평가들이 그토록 혹독하게 스필레인의 작품에 채찍질을 가했어도 결국에는 2차 대전 이후 하드보일드 탐정 소설의 최고봉으로 널리 인정받게 되었다.

1947년 E. P. 더튼 출판사에서 하드커버로 나온 것을 1948년 시그넷이 다시 출간한 『내가 심판한다』는 수백만 부가 팔려 나갔고 그 후 다섯 편의 후속작도 마찬가지로 높은 판매 부수를 올렸다. 그 자신이 2차 세계 대전 참전 용사이기도 한 스필레인은 폭력과 성애의 묘사를 통해 당시 세대가 잃어버린 순수를 조명함으로써 자신과 함께 2차 대전에 참전했던 이들에게 카타르시스를 선사했다. 한편 스필레인은 만화에도 일가견이 있어서 노골적이고 시각적 영상미가 살아 있는 직설적인 문체로 이야기를 전개했다.

대중을 겨냥한 페이퍼백 소설 시장에서 스필레인이 끼친 영향력은 오래 지속되었고, 그의 성공은 다른 수많은 작가와 출판사에 모방의 대상이 되었다. 미국 '페이퍼백 소설'의 원조라 할 수 있는 골드 메달 북스 사는 스필레인이 만들어 낸 시장을 노리고 창설되었다. 스필레인의 소설에서 발견할 수 있는 전혀 새로운 차원의 폭력과 섹스는 추리 소설 작가뿐 아니라 거의 모든 장르의 소설에 영향을 주었다. 스필레인이 창조한 탐정 마이크 해머는 제임스 본

드, 더티 해리, 빌리 잭, 람보, 존 쉐프트 등 소위 터프 가이라고 일컫는 숱한 가공 인물의 모델이 되었다.

이 옴니버스 판은 출판계에 일대 변혁을 가져왔던 마이크 해머 시리즈 초기작 세 편을 묶은 것이다.

그러니 스필레인이 가장 최근에 내놓은 작품『블랙 앨리』(1996)가 이제까지 출판된 마이크 해머 시리즈 중 겨우 열세 번째 작품에 불과하다는 사실을 알면 많은 독자들이 놀랄 것이다. 해머 시리즈가 스필레인이 발표한 모든 소설 중 거의 절반 정도를 차지한다는 사실을 감안하면 스필레인이 다작(多作)을 하는 작가가 아니라는 것을 알 수 있다. 그러나 스필레인의 소설은 1억 3000만 부가 넘게 팔려 나갔기 때문에 얼 스탠리 가드너 스티븐 킹처럼 수많은 작품을 찍어 내는 작가들 중 한 명으로 잘못 인식되어 왔다. 사실 스필레인은 전 세계적으로 선풍적인 반향을 불러일으켰고 외국어 번역본 부수를 기준으로 했을 때 세계 5위의 작가에 오르기도 했다.

이처럼 작가로서의 성공 덕에 스필레인과 그가 창조한 주인공 마이크 해머는 다양한 미디어를 통해 스타로 떠올랐다. 라디오의 '황금기'가 끝나갈 무렵 마이크 해머 시리즈를 원작으로 한 라디오 드라마가 방송되었고, 신문 만화(남자가 포로로 잡은 여자를 고문하는 장면에 대한 비난이 쏟아지면서 갑작스럽게 연재를 중단했다.), 극장용 영화(주요 작품으로는 로버트 올드리치 감독이 연출한 1955년도 느와르 영화「죽음의 키스」와 1963년도 작품「여자 사냥꾼」이 있는데, 작가 스필레인 자신이 주인공으로 열연했으며 두 작품 모두 가정용 비디오로 출시되었다.), 대런 맥가빈과 스테이시 키치가 각각 열연한 1950년도와 1980~1990년도 인기 텔레비전 드라마로도 각색되었다.

도중에 스필레인은 마이크 해머 시리즈 집필을 두 번 중단한 적이 있었다. 1953년 여호와 증인으로 개종했을 때와 1970년 집필 작업에 싫증을 느꼈을 때였다. 이따금씩 영화 배우로도 활약했던 스필레인은 1970년대와 1980년대 밀러 맥주 광고 시리즈에서 마이크 해머라는 호색한의 모습을 희극적으로 풍자하면서 미국 대중문화의 아이콘으로 떠올랐다.

언제나 독창적인 기법을 구사하는 소설 작가이자 스타일리스트였던 스필레인은 강렬하면서도 무리 없어 보이는 일인칭 주인공 시점을 구사하면서 작품 속 중심 인물에게 흡인력을 부여하여 독자를 사로잡는다. 그의 첫 작품이 소설 가판대를 휩쓸면서 스필레인은 독자의 심리와 본능적 욕망을 자극했고 모험 소설 및 추리 소설의 스타일을 정립했다. 한 예로, 레이몬드 챈들러라는 작가는 마이크 해머 시리즈에서 성적 묘사가 시도된 후에야 자신의 작중 인물인 필립 말로가 여자와 잠자리하는 장면을 묘사했다.

스필레인 작품 전문 비평가인 제임스 트레일러도 지적했듯이 마이크 해머 시리즈는 1950년대 미국인들이 느끼고 있던 2차 세계대전 직후의 증후군, 특히 전쟁 영웅들에게 전형적으로 나타나는 어두운 정서를 현대 도시를 배경으로 끄집어내고 있다. 마이크 해머는 아마도 미국 문학사상 최초로 주인공답지 않은 주인공, 즉 안티히어로로서 대중에게 널리 유명해진 인물일 것이다. 정의를 실현하기 위해 악한 수법을 쓰는 선한 주인공, 다시 말해 악인을 자기 손으로 처단함으로써 법정 재판이 필요 없게 만드는 일종의

자경단원이라 하겠다.

마이크 해머는 미국 소설에 등장하는 '터프 가이' 탐정 중 가장 많이 오해를 받는 인물이다. 첫 작품에서부터 스필레인은 2차 세계 대전 이후의 세계에 만족하지 못하는 미국을 묘사한 사회 역사가였고, 오디 머피 같은 참전 영웅들이 열정적이고 정의감에 넘치지만 결점투성이에 정서마저 불안한 인물로 그려졌다. 스필레인의 소설은 예외 없이 정치적 부패, 금전적 탐욕, 마약이나 매춘과 같은 사회악을 다루었다. 자신의 시각을 통해 2차 세계 대전으로 그 순수성을 파괴당한 미국의 모습과 아메리칸 드림에서 깨어나 절망감에 몸부림치는 미국 국민의 정서를 소설 속에 담아낸 것이다.

미키를 알게 된 것은 내게 행운이었다. 미키의 열혈팬으로 알려진 탓에 1981년 추리 소설 협회 회의에서 스필레인과 협회 직원들 간에 연락책 일을 맡아 달라는 요청을 받았다. 미키와 나는 몇 시간씩 이야기를 나누었고 서로의 집에 초대하는 사이가 되었으며 여러 가지 프로젝트에 함께 참여했다. 그리고 정말 놀랍게도 아직까지 좋은 친구로 지내고 있다. 나의 인생에서 참으로 놀라운 일 몇 가지를 들라면 그중 하나가 미키 스필레인으로부터 종종 안부 전화를 받고 있다는 사실이다.

마이크 해머라는 인물을 창조해 낸 미키는 내 아들 네이던의 대부이며, 마이크 해머가 거칠고 냉혹한 인물인 데 반해 미키는 친절하고 상냥한 남자이다. 하지만 장담컨대 스필레인은 해머 못지않게 터프한 사나이이기도 하다. 나는 절대 미키의 의견에 반박하려 들지 않는다. 그리고 누군가 내게 부당한 짓을 저지르기라도 하면 미키가 나서서 일을 바로 잡으리라는 것을 잘 알고 있다.

이 책에 담긴 세 편의 작품은 설명이 필요 없기는 하지만 각각에 대해 몇 마디 코멘트를 달아 볼까 한다.

『내가 심판한다』는 스필레인의 작품 중 아마도 가장 전통적인 하드보일드 추리 소설이라 할 수 있을 것이다. 군더더기 없이 깔끔하며 사건 전개 속도가 빠르고, 작품 시작 부분에서부터 탐정 해머가 복수를 다짐하는 모습이 나오며, 충격적인 결말을 통해 복수를 완성하는 가장 전형적인 스필레인의 스타일이다. 작품 초반에서부터 잔인한 폭력 장면이 묘사되어 있는데 이보다 더 사실적인 액션 장면을 묘사한 작가는 없었다. 또한 매력적이고 아름다운 여성의 등장으로 수십 년이 지난 지금까지도 그 유혹적인 열기를 잃지 않고 있다.

『내 총이 빠르다』(1950년)는 좀처럼 자기 작품에 대해 이야기하지 않는 스필레인이 개인적으로 좋아하는 작품으로 꼽은 것이다. 동화 같은 문구로 시작되는 구성을 통해 독자들을 소설 속으로 끌어들여 범상치 않은 이야기에서 '대리 만족'을 느끼도록 하고 있다. 그 후에 전개되는 강렬한 액션과 감각적인 로맨스를 통해 서민 출신으로서 스필레인이 가지고 있는 본능적 감각, 즉 밑바닥 창녀가 순수한 면을 간직하고 있는 반면 상류층은 그렇지 못한 사회의 더러운 단면에 대한 인식을 드러내고 있다.

『복수는 나의 것』(1950년)은 미키 특유의 빠른 필체로 복잡한 미스터리, 액션, 섹스, '히트성' 결말을 잘 살린 작품이다. 작가로서 한창 물이 오른 시기에 쓴 이 작품에서 마이크 해머와 그의 사랑스러운 비서 벨다는 열기에 들뜬 맨해튼 거리를 누비면서 '전형적인' 스필레인 소설의 진수를 보여 준다. 가수 프랭크 시나트라는 자신의 노래를 녹음해서 들은 뒤 "이 노래가 싫다면 아이스크림의 맛도 즐길 줄 모를 것이다."라고 말한 적이 있다. 스필레인이 개인적으로 가장 아끼는 작품으로 이 소설을 꼽을 때는 아마 프랭크 시나트라와 비슷한 자부심을 느끼고 있었을 것이다. 마지막 순간에 가서야 극적인 반전을 터뜨리는 묘미를 제대로 살린 작품이기 때문이다.

마이크 해머 시리즈를 처음 읽는 독자가 이와 같은 놀라운 반전에 그다지 놀라지 않는다면, 그것은 다른 작가들이나 영화 제작자들이 스필레인의 작품이 나온 후에 그 기법을 수없이 차용하여 이미 이것에 익숙해졌기 때문이다. 복잡다단한 스필레인 소설 전개상의 반전이 모두 드러나고 설명되는 악당과의 마지막 대면 장면이 실은 애거서 크리스티식의 하드보일드가 아닌 추리 소설 작가들의 사건 해결 방식과도 관련이 있음은 잘 알려지지 않은 사실이다. 스필레인식의 깜짝 결말은 언제나 흥미진진한 마이크 해머식의 악당에 대한 복수와 어우러지면서 놀라운 사건 전모를 드러낸다.

결국 섹스와 폭력이 가미된 스토리 전개가 모두 끝난 뒤에 이 책이 독자들에게 전달하고자 하는 주제는 참된 우정이란 무엇인가, 즉 배신이 판을 치는 세상에서 진정한 의리란 무엇인가 하는 것이다.

마이크 해머는 전쟁에서 그를 구하려다가 한쪽 팔을 잃은 가장 소중한 친구가 살해당한 방으로 들어선다. 누구보다도 거친 성격의 사설탐정 마이크 해머가 모자에 묻은 빗물을 털어 내고 방 안으로 들어서는 장면에서부터 이야기가 시작된다.

마음의 준비를 단단히 하시길.

맥스 앨런 콜린스(Max Allan Collins)는 셰이머스(Shamus) 상 수상작인 역사 추리소설 『네이던 헬러』의 저자이다. 최신작 『검은 옷의 천사(Angel in Black)』는 『블랙 달리아(Black Dahlia)』의 살인 사건을 다루고 있다. 콜린스도 스필레인처럼 만화를 그렸는데, 유명한 작품으로는 「딕 트레이시(Dick Tracy)」와 「배트맨(the Batman)」을 꼽을 수 있다. 고향 아이오와주에서 독립영화 제작자로도 일하고 있는 콜린스는 컬트 스릴러 「마미(Mommy)」(1995), 「마미스데이(Mommy's Day)」(1997) 등의 대본과 연출을 직접 맡았다. 두 작품 모두 미키 스필레인이 배우로 등장한다. 영화상 수상 다큐멘터리인 「마이크 해머의 미키 스필레인(Mike Hammer's Mickey Spillane)」(1999)의 대본과 연출도 직접 맡았으며, 제임스 L. 트레일러(James L. Traylor)와 함께 에드거 상 후보작 『어느 고독한 기사: 미키 스필레인의 마이크 해머(One Lonely Knight: Mickey Spillane's Mike Hammer)』(1984)를 집필하였다.

 밀리언셀러 클럽을 펴내면서

지난 수백 년 동안 소설은 기묘하면서도 교양 넘치고, 자유로우면서도 현실에 뿌리 박고 있으며, 흥미진진하면서도 감동적인 이야기로 독자들의 사랑을 독차지해 왔다.

민담이나 전설 등에 비해 비교적 최근에 탄생한 이야기 형식인 소설이 순식간에 이야기 왕국의 제왕으로 올라선 것은 현대인들이 살아가면서 느끼는 희망과 절망, 불안과 평화 등 온갖 삶의 양상들을 허구 속에 온전히 녹여 내어 재창조함으로써 이야기를 읽는 기쁨과 더불어 삶을 재발견하는 즐거움을 주어 온 까닭이다.

사실 이야기를 읽음으로써 삶을 다시 생각하고, 삶을 생각함으로써 이야기를 다시 만들어 온 것은 인간이라면 피할 수 없는 숙명이다.

그런데도 최근 이야기의 제왕이라는 소설의 위기를 말하는 목소리가 점점 늘어나고 있다. 만약에 이 말이 사실이라면, 그리하여 사람들이 소설을 점차 외면하고 있다면, 핏속에 스며들어 있으며 뼛속에 틀어박힌 이야기 본능이 무언가 다른 것에 홀려 있음에 틀림없다.

사람들은 이제 이야기를 소설이 아니라 거리에서, 인터넷에서, 영화에서, 드라마에서, 광고에서, 대중가요에서 즐기고 있는 것이다.

'밀리언셀러 클럽'은 이러한 소설의 위기를 넘어서려는 마음에서 기획되었다. 국내뿐만 아니라 전 세계 각국에서 독자들의 사랑을 한껏 받은 작품들을 가려 뽑아 사람들 마음을 다시 소설로 되돌리고 이야기를 한껏 즐길 수 있도록 배려하였다.

'밀리언셀러'라는 이름을 단 것은 소설이 다시 사람들의 마음을 끌어 널리 읽히기를 바라기 때문이고, '클럽'이라는 이름을 단 것은 소설을 사랑하는 독자들이 이 작품들을 가운데 놓고 오랫동안 이야기를 나누기를 바라기 때문이다.

앞으로 '밀리언셀러 클럽'에는 예로부터 오늘날까지, 동양에서 서양까지 시대와 장소를 가리지 않고 널리 독자들의 사랑을 받아 온 작품들 중에서 이야기로서 재미에 충실할 뿐만 아니라 인간 본연의 모습을 확인시켜 줄 수 있는 소설들이 엄선되어 수록될 것이다.

이 작품들이 부디 독자들을 소설의 바다로 끌어들여 읽기의 즐거움을 극대화함으로써 이야기 본능을 되살려 주어 새로운 독서 세대를 창출하기를 바라는 마음 간절하다.

옮긴이 | 박선주

서울대 영어교육과와 한국외대 통번역대학원 한영과를 졸업했다. 현재 정부기관 통번역사 및 에디터로 근무하고 있으며, 엔터스코리아의 전속 번역가로 활동 중이다.

내가 심판한다 마이크 해머 시리즈 1

1판 1쇄 펴냄 2005년 12월 24일
1판 2쇄 펴냄 2024년 3월 20일

지은이 | 미키 스필레인
옮긴이 | 박선주
발행인 | 박근섭
편집인 | 김준혁
펴낸곳 | 황금가지

출판등록 | 2009. 10. 8 (제2009-000273호)
주소 | 06027 서울 강남구 도산대로 1길 62 강남출판문화센터 5층
전화 | **영업부** 515-2000 **편집부** 3446-8774 **팩시밀리** 515-2007
홈페이지 | www.goldenbough.co.kr

도서 파본 등의 이유로 반송이 필요할 경우에는 구매처에서 교환하시고
출판사 교환이 필요할 경우에는 아래 주소로 반송 사유를 적어 도서와 함께 보내주세요.
06027 서울 강남구 도산대로 1길 62 강남출판문화센터 6층 민음인 마케팅부

한국어판 ⓒ 황금가지, 2005. Printed in Seoul, Korea
ISBN 978-89-8273-867-8 04840
ISBN 978-89-8273-866-1 04840 (set)

㈜민음인은 민음사 출판 그룹의 자회사입니다.
황금가지는 ㈜민음인의 픽션 전문 출간 브랜드입니다.